Meinen Lesern

Heinz G. Konsalik

Von Heinz G. Konsalik sind als Goldmann-Taschenbücher erschienen:

Eine angesehene Familie. Roman (6538)
Auch das Paradies wirft Schatten / Die Masken der Liebe. Zwei Romane in einem Band (3873)
Duell im Eis. Roman (8986)
Der Fluch der grünen Steine. Roman (3721)
Der Gefangene der Wüste. Roman (8823)
Das Geheimnis der sieben Palmen. Roman (3981)
Eine glückliche Ehe. Roman (3935)
Das Haus der verlorenen Herzen. Roman (6315)
Der Heiratsspezialist. Roman (6458)
Das Herz aus Eis / Die grünen Augen von Finchley. Zwei Kriminalromane in einem Band (6664)
Ich gestehe. Roman (3536)
Im Zeichen des großen Bären. Roman (6892)
Ein Kreuz in Sibirien. Roman (6863)
Liebe auf dem Pulverfaß. Roman (9185)
Die Liebenden von Sotschi. Roman (6766)
Das Lied der schwarzen Berge. Roman (2889)
Manöver im Herbst. Roman (3653)
Ein Mensch wie du. Roman (2688)
Morgen ist ein neuer Tag. Roman (3517)
Promenadendeck. Roman (8927)
Schicksal aus zweiter Hand. Roman (3714)
Das Schloß der blauen Vögel. Roman (3511)
Die schöne Ärztin. Roman (3503)
Schwarzer Nerz auf zarter Haut. Roman (6847)
Die schweigenden Kanäle. Roman (2579)
Sie waren Zehn. Roman (6423)
Sommerliebe. Roman (8888)
Die strahlenden Hände. Roman (8614)
Die tödliche Heirat. Kriminalroman (3665)
Unternehmen Delphin. Roman (6616)
Verliebte Abenteuer. Roman (3925)
Wer sich nicht wehrt... Roman (8386)
Wie ein Hauch von Zauberblüten. Roman (6696)
Wilder Wein. Roman (8805)

Stalingrad. Bilder vom Untergang der 6. Armee (3698)

Heinz G.

Konsalik

Liebe auf dem Pulverfaß

Roman

GOLDMANN VERLAG

Ungekürzte Ausgabe

Dieses Taschenbuch ist früher
unter dem Autornamen »Henry Pahlen« erschienen

Der Goldmann Verlag
ist ein Unternehmen der Verlagsgruppe Bertelsmann

Made in Germany · 3. Auflage · 3/89

Umschlagentwurf: Design Team München
Umschlagfoto: Gordon / The Image Bank, München
Druck: Elsnerdruck, Berlin
Verlagsnummer: 9185
MV · Herstellung: Klaus D. Voigt
ISBN 3-442-09185-3

Er wippte ein paarmal auf dem Sprungbrett, federte auf den Zehen, breitete dann die Arme aus und sprang. Unter ihm lag die blauschimmernde Wasserfläche, klar bis zum Boden des Beckens. Die Sonne spiegelte sich in ihr, goldene Reflexe tanzten über das glatte Wasser, und schon in der Luft, bei der eleganten Schraube, wußte er, daß es ein guter Sprung sein würde.

Das »Südbad« in Köln war um diese frühe Tageszeit nur schwach besucht. Im langen Hauptschwimmbecken tummelten sich zwei Schulklassen, die hellen Kinderstimmen durchbrachen den stillen Morgen, zwei Bademeister säuberten mit großen Köchern noch die Nichtschwimmerbecken, auf den Liegewiesen hatten sich vereinzelte Besucher niedergelassen, helle Punkte zwischen dem Grün des Rasens und dem Blau des Himmels. Es versprach ein heißer, sonniger Tag zu werden. In einer Stunde würde der Strom der Wasserhungrigen durch die Drehtore fluten und die weiten Grasflächen überschwemmen. Dann wollte Kehat schon wieder in der Stadt sein. Er liebte diese frühen Morgen, die Stille zwischen Wasser und Sommerwolken; er genoß in vollen Zügen das Gefühl, ungehindert vom Sprungturm durch die Luft zu fliegen und dann einzutauchen in das aufspritzende, kühle Wasser.

Das Springerbecken war fast leer. Am Rande hingen drei junge Männer an der Überlaufrinne und starrten empor zu dem Zehnmeter-Brett. Es kommt selten vor, daß jemand aus dieser Höhe springt, meistens nur beim Training der Schwimmvereine, und so klebten sie am Beckenrand, warteten auf den Abstoß, wetteten, wie der Mann eintauchen würde, ob er Salti drehen würde, Schrauben oder Kombinationen, und zogen unwillkürlich die Schultern hoch, als sich Kehat hoch in die Luft abschnellte.

Er hatte sich vergewissert, daß unter ihm alles frei war. Sein Körper drehte sich in der Schraube, krümmte sich, rollte in einen Salto ab, streckte sich dann und flog wie ein Pfeil kerzengerade auf das Wasser zu. Er hörte nicht mehr den plötzlichen Aufschrei, das helle »Zurück! Zurück!« – es wäre auch zu spät gewesen. Drei Meter über dem Wasser kann man keinen Sprung mehr korrigieren.

Mit gestreckten Armen, die Oberfläche durchschneidend, tauchte Kehat ein. Im gleichen Augenblick prallte er auf etwas Hartes, es war, als sei er auf einen Stein gestürzt, der Schmerz zuckte von den Armen durch die Schulter und dann durch den ganzen Körper; noch bevor er völlig eintauchte, drehte er sich, warf sich zur Seite, versuchte, dem Zusammenprall die volle Wucht zu nehmen, der Sprung zerplatzte, er klatschte ins Wasser und wußte im gleichen Augenblick: Du bist auf einen Menschen gesprungen. Du bist aus zehn Metern Höhe mitten auf einem Menschen gelandet. Das ist, als wenn ein Auto gegen eine Mauer fährt.

Er spürte, wie der Körper unter ihm wegsackte, fühlte um sich schlagende Arme, der stechende Schmerz in seiner Schulter lähmte ihn fast, aber er konnte noch in einem Bogen tauchen, sah unter Wasser einen Körper absinken, ergriff ihn und zog ihn mit seinem eigenen Schwung an die Oberfläche. Dort kraulten schon die drei Männer vom Beckenrand heran, halfen ihm zu den Treppen und stützten ihn, als er stöhnend aus dem Wasser stieg. Hinter ihm trugen zwei Schwimmer einen ohnmächtigen Körper aus dem Becken.

Kehat legte sich neben den Sprungturm auf die großen Steinplatten, atmete ein paarmal tief durch, bewegte seine Schulter, der Schmerz blieb, aber zerriß ihn nicht, und er stellte sachkundig fest: nichts gebrochen, nur eine Prellung. Ein unverschämtes Glück. Er hob den Kopf und sah auf die neben ihm liegende Gestalt. Ein Bademeister verdeckte sie, er machte Wiederbelebungsversuche, indem er mit den Armen pumpte, und einer der Männer sagte laut: »So ein dummes Luder! Schwimmt in die Sprungbahn! Da war alles zu spät –«

Kehat erhob sich, taumelte zu der kleinen Gruppe und drängte sich durch. Auf den Steinplatten lag ein junges, schwarzhaariges, zierliches Mädchen. Ein weißer Badeanzug mit aufgedruckten großen Mohnblumen gab ihrem Körper etwas unsagbar Lebensfrohes, Blühendes – ein Stück Sommer.

Kehat kniete neben ihr nieder und hielt die noch immer pumpenden Arme des Bademeisters fest.

»Das geschluckte Wasser ist nicht so wichtig«, sagte er. »Sie hat einen schweren Schock bekommen. Lassen Sie mich das bitte machen . . . ich bin Arzt.« Er versuchte ein Lächeln, aber der Schmerz in der Schulter verzerrte seinen Mund. »Das heißt, noch nicht . . . ich bin Medizinstudent. Aber ich mache gerade ein Praktikum auf der Unfallstation –«

Er beugte sich über das Mädchen. Ihre Lider waren verschlossen, zitterten leicht, der Atem ging flach. Er fühlte den Puls, legte das Ohr auf ihre Brust, lauschte auf den flatternden Herzschlag und richtete sich dann wieder auf.

»Na?« fragte der Bademeister. »Soll'n wir 'nen Krankenwagen bestellen?«

»Nicht nötig. Sie hat ungeheueres Glück gehabt. Sie muß im letzten Moment weggetaucht sein und hat so den Zusammenprall gemindert. Sie wird gleich aufwachen.«

»Man sollte ihr den schönen Popo verhauen«, sagte einer der Männer. »So viel Dämlichkeit auf einmal! Man schwimmt doch nicht unterm Sprungturm her, ohne nach oben zu blicken!«

»Und Sie?« Der Bademeister sah auf die schiefgezogenen Lippen Kehats. »Alles in Ordnung?«

»In der Schulter. Aber halb so schlimm.« Kehat versuchte wieder sein klägliches Lächeln. »Wenn ich bei jeder Prellung schreien würde, liefe ich nur noch als Sirene durch die Gegend . . .«

Die Männer lachten. Der Bann des ersten Erschreckens war gebrochen. Sie gingen auseinander, sprangen ins Becken, tauchten, kraulten davon. Der Bademeister zögerte noch und blickte auf den langgestreckten Körper in dem Mohnblumentrikot.

»Ich kümmere mich um sie«, sagte Kehat. »Machen Sie bloß keinen Rummel, Meister . . . es ist ja noch alles gutgegangen . . .« Er setzte sich neben das Mädchen, nahm ihren Kopf in seinen Schoß und strich ihr die nassen Haare aus dem Gesicht. Es war ein schönes, schmales Gesicht, das an südliche Sonne und Orangenhaine erinnerte, an Palmen und schlanke Zypressen, weiße, im Sonnenglast schwimmende Häuser und einen heißen Wind, der aus dem unendlichen Himmel fällt. Sie muß dunkle, ganz dunkle, ja schwarze Augen haben, dachte Kehat. Ihre Haut hat einen ganz leichten Bronzeton . . . sie erinnerte ihn an die Felsen in der Negev, die in der Abendsonne diesen Kupferton annahmen, bevor die Wüste sich fast violett färbte und die stille Einsamkeit zu leuchten begann in wunderbaren, sich miteinander vermischenden Farben.

Er streichelte ihr Gesicht, hielt ihren Kopf fest, betrachtete ihren jungen Körper, die langen Beine, rehhaft schlank, die kleinen, spitzen Brüste und den Leib, durch den jetzt ein Zittern lief. Gleich wacht sie auf, dachte er. Das Bewußtsein signalisiert schon wieder. Der gespeicherte Schreck kehrt zurück.

Er umfaßte fester ihren Kopf und beugte sich über ihn. Im gleichen Moment schlug sie die Augen auf . . . sie sind schwarz, dachte er, schwärzer geht es nicht mehr . . . ihr Mund klaffte auseinander, sie wollte etwas sagen, aber ihre Kehle war noch vom Schock blokkiert. Statt dessen griff sie zu, riß an Kehats Armen und zog sie von ihrem Kopf, als wolle er sie erwürgen. Ihre Kraft war erstaunlich, und als Kehat sie losließ, wälzte sie sich mit einem Schwung zur Seite und rollte von ihm weg. Dann setzte sie sich und ballte die Fäuste.

»Sie Idiot!« sagte sie mühsam.

»Guten Tag!« antwortete Kehat.

»Warum müssen Sie gerade springen, wenn ich unten vorbeischwimme?«

»Warum müssen Sie schwimmen, wenn ich springe? Wo kamen Sie überhaupt her? Als ich absprang, war das Becken leer.«

»Ich paddelte unter dem Turm. So etwas Idiotisches! Ich hätte tot sein können!«

»Wir beide.«

»Ihre Schuld!« Sie blitzte ihn an. Ihre schwarzen Augen waren zu glühenden Kohlen geworden. Das schmale Gesicht hatte seine Weichheit verloren – es war kantig und von einer Wildheit, die Kehat faszinierte. Ein Engel und ein Satan, dachte er . . . sie ist ein vollkommenes Weib, verdammt noch mal!

»Wir wollen nicht über Schuld oder Leichtsinn sprechen«, sagte er und bewegte leicht die rechte Schulter. Der Schmerz kehrte zurück. Ich werde mit Alkohol und einer elastischen Binde herumlaufen müssen, dachte er. Zwei Wochen kein Schwimmen mehr ... und das bei dreißig Grad im Schatten. Aber ich habe sie kennengelernt ... das Mädchen mit den Kohlenaugen und dem Bronzekörper. »Wenn man es genau betrachtet, sind wir verwandt.«

»Ach nein!« Das Mädchen schob die Unterlippe vor.

»Theoretisch sind wir beide tot. Aber wir leben, und das ist eine gemeinsame Wiedergeburt. Wenn das keine Verwandtschaft ist –«

»Sie sind Philosoph?« sagte das Mädchen mit einem Unterton von Spott.

»Nein. Mediziner.«

»Ach so. Sie sammeln auf diese Art Ihre Patienten?«

»Noch nicht. Ich durchlaufe gerade meine klinischen Semester.«

Sie sahen sich an, begannen plötzlich gleichzeitig zu lachen und fanden sich auf einmal sympathisch. Das Mädchen rückte wieder näher, atmete ein paarmal tief auf und schluckte mehrmals.

»Gechlortes Wasser schmeckt abscheulich«, sagte sie.

»Trinken wir einen Kognak zur Geschmacksverbesserung?«

»Am frühen Morgen?«

»Das ist dem Kognak gleichgültig.«

»Ich schlage vor: Kaffee.«

»Einverstanden.« Kehat sprang auf, verbiß den wieder durch seine rechte Schulter stechenden Schmerz und zog das Mädchen von den Steinplatten. Im Schwimmbecken hob einer der kraulenden Männer den Arm.

»Legen Sie sie übers Knie, Kollege«, rief er. »Aber richtig. Auf beide Backen ...«

»Typisch Mann!« Das Mädchen warf den Kopf in den Nacken. »Immer im Komplott gegen die Frauen! Sagen Sie bloß, Sie seien an dem Zusammenprall unschuldig –«

»Wenn Sie es so gern hören, gut: Ich bin blind gesprungen. Ich habe da unten im Wasser einen Haufen Mohnblumen gesehen und habe mir gesagt: Da mußt du runter und sie pflücken!«

»Jetzt werden Sie vollends blöd!« Das Mädchen zog den Mohnblumenbadeanzug gerade, ging zum Sprungturm, nahm dort ein an einem Haken hängendes rotes Chiffontuch, band damit ihre langen schwarzen Haare im Nacken zusammen und kam zu Kehat zurück. Der Zauber, den sie ausstrahlte, traf ihn wie ein konzentrierter Sonnenstrahl. Er kam sich wie unter einem Brennglas vor.

Langsam ging er ihr entgegen und ließ dabei seine rechte Schulter hängen. Es war ihm jetzt kaum noch möglich, den Arm zu heben. Sie blieb abrupt stehen und starrte ihn an. In ihren Augen flammte Schrecken auf.

»Sie haben sich *doch* verletzt –«, sagte sie mit ganz kleiner Stimme.

»Nur eine Schulterprellung –«

»Durch meine Schuld! Mein Gott. Ich bin einfach losgeschwommen und habe nicht gesehen, daß . . .«

»Wir waren uns einig, daß es *meine* Schuld war«, sagte Kehat.

»Aber nun ist alles anders. Sie sind . . . Sie haben Schmerzen . . .«

»Ich werde sie mit einem Kognak betäuben. Gehen wir . . .?«

Sie nickte. Mit gesenktem Kopf ging sie neben ihm her, blickte nicht mehr hoch, schien die Schritte und die Steine zu zählen und sagte kein Wort. Kehat hatte Zeit, sie zu betrachten. Sie ging wie eine Gazelle, schwerelos, lautlos, als berühre sie gar nicht den Boden. Sie war größer, als sie zuerst im Liegen ausgesehen hatte . . . sie reichte ihm bis zu den Augen, und er war ein großer schlanker Mann mit breiten Schultern, schmalen Hüften und einem ziemlich verwuschelten, blonden Haarschopf. Viele Leute würden sagen: Da muß ein Friseur her . . . aber Kehat liebte diese wirren Haare, und wenn er lachte, paßten sie genau zu ihm.

Sie schwiegen, bis sie die Terrasse des Restaurants erreicht hatten und sich an einen der vielen, noch freien Tische setzten. Langsam füllte sich jetzt das »Südbad«. Kehat sah auf seine Armbanduhr, es war knapp vor zehn.

»Sehen wir uns wieder?« fragte er. Das Mädchen hob den Kopf. In seinen schwarzen Augen lagen Fragen und Ratlosigkeit.

»Ich weiß nicht ... Sie haben es eilig, wegzukommen von einem so dämlichen Frauenzimmer wie mir, was?«

»Um elf habe ich eine Vorlesung in Chirurgie. Ich kann mir ein Schwänzen nicht leisten. Ich bin ein hungriger Student, wissen Sie, ich muß arbeiten, ich habe keine Eltern, die dreißig Semester bezahlen können, und ich habe auch kein Stipendium, auf dem ich mich ausruhen kann. Für mich zahlt keiner Entwicklungshilfe.« Er beugte sich über den Tisch und griff nach den feingliedrigen Händen des Mädchens. »Aber wir sehen uns wieder, bitte ... Ich heiße Kehat Yonatan ...«

»Mein Gott –«, sagte das Mädchen. Ihre bronzene Haut wurde einen Ton bleicher. In ihren großen runden Augen tauchte Erschrekken auf. »Wo kommen Sie her?«

»Aus Tel Aviv. Aber geboren bin ich in Kerem Schalom, einem großen Kibbuz an der Grenze zur Sinai. Ich muß Ihnen mal erklären, was das ist, ein Kibbuz ...«

»Ich weiß es.« Das Mädchen sah an ihm vorbei zu den blauen Schwimmbecken. Ihr schmales Gesicht war wieder wie aus dem Stein der Negev geschnitzt. »Sie sind Jude ...«

»Israeli ... Das klingt in Deutschland besser als Jude. Im Deutschen hat das Wort Jude einen brandigen Geschmack. Mein Vater ist Professor in Tel Aviv. Physiker. Früher – als er noch in Deutschland wohnte – hieß er Johnen, heute Yonatan. Ein Assimilierungsprozeß.« Er schwieg, weil das Mädchen den Kopf abwandte und ihre Finger sich um das Geländer der Terrasse krallten. »Stört es Sie, daß ich ein Israeli bin?«

»Ich heiße Amina Murad –«, sagte sie leise. »Wir wohnen in Qnaitra, in Syrien ... aber geboren wurde ich in Taibé, am Rande der Golanhöhen –«

Sie schwiegen beide, starrten über die Menschen in ihrer bunten Badekleidung und wußten im Augenblick keine Worte mehr. Die beiden Schulklassen aus dem Hauptschwimmbecken marschierten unter der Terrasse vorbei zum Ausgang. Sie sangen. »Wer recht mit Freuden wandern will, der geh' der Sonn' entgegen –« Kehat zog die Schultern nach vorn, die fröhlichen Kinderstimmen taten ihm fast körperlich weh.

»Wir haben wieder etwas gemeinsam«, sagte er rauh. Er erkannte seine Stimme nicht wieder. »Wir sind beide im Grenzgebiet geboren worden. Im Vorfeld, gewissermaßen im Niemandsland. Schicksale, die zwischen den Fronten zermahlen werden. Aber ist das wichtig?«

»Ich weiß es nicht –«, sagte Amina leise.

»Ich will Arzt werden, kein Politiker. Wir sind junge Menschen, Amina, eine neue Generation.«

»Ich arbeite im Büro einer Fluggesellschaft. Bei den El Araab Lines. Oh, warum müssen Sie Jude sein? Gerade Sie?« Sie warf den Kopf herum und gab sich keine Mühe, ihr Gesicht zu beherrschen. »Woher haben Sie die blonden Haare?«

»Von meiner Großmutter. Sie starb in Theresienstadt, in der Gaskammer. Auch daran will ich nicht mehr denken.« Er tastete nach ihren schmalen Händen, hielt sie fest, als sie sie zurückziehen wollte, und beugte sich wieder über den Tisch vor. »Jetzt *müssen* wir uns wiedersehen, Amina. Wir haben viel zu besprechen. Soll ich Sie vom Büro abholen?«

»Nein!« Es war wie ein Aufschrei. Ghazi Muhamed, dachte sie. Er würde schnell erfahren, wer der Mann ist, der auf mich draußen auf der Straße wartet. Sein Haß auf die Israelis ist grenzenlos. Es würde keine Woche dauern, und ich bekäme den Befehl zur Rückkehr nach Damaskus. Die Tochter Safar Murad al Mullahs und ein Jude ... das ist, als wenn man Feuer mit Pulver vermählen wollte. »Ich hole Sie von der Universität ab ...« Amina zog ihre Hände zurück, die Kellnerin brachte den Kaffee und ein Glas Kognak. »Mein Vater ist Arzt in Qnaitra ...«, sagte sie völlig zusammenhanglos.

»Wir aber leben in Deutschland.« Kehat hob sein Glas. »Köln ist nicht Damaskus oder Tel Aviv –«

»Was sind Entfernungen oder Namen? Die Gegenwart ist überall –« Sie sah ihn an mit Augen, deren Schwärze noch tiefer geworden war. Kehat hielt den Atem an. Ein nie gekanntes Gefühl durchrann ihn, nahm völlig von ihm Besitz, und er wußte, daß nur so etwas eine Liebe sein konnte, aus der ein Mensch nie mehr herauskam. Es ist, als ob das Herz verbrennt und eine Sonne in der Brust zurückbleibt.

»Um 19 Uhr am Ausgang III, Südflügel der Universität?« fragte er stockend.

»Ja.« Sie trank schnell den Kaffee, stand auf und blickte auf ihn herab. »Ich warte –«

Als sie wegging, sah er ihr nicht nach. Er kämpfte mit dem Feuer in sich, winkte der Kellnerin und sagte: »Noch einen Kognak. Nein, zwei oder drei ... ja, auf einmal ...« Dann saß er da, dachte an seinen Vater, den Juden Moshe Yonatan, an seine Mutter Rebba und wagte nicht zu denken, was sie sagen würden, wenn er ihnen mitteilte: Ich liebe eine Araberin. Was geht mich die Politik an? Bei Gott, Vater, du bist ein großer Mann, ein geachteter Mann, ein Patriot, ein Freund der Herrschenden, und wäre ich jetzt in Israel, würde ich nach Jerusalem fahren, mich an die Klagemauer stellen und Gott anschreien, warum er uns ein Herz gegeben hat. Auch ich liebe mein Land und mein Volk, aber seit einer Stunde hat sich die Welt verändert.

Kehat beschloß, sofort zu handeln. Er fuhr zur Hauptpost und gab in hebräischer Sprache ein Telegramm nach Tel Aviv auf. An Prof. Dr. Moshe Yonatan.

»Vater, ich liebe ein Mädchen. Es heißt Amina und ist aus Syrien. Was soll ich tun ...«

Noch vor 19 Uhr lag eine Blitzantwort aus Tel Aviv vor. Kehat ließ sie sich vom Hausverwalter des Studentenheimes telefonisch durchgeben:

»Komm sofort zurück, mein Sohn –«

Kehat legte den Hörer auf. Zum erstenmal in seinem Leben mißachtete er das Patriarchat und wurde ein ungehorsamer Sohn.

Am Tor III, Südflügel, wartete Amina Murad ...

Qnaitra ist eine Stadt, an der aus den vier Winden vier Straßen zusammenführen. Aus dem Norden von Caesarea, aus dem Osten von

Damaskus, vom Süden aus Cheikh Meskine und vom Westen von der israelischen Grenze her, vom Jordan, dem blutigen Fluß. Es ist eine Wüstenstadt, 900 Meter hoch auf einem kahlen Plateau gelegen, umweht vom ständigen heißen Wüstenwind, fruchtbar nur durch die Wasser des Wadi Raqqad, von Mauern umzogen seit Jahrhunderten, eine Festung mit ineinandergeschachtelten, weißen Häusern, Moscheen mit hohen, schlanken Minaretts, einer Priesterschule, mehreren Kasernen und einer großen Handelszentrale. Ein Gewimmel von über 100 000 Menschen beherrscht die Straßen, in denen die stickige Luft steht, durch die die Lastwagenkolonnen ratternd neben den schreienden Kamelherden und den langen Trecks der Lasteselzüge herfahren. Neuzeit und Altertum vermischen sich hier, und die Menschen, die abends auf den flachen Dächern liegen und die Kühle der nahenden Nacht trinken, haben vor tausend Jahren nicht anders ausgesehen als heute.

Der Arzt Safar Murad al Mullah bewohnte ein großes Haus in der Nähe des Platzes der Revolution. Nach außen fensterlos, burgähnlich, stumm und verschlossen, war es im Inneren mit einem Gartenhof, einem Springbrunnen und rundumlaufenden Säulengängen eine Oase für sich. Hier saß Safar Murad im Schatten und diktierte seinem Sekretär Briefe, empfing seine Freunde und dachte über neue Möglichkeiten nach, Unruhe in die von den Israelis eroberten und besetzten Gebiete Palästinas zu tragen. Er war ein guter Arzt, aber noch besser war seine Phantasie, wenn es um Rache ging.

»Jeder Mensch hat ein Ziel«, sagte er einmal zu Issa, seiner Frau, und Abdallah, seinem Sohn. »Mein Ziel ist es, meine Füße wieder in der großen Moschee von Jerusalem zu waschen. In einem freien Jerusalem! Möge mich Allah so lange leben lassen –«

Ein Teil des Hauses war als Praxis eingerichtet. Hier warteten jeden Tag lange Schlangen von Kranken, die Safar mit noch drei Assistenten behandelte. Ein anderer Teil war der Revolution gewidmet – hier standen Sender, lagerten Waffen aller Art, war die Schaltstelle der Guerillas mit Kartentischen, Wandkarten, Telefonen und Stapeln von Propagandamaterial. Vierzehn Männer arbeiteten hier Tag und Nacht und hielten die Fäden aller Freischärler in den Händen, die über Israel und das westliche Europa verteilt waren. Wie Marionetten wurden sie von hier aus bewegt . . . es gab nicht eine Aktion arabischer Guerillas, die nicht im Hause Dr. Murads auf den Karten abgesteckt worden war.

Es war ein ruhiger, sich abkühlender Abend nach einem Tag mit über dreihundert Patienten, die in fünf Zimmern untersucht worden waren, als Safar Murad endlich Zeit fand, im Innenhof am Brunnen zu sitzen und eine Zigarre zu rauchen. Er kleidete sich europäisch und trug über dem Anzug nur eine leichte, weiße Dschellabah und um den Kopf das Kopftuch mit einem dreifachen, rotweißen Gummiring. Issa, seine Frau, bereitete das Essen vor, Abdallah, sein Sohn, war zu den Golanhöhen gefahren, um neue Kommandotrupps zu inspizieren, die heute, im Schutze der Nacht, nach Israel einsickern sollten.

Ein erfolgreicher Tag, dachte Safar. Allah hat seinen Segen über mein Haus gebreitet. Er hob den Kopf, als einer seiner Sekretäre vom »Revolutionsteil« des Hauses herüberkam und ein Telegramm brachte. Wortlos reichte er es Dr. Safar hin und trat dann ein paar Schritte zurück.

Safar Murad setzte seine Brille auf, legte die Zigarre auf den Brunnenrand und las die wenigen Zeilen. Sein scharfkantiges Gesicht mit der hervorspringenden, gebogenen Nase blieb völlig ruhig, als er den Zettel weglegte, seine Zigarre nahm und ohne Eile wegging in den privaten Teil seines Hauses. Dort hatte Issa den Tisch gedeckt und häufte gerade auf einer großen Schale frische Früchte auf.

»Ghazi Muhamed el Islam schickt eine Meldung aus Köln«, sagte Safar. Jetzt, als er sprach, schien er verändert . . . Issa blickte erschrocken hoch. Eine Traube mit dicken dunkelroten Weinbeeren fiel auf den Tisch.

»Aus Köln? Von Amina? Was ist mit Amina . . .?« Ihre Stimme versank in Angst und brach dann wieder hervor. »Allah, was ist mit Amina?«

»Ghazi meldet, daß sie einen Mann liebt.« Safar Murad stützte beide Hände auf den Tisch, als suche er Halt. »Sie ist alt genug, und ich habe sie erzogen, ihre Ehre zu bewahren. Aber jetzt ist etwas eingetreten, wo wir handeln müssen. Sofort! Seit acht Tagen trifft sie sich mit dem Mann. Jeden Abend sind sie zusammen. Ghazi hat seinen Namen telegrafiert. Es ist Kehat Yonatan –«

»Ein Jude –«, sagte Issa leise. »O Allah, ein Jude!« Sie schlug die Hände vor das Gesicht und wandte sich ab, als habe sie als Mutter eines solchen Mädchens einen Teil der Schande zu tragen.

»Und welch ein Jude!« Safar Murad setzte sich. Er zog an seiner Zigarre, blickte dem aufsteigenden Rauch nach und schloß halb die Augen. »Er ist der Sohn von Moshe Yonatan. Kennst du Moshe Yonatan? Natürlich nicht. Er ist Physiker an der Universität von Tel Aviv und hat ein Gerät entwickelt, mit dem man nachts, bei völliger Dunkelheit, mit Hilfe von unsichtbaren Strahlen schießen kann. Ein Nachtzielgerät. Noch erproben es die Juden, aber es wird eine Katastrophe, wenn sie es einsetzen. Wir hätten keine Chancen mehr. Und ausgerechnet sie müssen zusammentreffen ... meine Tochter und sein Sohn! Allah sei gelobt ... wir werden das Gerät von Moshe Yonatan nicht mehr fürchten. Amina wird es uns bringen –«

»Ich habe Angst –«, sagte Issa leise. Safar lehnte sich zurück, faltete die Hände auf seinem Kopf und blickte an die Decke.

»Wenn sie ein Stück meines Fleisches, ein Teil meiner Seele ist, wird Amina ihr Volk mehr lieben als einen Mann. Heute war ein guter Tag, Issa. Laß uns essen.« Er rückte den Stuhl näher an den Tisch, und seine Augen leuchteten. Große, schwarze Augen, wie Aminas Augen. »Sie war immer eine gute Tochter –«, sagte Safar – »und sie wird es bleiben. Sie wird mit Kehat Yonatan das verfluchte Israel aus den Angeln heben ...«

Es war um die gleiche Stunde, in der Kehat zu Amina sagte: »Es ist das Verrückteste auf dieser Welt – aber ich liebe dich.« Dann küßten sie sich zum erstenmal und gingen eng umschlungen über die schmalen Wege des Kölner Stadtwaldes.

Wie konnten sie ahnen, daß ihre Liebe ein Teil von Blut und Tränen werden sollte?

Ghazi Muhamed el Islam war ein mittelgroßer, freundlicher, stets elegant gekleideter, sehr höflicher Mann, lebte seit sechs Jahren in Deutschland, hatte vor vier Jahren in Köln ein deutsches Mädchen geheiratet, sprach sehr leise, bewohnte ein kleines Haus in Braunsfeld, wurde als zärtlicher Vater zweier krausköpfiger Mädchen bewundert, ging an den Sonntagen mit seiner Familie spazieren oder fuhr an den Rhein, um die romantischen Burgen zu besichtigen ... ein ehrenwerter, unauffälliger, fleißiger Mann, nie nervös, nie laut, so völlig anders, als man sich sonst einen heißblütigen Araber vorstellt. Er war förderndes Mitglied eines Gesangvereins, saß Samstag nachmittag auf dem Rang des Fußballstadions, feuerte seine Mannschaft an und marschierte beim Schützenfest in grüner Uniform und ehrlicher Begeisterung in den Reihen seiner Schützenbrüder mit.

Aber das alles täuschte. Den anderen Ghazi Muhamed kannte kaum einer in Köln. Als Leiter des Büros der El Araab Lines war er viel geschäftlich unterwegs, knüpfte Verbindungen, saß in Besprechungen herum, traf sich mit hundert Leuten und war ein unermüdlicher Arbeiter. Was niemand wußte: Bei ihm sammelten sich alle Nachrichten der arabischen Agenten in Westdeutschland, und von ihm aus gingen die Weisungen der El Fatah, der mächtigen Befreiungsorganisation Palästinas, zu den pilzartig wuchernden, blendend getarnten Mitgliedern. Alles, was Ghazi in Deutschland tat, war genau vorgeschrieben: Seine Heirat mit Luise Dallmann, die beiden Kinder, der ehrbare Familienvater und Schützenbruder, der Fußballfan ... es war eine Tarnung, wie sie – deutschen Augen gegenüber, die so gern das Glück am heimischen Herd sehen – besser und vollendeter nicht sein konnte. So war es Ghazi verhältnismäßig leicht gefallen, eine große und straff organisierte Agententruppe aufzubauen, die jedes Jahr Nachschub durch arabische Studenten bekam, die an den deutschen Universitäten als besonders lernwillig galten. Junge Burschen, glühend vor Heimatliebe und Haß gegen die Juden, zu allem bereit, was der Sache Palästinas nützen konnte. Fanatiker, denen das eigene Leben nichts galt, denn das Leben ist nur eine kurze Wanderung bis zum Ziel, dem Paradies, wie Allah sagt.

Was Ghazi allerdings in diesen Tagen erlebte, verwirrte ihn etwas. Aus Damaskus und später aus Qnaitra sammelte er verschlüsselte Telegramme, die sich laufend widersprachen.

Im Klartext hießen sie:

»Versuche, Kehat Yonatan in deine Gewalt zu bringen.« Das war Damaskus.

»Auf keinen Fall Amina in Gefahr bringen.« Das war Qnaitra.

»Es ist darauf hinzuarbeiten, daß Kehat in eine völlige Abhängigkeit zu Amina kommt. Kein Aufsehen!« Wieder Damaskus.

»Vorerst keine Aufklärung Aminas über ihre politische Mission. Ich spreche selbst mit meiner Tochter.« Dr. Safar Murad aus Qnaitra.

»Welch ein Aufwand –«, sagte Ghazi und verzog sein Gesicht voller Mißbilligung. »Da treten sie sich wieder gegenseitig in den Hintern und verpassen die besten Chancen. Auf wen soll man hören? O Allah, wenn es doch bei uns weniger Männer gäbe, die so viel zu sagen haben. Sie trampeln einander auf den Zehen herum und vergeuden die Zeit mit Diskussionen, was man machen soll, wenn man etwas macht . . .«

Er schloß die Telegramme in einen Panzerschrank, saß dann vor einer elektrischen Kaffeemaschine, sah mit der Gelassenheit des Orientalen zu, wie das kochende Wasser auf das Kaffeemehl tropfte und unten durch den Filter der fertige, starke, fast schwarze Kaffee in die Glaskanne rieselte, dachte an sein Elternhaus in Bethlehem, das am 5. Juni 1967, morgens um vier Uhr, von zwei Panzergranaten israelischer Panzer Typ M 48 mit 90-Millimeter-Kanonen zerfetzt wurde, und zog den Atem zischend durch die Nase. Damals, an diesem 5. Juni, grub er mit bloßen Händen seine Mutter, zwei Schwestern und den Großvater aus den Trümmern und trug sie auf den Schultern, wie geschlachtete Lämmer, zum Marktplatz, wo man die Toten stapelte. Er hatte damals nicht geweint, und als die Toten begraben wurden und der Mullah die Gebete sprach, hatte er stumm an den Gräbern gehockt und auf die einfachen Holzkisten gestarrt, hatte dann den Sand in die Gruben geschaufelt und bei jedem Wurf gesagt: »Ich schwöre euch, ich werde euch rächen ... ich werde euch rächen ... ich werde euch rächen ... Allah sei mein Zeuge ... ich werde euch rächen ...« Er sprach es dreihundertneunundsiebzigmal, dann waren die Gräber zugeschaufelt, mit Steinen beschwert und Ghazi allein auf der Welt. Zwei Monate später ging er nach Deutschland ... ein Vorposten der Revolution, ein Funken der Rache, der überall Feuer entzünden sollte, wo Rache möglich war.

Ghazi goß sich Kaffee ein, süßte ihn mit einem Löffel Honig, schlürfte das heiße, starke Getränk und betrachtete durch eine kleine Scheibe, die in die Wand zwischen Büro und Schalterhalle der El Araab Lines eingelassen war, die lange Theke und Amina Murad. Sie stand einem deutschen Ehepaar gegenüber, zeigte Prospekte von Beirut, den Ruinen von Baalbek, den herrlichen Bergen des Libanon, den Sandstränden und den Luxushotels entlang der Küste. Deutlich sah Ghazi, wie sie ein großes Buntfoto des Hotels »Phoenicia« zeigte und eine Klappkarte der Höhle von Jeita, der »Tropfsteinhöhle der tausend Wunder«.

Man muß mit ihr sprechen, dachte Ghazi. Es hat keinen Sinn, mit dem Gesicht vor der Wand zu stehen und sich selbst anzuhauchen. Niemand hat gewußt, daß der Sohn Moshe Yonatans in Köln studiert. Da war ein Loch in der Beobachtung, da haben die Agenten versagt ... aber nun wissen wir es, und dieses Glück gibt es nur einmal! Sollen wir es durch unnütze Gefühle aus den Händen gleiten lassen? Was sind Gefühle, wenn es um Palästina geht? Die Granaten, die meine Familie auslöschten, hatten auch keine Gefühle, und um die zwei Millionen Flüchtlinge, um die Frauen, Kinder und Greise, die in Baracken oder Zelten leben, in Hütten aus Abfallholz, Pappdeckeln, auseinandergeschnittenen Ölfässern und Wolldecken, kümmert sich auch kein Gefühl. Wer kennt dieses Elend der Vertriebenen? Wer hat mit ihnen in den Erdhöhlen gehaust? Wer hat gesehen, wie die Kinder im Staub geboren werden, auf einer Unterlage aus Zeitungen? Wer hat gesehen, wie die verhungernden hohläugigen Frauen und Kinder stundenlang vor den Verpflegungswagen der UNO Schlange standen, um eine Tasse voll Milchpulver, eine Konservenbüchse voll Maismehl oder einen Löffel Bohnensuppe zu bekommen? O Allah, wer redet da noch von Gefühlen?

Ghazi griff zum Telefon und meldete ein Gespräch nach Damaskus an. Er wunderte sich, wie schnell es ging ... schon nach der dritten Tasse Kaffee klingelte das Telefon, und die tiefe Stimme von Husan Abd Yunis meldete sich.

»Ich sitze hier wie ein Kamel vor einem leeren Wasserloch«, sagte Ghazi. Er hielt sich mit langen Begrüßungsformeln nicht auf. »Wem soll ich nun gehorchen. Safar oder dir, Husan?«

»Wir warten auf Instruktionen des Großen Rates, Ghazi.« Auch in Damaskus ist man nicht gewillt, die Verantwortung allein zu tragen, dachte Ghazi bitter. Jetzt starren sie alle nach Beirut, nach Kairo, nach Amman und Bagdad. Ist dieser Moshe Yonatan der Nabel der Welt?

»Wann kommen die Instruktionen?« fragte Ghazi mit einem deutlichen Unterton von Verachtung.

»Wir tagen ...«

»Und wenn man Kehat nach Israel zurückholt?«

»Man hat es schon versucht.«

»Aha!« schrie Ghazi. »Und wir sehen einfach zu!«

»Kehat weigert sich. Gibt es eine bessere Fessel als zwei Frauenarme?«

»Ist ein Mädchen plötzlich wichtiger als unsere Heimat?«

»Sie ist die Tochter Safars.«

Ghazi Muhamed knöpfte seinen Kragen auf. Die Erregung ließ seinen Hals anschwellen. »Husan –«, sagte er heiser und trank schnell einen Schluck Kaffee, um seine trockene Kehle anzufeuchten. »Ich habe meine ganze Familie verloren, Tausende haben nichts gerettet als ihr nacktes Leben, zwei Millionen leben wie die Ratten rundherum an den Grenzen ihrer gestohlenen Heimat ... was bedeutet da noch die Tochter eines Dr. Safar?«

»Sag es ihm selbst ...« Die tiefe Stimme Husans wurde von einem Knattern in der Leitung unterbrochen, aber Ghazi verstand noch den Schluß des Satzes: »Er wird morgen um 17 Uhr in Köln-Wahn landen...« Dann riß die Verbindung mit Damaskus ab. Ghazi hatte den Eindruck, daß es eine vorbereitete Störung gewesen war und Husan einfach nach ein wenig Krach in der Sprechmuschel aufgelegt hatte.

Morgen, dachte Ghazi. Um 17 Uhr. Das sind noch dreißig Stunden Zeit. Wenn Safar Murad al Mullah erst in Köln eingetroffen ist, nehmen die Dinge einen zu harmlosen Verlauf.

Er betrachtete durch das kleine Fenster wieder Amina. Sie beugte sich über den Block mit den Reiseanmeldungen und füllte für das deutsche Ehepaar einen Antrag aus.

Noch dreißig Stunden, um die Welt erneut in Aufruhr zu bringen.

Ghazi Muhamed beschloß, auf eigene Faust zu handeln.

Der Haß – sagen die Araber – ist eine Traube mit bitterer Schale und süßem Fleisch.

Aber er zerstört das Gehirn ... und das verschweigen sie.

Sie kannten sich jetzt zehn Tage und erlebten ihre Liebe wie ein wahrgewordenes Märchen.

Es war eine zarte Liebe, kein Rausch, der immer nur im Bett endet. Sie hatten sich bisher nur geküßt, und als Kehat einmal mit beiden Händen über ihren Körper streichelte und ihre spitze Brust umfaßte, spürte er, wie sie innerlich erstarrte, ihre Muskeln sich spannten und ihre Augen wieder die tiefe Schwärze annahmen, die unbegreiflich war.

»Du hast Angst –«, fragte er leise, aber ließ seine Hände über ihren Brüsten liegen.

»Du bist der erste Mann, der mich anfaßt ...«, sagte sie. »So anfaßt ... Aber es ist schön. Laß deine Hände dort ...«

»Aber du machst dich steif. Du bist wie erstarrt.«

Sie schüttelte den Kopf. »Ich spüre es gar nicht.« Sie log, er sah es an ihrem Gesicht. Ihre Lippen zitterten, die Backenknochen stachen durch die Haut, sie biß die Zähne zusammen, als er sie wieder streichelte und mit den Händen hinunter zu ihrem Schoß glitt.

Sie saßen auf der Couch in Aminas kleinem Appartement im Kölner Vorort Ehrenfeld, einem Neubau mit dünnen Wänden, großen Fenstern und hallenden Betondecken, die nur durch den Teppichboden erträglich wurden. In der Nebenwohnung lief das Fernsehgerät, ein Tierfilm, man hörte durch die Wand deutlich das Brüllen eines Löwen und die Stimme des Erzählers. Über ihnen ertönte Tanzmusik und sickerte das schlürfende Geräusch von Tanzschritten durch die Decke.

»Das sollten wir auch tun –«, sagte Kehat mit belegter Stimme.

»Was?«

»Tanzen.«

»Die da oben?« Amina nickte nach oben. »Das ist Marion Aufhäuser. Verkäuferin in einem Handschuhladen. Um die Wohnung zu bezahlen, schläft sie mit reichen, dicken Männern. Sie hat ihre Stammkundschaft.« Amina blickte auf die Uhr. »Noch ein paar Minuten, dann hörst du das Bett knarren . . . dort drüben in der Ecke steht es . . . Das ist immer lauter als nebenan das Fernsehen . . .«

Sie blieb mit durchgedrücktem Kreuz sitzen, wie in einem Gipspanzer, vermied es, auf Kehats Hände zu sehen und zwang sich, das Zittern ihrer Mundwinkel zu unterdrücken. Er nahm die Hände von ihrem Schoß und umfaßte ihren Kopf.

»Amina –«

»Hörst du – jetzt tanzen sie nicht mehr.« Ihre Stimme schwankte.

»Ich habe an meine Eltern geschrieben«, sagte Kehat. »Ich habe ihnen geschrieben, daß ich dich liebe und daß ich dich heiraten will . . .«

»Und sie haben geantwortet: Kehat, welch ein Idiot du doch bist . . .«

»Mein Vater ist ein stiller Mann . . . er sagte es nicht ganz so brutal.«

»Aber der Sinn stimmt, nicht wahr?«

»Es ist eine andere Generation, Amina.«

Sie hielt seine Hand fest, die wieder zu ihrer Brust glitt, und schüttelte den Kopf. »Du hast den Namen meines Vaters noch nie gehört –«

»Von dir zum erstenmal.«

»Aber er ist dir kein Begriff.«

»Er ist ein Arzt . . . und auch ich werde einmal ein Arzt sein. Das ist eine Brücke, über die man sich begegnen kann.«

»Hat dein Vater dir nichts über meinen Vater geschrieben?«

»Nein. Kennt er ihn denn?«

»O mein kleiner, dummer Student.« Sie beugte sich zu Kehat, küßte ihn auf die Augen und lehnte sich zurück. Er nahm die günstige Lage wahr, stützte sich über sie und legte seinen Kopf auf ihre Brüste. Wieder erstarrte sie, aber sie wehrte sich nicht, als er sie mit dem rechten Arm umfaßte und an sich drückte.

»Du bist wieder wie Eis –«, sagte er leise. »Ich tu' dir nichts. Mein Gott, ich liebe dich. Es gibt nicht eine Stunde am Tag, in der nicht ein Gedanke für dich ist. Gestern, bei einer Visite in der Inneren Medizin, mußte ich eine Lunge abhorchen. Ein junges Mädchen . . . es rasselte in ihr, als ob in ihrem Brustkorb eine brasilianische Band spielte. Aber ich hörte das alles nicht . . . ich sah ihren jungen Körper, und jemand fragte etwas, und ich habe geantwortet: Amina . . . Erst, als sie alle lachten, bin ich zusammengezuckt, und der Professor sagte ziemlich spöttisch: ›Eine Pneumopleuritis solchen Namens kenne ich nicht. Wer hat dieses Syndrom beschrieben? Ein Professor Amina . . .?‹ Ich habe verbissen geschwiegen, bis der Oberarzt sagte: ›Herr Yonatan ist zeitweilig unzurechnungsfähig . . . er ist verliebt.‹ Und der Professor lachte und sagte: ›Entschuldigung, junger Mann! Decken Sie die Patientin wieder zu, ehe es zu komplizierten Assoziationen kommt.‹« Kehat rollte sich zur Seite und lag nun neben Amina. Sie tastete zaghaft nach ihm und umspannte seine Hand. »Du hast mich verzaubert, Amina –«

»Wir werden nie glücklich sein«, sagte sie leise.

»Weil ich ein Jude bin. Und du eine Araberin? Wir wollen nur daran denken, daß wir Menschen sind.«

»Dann müßten wir zu einem anderen Stern fliegen, Kehat.«

»Wir werden nach dem Examen auswandern nach Amerika.«

»Was nutzt das? Unsere Welt ist zu klein. Sie werden überall sein und Safars Tochter suchen –«

»Safar! Safar! Immer dieser Safar!« Kehat zog die Beine an. Alles in ihm drängte zu Amina, er verbrannte innerlich vor Verlangen, er badete sich im Schmerz seiner glühenden Liebe, und er wußte, es war einfach, so ganz und gar natürlich, wenn er jetzt begann, sie auszuziehen und in seine Arme zu nehmen. Es würde eine den Himmel herunterreißende Zärtlichkeit sein, und Amina würde sich ihr hingeben, und ihre Starrheit würde sich lösen und in eine Wildheit hinübergleiten, in der sie ganz aufgingen. Aber er tat es nicht ... er umschlang seine angezogenen Knie und starrte an die Decke.

Nebenan brüllten noch immer die Löwen im Fernsehen, über ihnen, in der linken hinteren Ecke, begann das Bett von Fräulein Aufhäuser zu knarren. In drei Tagen war die Miete fällig ...

»Wir sind erwachsene Menschen, Amina –«, sagte er. »Wir können für uns allein sorgen. Wenn ich erst Arzt bin –«

»In drei Jahren, Kehat.«

»Ich werde Nachhilfestunden geben. Du hast deinen Beruf ... Wir beißen uns durch.«

»Als im Juni 1967 eure Soldaten Jerusalem und Jericho, Gaza und die Wüste Sinai eroberten und eure Panzer am Suezkanal standen und unten am Kap Mohammed am Roten Meer, da stand mein Vater zwischen neunhundert Verwundeten in der Wüste von Shunat Nimrin, in einem kleinen Zelt, hatte über vier Säulen aus Felssteinen eine Haustür gelegt und operierte und amputierte darauf die Verletzten. Und zu jedem Sterbenden sagte er: ›Sei glücklich, mein Bruder! Ich werde so lange leben, bis ich an die Klagemauer der Juden in Jerusalem mit meinem Blut schreiben kann: Allah, wir haben sie vernichtet!‹« Sie lehnte den Kopf an Kehats Schulter und weinte. »*Das* ist mein Vater. Und du glaubst an unsere Zukunft –«

Er umfaßte sie, zog sie an sich, küßte die Tränen von ihren Augen, und als sie begann, die Bluse aufzuknöpfen und den Rock abzustreifen, hielt er den Atem an und half ihr nicht. Schluchzend zog sie sich aus, legte sich wieder neben ihn und kroch zwischen seine Arme.

»Wenn du mich jetzt anfaßt, werden wir uns selbst zerstören, weißt du das?« sagte sie, und es klang, als sei sie einverstanden, für dieses Glück zu sterben. »Es gibt keinen Ausweg.«

»Du kommst zu uns nach Tel Aviv.«

»Nie, Kehat, nie!«

»Dann gehe ich mit dir nach Qnaitra.«

»Damit tötest du deinen Vater. Sie werden dich als Geisel benutzen.«

»Ein völlig sinnloser Plan. Vor die Entscheidung gestellt: Israel oder sein Sohn, würde mein Vater sein Land wählen.« Er strich über Aminas glatten, bronzefarbenen Körper und spürte, wie er ihm entgegenkam. »Mein Gott, warum müssen wir, gerade wir, solche Väter haben? Aber ist das nicht auch eine Chance für uns? Ist das nicht eine Aufforderung, auszubrechen aus diesem Teufelskreis? Ich bin kein Jude, der ein Beutelchen mit israelischer Erde auf seinem Herzen trägt ... ich habe eine ganze Welt vor mir, nicht nur ein Stück Land zwischen Mittelmeer und Jordan. Amina ... und wenn wir das Wasser aus der Gosse trinken und die Mülleimer durchwühlen müßten, um etwas zum Essen zu finden, wenn wir zu Ratten werden ... wir brechen aus aus diesem Irrsinn und suchen uns unser eigenes Leben.«

Im Fernsehen neben ihnen lief jetzt eine Musikshow. Das Bett über ihnen knarrte nicht mehr – Fräulein Aufhäuser und ihr Liebhaber tranken jetzt ein Glas Sekt zur Abkühlung. Durch das Fenster zuckte eine blaue Lichtreklame, zauberte bizarre Reflexe an die Decke und erhellte das Zimmer mit rhythmischen Blitzen. Kehat griff zur Seite, wo die Tischlampe stand.

»Kein Licht –«, sagte Amina leise. »Bitte, bitte kein Licht ...«

Sie dehnte sich in seinen Armen, biß sich auf die Lippe, unterdrückte den Aufschrei, der ihre Frauwerdung begleitete und krallte sich dann in Kehats Körper fest, eine Ertrinkende, die ein neues Ufer erreicht.

Hinterher weinte sie wieder, aber anders als vorher, glücklicher, gelöster, irgendwie ein befreiter Mensch, der weint, weil das Neuland, das er betreten hat, so schön ist.

Fast um die gleiche Stunde landete Dr. Safar Murad al Mullah auf dem Flugplatz Wahn. Er kam mit einer Maschine der Swiss-Air aus Zürich, neunundzwanzig Stunden eher, als Ghazi Muhamed sich ausgerechnet hatte.

Vor dem langgestreckten Flughafengebäude winkte er eine Taxe heran, stellte die Reisetasche – mehr Gepäck brauchte er nicht – auf seine Knie und sagte knapp:

»Nach Ehrenfeld. Hainenstraße 5. Es ist ein Neubau.«

Der Fahrer nickte, stellte die Taxenuhr und fuhr los. Dr. Safar lehnte sich zurück und schloß die Augen. Er war müde. Zehn Stunden Diskussionen in Damaskus und in Beirut. Dann sofortiger Abflug nach Europa. Seit vierunddreißig Stunden ohne Schlaf.

Ich habe einen Sohn, dachte Safar. Abdallah, ein großer, starker Bursche. Gruppenleiter einer Fedajin-Einheit. Aber ich habe auch eine Tochter, und sie ist wie eine Blume, die sich gerade unter der Sonne öffnet. Wenn auch Mohammed sagt, die Frau ist ein minderes Wesen . . . ich bin ein Vater und habe eine Tochter genauso gezeugt wie meinen Sohn. Mit der ganzen Liebe meines Herzens. Allah, zwei Augen hat der Mensch . . . und bei mir ist das eine Abdallah und das andere Amina. Soll ich ein Auge verlieren?

»Wie weit ist es bis Ehrenfeld?« fragte er den Fahrer. Er sprach ein gutes Deutsch, etwas guttural, aber sonst akzentfrei. Die Studienjahre in Heidelberg und Marburg waren noch nicht vergessen.

»Von Wahn aus . . . 'ne gute Stunde.«

»Danke.« Safar rückte sich zurecht. Eine Stunde Schlaf, dachte er. Ich werde sie brauchen. Die Begegnung mit Amina wird wie das Zusammenschlagen zweier Flammen sein. »Wecken Sie mich fünf Minuten vorher«, sagte er, senkte den Kopf und schlief sofort ein.

Im zuckenden blauen Blitz der Lichtreklame lagen Kehat und Amina, erforschten mit Händen und Lippen ihre Körper, waren sprachlos vor Glück und vergaßen die gnadenlose Zeit, in der sie lebten . . .

Josuah Halevi war ein Bürger von Tel Aviv wie die anderen vierhunderttausend auch. Er fiel nicht auf, ging fast nur in offenem Hemd und einer ungebügelten Hose spazieren, und niemand ahnte, daß bei ihm zu Hause im Schrank eine Uniform mit den Emblemen eines Obersten hing, daß sein Name in gewissen Kreisen einen guten Klang hatte und daß vor allem im arabischen Lager der Name Josuah Halevi stets nur mit einem drangehängten Fluch ausgesprochen wurde.

Moshe Yonatan war deshalb sehr verwundert, als Halevi bei ihm in der Universität erschien, in einer vorlesungsfreien Stunde. Eine solche stille Stunde verbrachte Professor Yonatan stets in seinem kleinen Zimmer neben der Bibliothek, las die Zeitungen oder sah die schriftlichen Arbeiten seiner Studenten durch.

Halevi setzte sich auf die Tischkante, zog eine Packung Zigaretten aus der zerknitterten Hose und seufzte tief auf.

»Eine Hitze«, sagte er. »Woher kommt bloß diese Glut? Sie als Physiker müßten doch dafür eine Erklärung haben. Früher war es auch heiß, aber jetzt ist es, als wolle Gott Israel verbrennen. Zokkeln wir näher an die Sonne heran?«

»Was ist, Oberst?« Moshe Yonatan öffnete die Schreibtischtür, holte eine Flasche Wein hervor und goß zwei Gläser voll. Der Wein war dunkelgelb und duftete nach Gewürzen. »Sie klemmen sich nicht auf meinen Tisch, um von mir einen Vortrag über die Auswirkungen von verstärkt auftretenden Protuberanzen zu hören.«

»Die letzte Silbe stimmt, Professor. Es ist etwas ranzig ...«

»Himmel, das war ein schlechter Kalauer.« Die Unterhaltung fand in Deutsch statt ... Josuah Halevi war in Magdeburg geboren worden und hatte 1933 als Kind noch rechtzeitig Deutschland verlassen können. »Sorgen im Geheimdienst?«

»Große.« Halevi trank einen Schluck Wein. »Ihretwegen ...«

»Ich werde bewacht wie ein Sack voll Diamanten.« Yonatan stand auf und trat ans Fenster. Auf dem großen Platz der Universität saßen die Studenten und Studentinnen an den Brunnenrändern ... ein buntes, schönes Bild der Sorglosigkeit. »Soll ich wetten, daß Dayan nicht so behütet wird wie ich?«

»Wette gewonnen. Dayan hat eine Augenklappe, Sie aber haben ein Nachtzielgerät entwickelt. Das bereitet uns schlaflose Nächte.« Halevi stellte das Glas auf den Tisch zurück. »Professor, ich habe heute erst genaue Informationen aus Köln bekommen ...«

»Mein Sohn Kehat! Diese Liebe zu der Araberin!« Moshe Yonatan winkte ab. »Ich habe ihm befohlen, zurückzukommen ... seitdem antwortet er nicht mehr. Zuerst war ich wütend, dann dachte ich an meine eigene Jugend. Auch Sie haben sicherlich einmal – mindestens – den Kopf verloren, wenn es um eine Frau ging, Oberst.«

»Natürlich. Aber der Kopf eines Weinsteins oder eines Silbermanns oder eines Schmul Pinkeles ist nicht so wichtig wie der eines Kehat Yonatans. Hat Ihnen Ihr Sohn auch geschrieben, *wen* er im Bett hat?«

»Eine Araberin. Amina heißt sie.« Yonatan drehte sich vom Fenster weg. Die direkte Sprache Halevis war nicht sein Stil.

»Und weiter.«

»Nichts.«

»Dachte ich mir.« Halevi nahm wieder einen Schluck Wein. »Es gibt nichts auf dieser Welt, was nicht möglich wäre, selbst die irrsten Konstellationen in der Liebe. Das Mädchen heißt Amina Murad und ist die einzige Tochter von Dr. Safar Murad al Mullah ...«

Plötzlich lag eine bedrückende Stille zwischen den beiden Männern. Yonatan machte drei Schritte bis zum Schreibtisch und setzte sich lautlos auf seinen Stuhl. Halevi betrachtete seine Finger, als wolle er gleich mit dem Abzählen beginnen. Eins und eins macht zwei ...

»Safar Murad –«, sagte Yonatan endlich.

»Das ist ein Brocken, den Sie jetzt auffangen müssen, Yonatan.« Halevi steckte sich eine neue Zigarette an, die alte war im Aschenbecher verglüht. »Welch ein Hebel für die Fedajin, Sie aus dem Stuhl zu heben! Amina führt den aus Liebe zum Trottel gewordenen Kehat ins gegnerische Lager, und dann beginnt ein Spielchen, das nur im Blut enden kann. Wir alle wissen, wie es ausgehen wird –«, Halevi vermied es, Yonatan anzusehen und spielte mit seiner Zigarette – »aber wir möchten Ihnen ersparen, Israel auf diese schreckliche Art einen Sohn zu opfern . . .«

»Das war klar«, sagte Yonatan. »Manchmal ist Ihre Grobheit heilsam.«

»Wir können uns Illusionen nicht leisten. Israel ist durch Sie als einziger Staat der Welt im Besitz eines hundertprozentigen Nachtzielgerätes. Noch weiß es nur eine Handvoll Militärs, aber ich wette meinen Kopf, daß die arabische Seite genau weiß, was hier geschieht. Ihr Sohn Kehat, bisher als Student irgendwo in der Welt und aus den Augen der Araber, ist plötzlich so nahe vor ihnen, daß mich wundert, warum er nicht schon längst auf dem Weg nach Kairo, Beirut oder Damaskus ist.«

»Mein Gott!« Yonatan starrte Halevi an. Blässe überzog sein Gesicht. In der plötzlichen fahlen Fläche wirkten die blauen Augen übergroß und einsam. »Was soll ich tun? Ich fliege mit der nächsten Maschine nach Europa . . .«

»Unmöglich. Das Risiko ist zu groß. Ich habe bereits, Ihr Einverständnis vorausgesetzt, gehandelt. Drei unserer Leute haben den Auftrag, Kehat zur Rückkehr nach Israel zu bewegen. Glauben Sie mir . . . sie schaffen es . . .!« Halevi blickte auf seine Armbanduhr. »Sie haben den Auftrag, die erste Morgenmaschine zu benutzen. Morgen gegen Mittag können Sie Ihren Kehat umarmen, Professor.«

»Und das Mädchen?« fragte Yonatan.

Halevi hob die breiten Schultern und griff nach dem Wein. »Wenn ich jede Liebe ernst genommen hätte, stände jetzt vor Ihnen der größte Bigamist . . .«

Es war ein Witz, über den Professor Yonatan gar nicht lachen konnte.

Fünf Minuten vor der Hainenstraße weckte der Taxifahrer seinen Gast.

»Wir sind gleich da!« rief er. »Noch drei Kreuzungen, dann links rein.«

Safar zuckte hoch. »Danke –«, sagte er. »Ich habe herrlich geschlafen. Sie fahren gut.«

Er drückte das Gesicht gegen die Scheibe und sah die Straßen entlang. Eine stille Gegend, dachte er. Wenig Leute. Ein paar Geschäfte, Bürohäuser, Steinklötze, nur am Tage voll Leben.

Was wird sie sagen, meine schöne Blume, wenn ich plötzlich vor ihr stehe? Sie wird ahnen, warum ich gekommen bin, und es wird nötig sein, gegen sie zu kämpfen wie gegen einen Wüstenwind.

Die Taxe hielt. Hainenstraße 5. Der Neubau. Fünf Stockwerke. Fenster an Fenster. Appartements.

Safar Murad stieg aus und sah die Fassade hinauf. Dritte Etage, dachte er. Dort, das offene Fenster, muß es sein. Auf einer Ansichtskarte hatte es Amina angekreuzt. Ein dunkles Fenster. Schläft sie schon?

Er bezahlte den Fahrer, wartete, bis der Wagen wieder abgefahren war, ging dann zur Haustür und legte den Finger auf den Klingelknopf, unter dem Murad stand.

In der Stille der Nacht hörte er das Klingeln durch das offene Fenster bis zu sich hinunter.

Meine Taube, dachte Safar zärtlich. Meine kleine Rose. Morgen fliegen wir zusammen zurück nach Damaskus . . .

Oben, im zuckenden Licht der Leuchtreklame, zerriß das schrille Klingeln die wunderbare Welt aus Glück und Zärtlichkeit.

Amina und Kehat fuhren auseinander, sahen sich an, noch nicht völlig zurückgekehrt aus ihrer seelischen Schwerelosigkeit, begriffen nicht, was sie auseinandergerissen hatte, und warteten.

Ein neues Klingeln, länger, fast zu lang schon, durch die Ohren bis in ihre Herzen dringend, ließ sie zusammenzucken und endlich begreifen, daß auf der Straße jemand an der Haustür stand und auf den Klingelknopf drückte.

»Wer ist das?« fragte Kehat leise.

Sie hob die Schultern, deckte die Hände über ihre Brüste, als schäme sie sich plötzlich, und schüttelte den Kopf. »Ich weiß es nicht –«

»Um diese Zeit?«

»Ein anderer Liebhaber ist es nicht«, sagte Amina. Sie sah das Mißtrauen in Kehats Augen, setzte sich auf und strich die verschwitzten Haare in den Nacken. »Du solltest es jetzt am besten wissen ...«

Wieder die Klingel, die Stille durchschneidend wie ein Aufschrei. Aber jetzt in kurzen Abständen dreimal hintereinander, wie ein Zeichen. Ein vertrautes Klingeln. Hallo, ich bin's ... dreimal kurz, du weißt, wer da wartet. Amina schüttelte wieder den Kopf. Hilflosigkeit und Angst überzogen ihre schwarzen Augen.

»Ich weiß es wirklich nicht, Kehat«, flüsterte sie. »Es gibt niemanden, der mich nachts besucht.«

»Am einfachsten wäre es, aus dem Fenster zu sehen.«

»Noch einfacher wäre es, ganz still zu sein. Wer es auch ist ... er wird dann gehen ...«

Wieder die Klingel. Dreimal lang. Kehat schob sich von der Couch. Nackt stand er im zuckenden Reklamelicht, etwas vorgebeugt, in der Haltung eines Ringers, der den Angriff eines Gegners erwartet.

»Das da unten macht mich neugierig«, sagte er gepreßt. »Geh ans Fenster, Amina. So klingelt keiner, der kein Recht hat, hereingelassen zu werden.«

»Es gibt niemanden, Kehat. Ich schwöre es dir!«

»Dann zeig dich am Fenster ...«

Sie nickte, warf stumm einen Bademantel über ihre glänzende Nacktheit, kämmte mit gespreizten Fingern ihre langen Haare und ging langsam zum Fenster. Als sie sich hinausbeugte, ertönte von unten eine tiefe Männerstimme. Kehat verstand die Worte nicht, aber daß es ein Mann war, zerriß ihn fast.

Amina prallte zurück. Der Anblick des Mannes dort unten an der Haustür schleuderte sie förmlich ins Zimmer hinein. Sie lehnte an der Wand neben dem Fenster, preßte die Hände um ihren Kopf, ein paarmal öffnete sich ihr Mund, sie setzte zum Sprechen an, aber erst, als Kehat fragte: »Nun sag es schon!«, wurden aus dem Stammeln Worte.

»Mein Vater! O Allah ... Unten steht mein Vater ...«

»Sie arbeiten schnell«, sagte Kehat bitter. Er griff nach seinen Kleidern und zog sich an. Amina schlüpfte in einen Schlafanzug und schob die beiden Gläser, aus denen sie getrunken hatten, unter die Couch.

»Es kann ein Zufall sein. Bestimmt ist es ein Zufall. Mein Vater ist oft in Deutschland. Er hat hier studiert ...« Aber während sie es aussprach, merkte sie, daß sie schlecht log. »Ich muß aufdrükken«, sagte sie. »Jede Sekunde Warten macht ihn mißtrauisch. Und du kannst nicht mehr weg –«

Kehat lächelte verzerrt. »Ich werde den alten Witz vom Liebhaber im Kleiderschrank spielen.« Er blickte sich um – es war wirklich in diesem Einzimmer-Appartement die einzige Möglichkeit, sich zu verstecken. Er warf seine Jacke über, schob Aminas Kleider zusammen und stellte sich in den engen Schrank. Es war einer dieser modernen Schränke, er mußte sich ganz an die Rückwand pressen und die Arme anlegen, damit Amina die Tür wieder schließen konnte. Dann hörte er sie herumlaufen, Licht flammte auf, durch die Ritzen der nicht genau schließenden Schranktür drang in dünnen Streifen die Helligkeit. Er atmete ein paarmal tief ein, roch den zarten Duft aus Aminas Kleidern, der ihn an ihren Körper erinnerte, und plötzlich war er ganz ruhig und von einem verzweifelten Mut. Ich liebe sie, dachte er. Und wenn die ganze Welt brennt – ich trage sie auf meinen Armen heil durch die Flammen.

Die Wohnungstür klappte. Eine tiefe Stimme, arabische Laute, dann – deutlicher – deutsche Worte. Aminas Stimme ganz nahe am Schrank, es schien fast, als lehne sie an der Tür.

»Dich hat Ghazi gerufen, nicht wahr?« sagte sie.

»Wie kann ein Floh einen Löwen rufen?« Safar Murad setzte sich auf die Couch. Er hatte seine Tochter umarmt, voll väterlichen Glücks hatte er sie an sich gezogen, aber dann roch er, als er sie küßte, den Alkohol auf ihren Lippen. Er ließ sie los, sah sich schnell um, und während sie weiter ins Zimmer ging, bemerkte er unter der Couch die beiden Gläser. Ganz kurz streifte sein Blick die Schranktür. Es wäre eine schnelle Lösung aller Probleme, dachte er. Eine Blitzaktion. Aber ebenso sicher wußte er, daß Amina in diesem Augenblick nicht mehr seine Tochter sein würde, sondern ein in die Enge getriebenes wildes Tier, das nur an Vernichtung dachte.

Wäre sie sonst meine Tochter? dachte er und setzte sich. Er hockte genau über den Gläsern, den Kleiderschrank in gerader Blickrichtung. Irgendwie überkam ihn eine Traurigkeit, die ihn müde machte. Sein väterliches Herz weinte nach innen. Welch ein Engel ist sie geworden, dachte er. Schöner als ihre Mutter Issa in ihrer Blüte, schöner als alles, was zwischen Damaskus und Qnaitra lebt. Wie stolz darf ein Vater sein, solch eine Tochter zu haben! Aber wie unbeschreiblich ist der Schmerz, durch den ich jetzt hindurch muß.

»Ich habe Geschäfte in Deutschland«, sagte er. Da Amina deutsch sprach, tat er es auch. Natürlich, der Mann im Schrank versteht kein arabisch, dachte er. Sieh mich an, Töchterchen. Ich mache dein Spiel mit. Es wird ein Spiel der Grausamkeit werden ... wir leben in einer Zeit, in der jeder jeden vernichtet ... der Bruder die Schwester, der Vater seinen Vater und der Vater seine Kinder. Amina, meine Rose, welch eine Zeit! Warum hat Allah uns in dieses Jahrhundert gesetzt?

»Ich weiß«, sagte Amina hart. »Du bringst Waffen. Handgranaten, zusammengelegte Maschinengewehre, Sprengstoff. Diplomatengepäck wird nicht kontrolliert. Du bist noch Angehöriger der Regierung ... dem Paß nach?«

»Ich habe nur eine Tasche bei mir. Diese hier.« Safar hob seine Reisetasche hoch. Seine Stimme klang müde. »Ich wollte nur zu dir, Amina. Deine Mutter läßt dich grüßen.«

»Danke, Vater.«

»Dein Bruder Abdallah ist ein wichtiger Mann geworden.«

»Wieviel Menschen hat er schon getötet?«

Safar starrte auf den Boden. Vor drei Tagen explodierte eine

Bombe von ihm in einem Kibbuz jenseits der Golanhöhen, dachte er. Die Juden geben die Toten nicht bekannt, aber wenn Abdallah eine Bombe legt, liegt sie immer richtig.

»Du liebst diesen Kehat Yonatan?« sagte Safar plötzlich. Es war wie ein Stoß. Die Minuten vager Zärtlichkeit zwischen Vater und Tochter waren vorbei. Was jetzt folgte, war die Unerbittlichkeit der Wahrheit. Die Pflicht. Das Höchste, dem sich alles unterzuordnen hat: Der Kampf um die Heimat. Palästina. Die Vernichtung Israels. »Bis das Meer sich rot färbt vom Blut der Juden . . . so lange muß jeder Araber leben, denken und handeln!« hatte er einmal in einem Flugblatt geschrieben. »Der Haß ist unser Morgengebet, unser Mittagessen, unser Abendtrunk. Selbst im Schlaf sollt ihr nur von einem träumen: Erobert Palästina zurück!«

»Ja. Ich liebe ihn!« sagte Amina laut. Safar, in seinen Gedanken versunken, schrak hoch.

»Ich verbiete es dir!« Es war ein dummer Satz, er wußte es, aber er mußte ihn aussprechen, um sein Gesicht zu behalten.

»Du weißt, daß ich mich weigere.« Sie lehnte an der Schranktür, stolz, schön, kampfbereit, nur durch ein dünnes, gelacktes Brett von dem Mann getrennt, der für die »Organisation« plötzlich so wichtig geworden war wie die heilige grüne Fahne des Propheten, die einmal wieder über Jerusalem wehen sollte. Ich müßte sie jetzt töten, um an Kehat Yonatan heranzukommen, dachte Safar traurig. Kann man das von einem Vater verlangen? Er sah Amina aus verschleierten Augen an und spürte schmerzhaft sein Herz.

»Wir werden dich zwingen.«

»Wie?« Sie warf den Kopf in den Nacken.

»Wir werden ihn jagen wie einen Wüstenfuchs.«

»Ihr bekommt ihn nie! Nie!«

Safar starrte auf den Schrank. »Er kann nicht ewig unter deinem Rock stecken.« Er bückte sich, griff unter die Couch, holte die beiden Weingläser hervor und stellte sie auf den Tisch. Stumm, verbissen, wie Fremde, die auf rätselhafte Weise zu Feinden geworden sind, sahen sie sich an. Die Fronten waren gezogen. Es gab nun keine Geheimnisse mehr.

»Hol ihn dir, Vater . . .«, sagte Amina leise. Safar spürte die Gefährlichkeit in ihrer Stimme. Es machte ihn stolz und wehrlos zugleich. Allah hat mich mit meinen Kindern gesegnet, dachte er, aber Palästina ist wichtiger und größer als die Vaterschaft.

»Nicht hier«, antwortete er. »Aber außerhalb dieses Zimmers hört der Frieden auf. Du weißt, für uns gibt es keine Grenzen. Ich verrate mein Volk, wenn ich diese vier Wände übersehe . . . aber ich liebe dich, meine Tochter.« Safar erhob sich. Er machte einen Schritt auf den Schrank zu, aber als sich Amina duckte und Feuer in ihre Augen sprang, blieb er stehen, drehte sich um und ging zur Wohnungstür zurück.

»Das Leben eines Mannes gleicht nicht dem eines Wurmes«, sagte er so laut, daß es wie eine Aufforderung klang, und eine solche sollte es auch sein. »Ich traue meiner Tochter alles zu, nur nicht, daß sie einen Feigling liebt.«

»Vielleicht bin ich ab heute nicht mehr deine Tochter?«

»Unmöglich.« Safar Murad schüttelte den Kopf. »Geh zu einem Spiegel, blick hinein . . . wer diese Augen hat, wird immer meine Tochter bleiben . . .« Er öffnete die Tür, blieb aber in ihr stehen und sah noch einmal zurück. »Deine Mutter wartet auf dich, Amina.«

»Sie kann zu mir kommen, so wie du gekommen bist, Vater.«

Safar lehnte sich an den Türrahmen und atmete tief auf. »Sie werden euch vernichten, und ich kann es nicht verhindern. Ich werde dabei sein und sogar die Befehle geben. Ich werde daran sterben. Ist eine Liebe so viel wert?«

»Ja, Vater.«

»Komm her, Amina«, sagte er sanft.

»Nein!«

»Ich will dich zum Abschied küssen.« Safar setzte die Reisetasche ab. »Soll ich zu dir kommen?«

»Bleib stehen, Vater!« schrie sie plötzlich. »Bei Allahs Gnade, bleib stehen!«

Er sah sie an, lange abschiednehmend, so wie man einen Menschen ansieht, bevor man über ihm den Deckel des Sarges schließt.

Dann drehte er sich um, verließ das Zimmer und stieß mit dem Fuß die Tür zu. Mit drei Sprüngen war Amina hinterher und drehte den Schlüssel herum. Hinter sich hörte sie, wie Kehat aus dem Schrank kam, aber sie wandte sich nicht um. Sie drückte das Gesicht gegen die Wand und weinte.

»Er steht unten auf der Straße . . .«, sagte Kehat nach einer ganzen Zeit dumpfen Schweigens. »Er hält Wache. Die Tasche lehnt neben seinem rechten Bein. Die Schlösser sind geöffnet.«

Sie nickte und blieb mit dem Gesicht an der Wand stehen. Eine unbeschreibliche Verlassenheit war um sie. Ich habe keinen Vater mehr, dachte sie. Keine Mutter, keinen Bruder, kein Land, kein Volk. Nur Kehat Yonatan. Einen Juden.

»Jetzt sind wir ganz allein«, sagte sie gegen die Wand. »Wir sind wie die ersten Menschen.«

»Wir haben noch meinen Vater, unser Haus in Tel Aviv, meine Mutter. Sie wird dich wie ihr eigenes Kind aufnehmen.« Kehat stand seitlich vom Fenster und blickte im Schutz der zurückgezogenen Gardine auf die Straße. Unter der zuckenden Lichtreklame wartete Safar Murad, neben sich die geöffnete Reisetasche.

»Wir haben nichts mehr!« schrie Amina und drehte sich herum. »Nichts! Auch du nicht! Auch für dich gibt es keinen Moshe Yonatan mehr, keine Mutter Rebba, kein Tel Aviv, kein Israel, kein Sommerhaus in Herzlia! Begreifst du das nicht? Wir haben nur uns! Du und ich – das ist alles, was uns geblieben ist! Können wir damit leben?«

»Ja, Amina.« Er schob die Gardine zurück. »Ob man ihn ablöst?«

»Wen?«

»Deinen Vater. Er kann nicht stundenlang da unten stehen.«

»Ghazi wird neue Männer schicken.« Sie ging zum Fenster, blickte hinunter, versteckte sich nicht, lehnte sich im Gegenteil hinaus und blieb so im Fenster liegen. Der Nachtwind riß an ihren Haaren, sie klappte den Kragen des Bademantels hoch und hielt ihn vor dem Hals zusammen. Safar hob ein paarmal den Kopf, sah seine Tochter an und senkte dann den Blick. Hier unten auf der

Straße war er kein Vater mehr, sondern der Abteilungschef der Organisation »Freies Palästina«. Und wenn in seinem Herzen noch die Glut der väterlichen Liebe war, erstickte er sie jetzt mit den Gedanken: Zwei Millionen Flüchtlinge warten auf die Rückkehr. Die ganze Welt hat uns verraten. Unser Schicksal kümmert niemanden. Was auch geschieht, wir haben nichts zu verlieren, weil wir zu einem Nichts geworden sind.

»Was hat er in der Reisetasche?« fragte Kehat leise.

»Eine kleine Schnellfeuerwaffe. Ein extra für den Guerillakampf entwickeltes Modell. Man schießt damit schneller, als man denken kann.« Sie fror, zog die Schultern hoch, und Kehat trat hinter sie, legte die Arme um sie und wärmte sie mit seinem Körper. Safar sah es, im Gegenlicht hoben sich die beiden Köpfe deutlich ab.

Gut so, Kehat Yonatan, dachte er. Du hast es begriffen. Die Zeit des Versteckspielens ist vorbei. Mach dir Gedanken, wie du jemals dieses Haus verlassen kannst. Oder willst du dort oben als ein Greis sterben?

Wir haben Zeit –

Um halb sieben Uhr morgens wurde es in dem großen Haus lebendig. Um sieben verließen Gruppen von Menschen ihre Wohnungen, um zu ihrer Arbeit zu fahren. Ahnungslose Menschen, alte und junge, Männer und Frauen. Sie gingen an Safar vorbei, ohne ihn nur anzusehen. Die Tageshetze begann, man lief sowieso auf die letzte Minute los.

Um halb acht verließ auch Amina das Haus. Safar sah sie aus der breiten Glastür kommen, allein, fröhlich, in einem hellen Sommerkleid, die schwarzen Haare offen im bereits heißen Morgenwind. Er drückte seine Tasche unter den Arm und überquerte die Straße. Amina blieb stehen.

»Guten Morgen, Vater«, sagte sie. »Welch eine lange Nacht –«

»Du läßt Kehat allein?«

»Nein.«

»Wo ist er?«

Sie sah ihn an, lachte und klopfte mit der Faust gegen seine Reisetasche. »Das nette Mädchen in dem gelben Hosenanzug und dem roten Kopftuch, das um sieben Uhr aus dem Haus kam, das war Kehat«, sagte sie fröhlich. »Er hat eine halbe Stunde Vorsprung, und die genügt ihm. Was ist nun, Vater?« Sie blickte in seine übermüdeten Augen, und als sich ihre Blicke trafen, wußten sie, daß aller Haß dieser Welt die Liebe zwischen einem Vater und seiner Tochter nicht zerstören konnte. »Greif in die Tasche und erschieße mich! El Fatah wird dich zum Helden ernennen!«

Safar Murad drehte sich um. Mit gesenktem Kopf ging er fort, die Straße hinunter, ein alter, uralter Mann. Eine Nacht hatte genügt, ihn zu zerbrechen.

Auch der Kommandotrupp des israelischen Geheimdienstes kam zu spät.

Im Studentenheim hatte man Kehat Yonatan seit dem Nachmittag des vergangenen Tages nicht mehr gesehen . . . die Wohnung Amina Murads, die man mit einem Spezialschlüssel öffnete, war ebenfalls leer.

»Er war hier«, sagte der Führer des Trupps, ein Leutnant Aaron Gholem. »Ich nehme nicht an, daß Amina aus zwei Gläsern zugleich trinkt. Irgend etwas ist geschehen oder schiefgelaufen.« Er stellte die Gläser auf den Tisch zurück, untersuchte schnell und gründlich die Wohnung, fand Kehats Trenchcoat – er hing in Aminas Schrank – und gab es dann auf, an Spuren zu glauben. Sie verschlossen die Wohnung wieder und fuhren zurück in die Innenstadt von Köln, parkten den Wagen in einer Hochgarage und verteilten sich dann über die Straße, in der das Büro der El Araab Lines lag.

Leutnant Gholem stellte sich, wie so mancher Passant, an die große Scheibe und betrachtete die bunten Plakate. Beirut, die Tempelstadt von Baalbek, die Schneegipfel des Libanon, das Seebad von Saida, die Wasserfälle von Hammana. Dann schlenderte er weiter und traf sich an der nächsten Ecke mit seinen beiden Kameraden.

»Sie steht hinter der Theke«, sagte Gholem verwundert. »Wenn sie nicht da wäre, ergäbe das eine klare Lage . . . aber so? Ich blicke nicht mehr durch. Zurück zum Quartier. Wir müssen Oberst Halevi informieren ...«

Pünktlich fünf Minuten vor acht, wie jeden Morgen, hatte Amina das Büro der Fluglinie betreten, ihren Schreibtisch aufgeschlossen und die Post sortiert, die der arabische Bürolehrling vom Postamt aus dem Schließfach geholt hatte. Ghazi Muhamed stellte sich hinter Amina, blies ihr seinen Atem in den Nacken und sagte halblaut:

»Die Zeit der Lügen ist vorbei.«

»Das ist mir klar, Ghazi«, antwortete sie und sortierte weiter die Post.

»Ein paar Freunde sind unterwegs, deine Dummheit zu bereinigen.«

»Sie kommen zu spät.«

»Wir sind noch nie zu spät gekommen.« Ghazi Muhamed lachte etwas unsicher. »Für Menschen, bei denen die Zeit keine Rolle spielt, gibt es solche Begriffe nicht.« Er faßte Amina an den Schultern, drehte sie zu sich herum und blickte ihr in die zornigen Augen. »Du wirst abgeholt. Du wirst noch heute Köln verlassen! Ich habe den Befehl, dich festzuhalten.«

»Und wenn ich mich wehre?«

»Welch eine dumme Frage.« Ghazi behielt seine Hände auf Aminas Schultern. »Ich stehe hier, und es ist leichter, den Jordan umzuleiten, als mich zu überrennen.« Er blickte über Aminas Kopf auf die Uhr in der Schalterhalle. »Nur noch wenige Augenblicke, und die Welt wird wieder aufschreien. Wer will uns daran hindern, Kehat Yonatan vor der Universität zu ergreifen? Wir haben ihn genau beobachtet. Um halb neun beginnt die Vorlesung über Orthopädie. Vielleicht ist er schon auf dem Weg in unser Quartier –«

»Ich habe keine Angst um ihn«, sagte Amina ruhig.

Ghazi sah sie mißtrauisch an. Ihre Sicherheit, ihre Gelassenheit bei dem Wissen, was mit Kehat jetzt geschehen würde, machte ihn plötzlich unsicher.

»Um siebzehn Uhr landet dein Vater in Wahn!« hieb er auf sie ein. Aber auch diese Worte verfehlten jede Wirkung. Sie lächelte nur.

»Er ist schon da.«

»Unmöglich.« Ghazi Muhamed spürte, wie es heiß in ihm hochkroch. Was wird hier gespielt, dachte er. Warum belügt man mich? Wo ist Dr. Safar, der unbekannte, große Mann, den man nur von Bildern kennt, auf denen sein Gesicht hinter einer dunklen Brille und einem Mundtuch verborgen ist? Nicht einmal die Kranken, die er in Qnaitra behandelt, wissen, ob er es selber ist oder sein Assistent. Nur ein kleiner Stab Vertrauter kennt sein Gesicht, und diese wenigen schweigen wie die Wüste. »Damaskus informierte uns –«

»Damaskus.« Amina legte die Post weg, ging um Ghazi herum und setzte sich – wie jeden Morgen – an ihren Schreibtisch. »Safar Murad hat die ganze Nacht vor meinem Haus gestanden, und auch er hat nicht verhindern können, daß Kehat Yonatan entkommen konnte.«

»Du weißt, wo er sich versteckt!« schrie Ghazi. Sein Gesicht verzerrte sich und wurde erschreckend geierhaft.

»Ich weiß gar nichts.«

»Wir werden dich zwingen!«

»Was bedeutet Zwang für Menschen, die außerhalb aller Gefühle leben? – Eure Worte, Ghazi! Und sie gelten nicht nur für euch!«

Ghazi Muhamed wollte noch etwas sagen, verzichtete dann aber darauf, blieb in der Schalterhalle stehen, lehnte an dem Durchgang der Theke und wartete. Safar in Köln, dachte er. Und unter seinen Augen entwischt einer der wertvollsten Geiseln. Wie wird er das verantworten können? Was bringt er aus Damaskus für mich mit? Wir stehen bereit, wir warten, wir haben alle Möglichkeiten, durch Entsetzen die Welt auf uns aufmerksam zu machen. Was kümmert uns die Moral der anderen Menschen? Was sie Mord und Terror nennen, ist für uns ein heiliger Krieg um unsere Rechte. Die Welt wird umlernen müssen ...

Er beobachtete Amina. Sie bediente vier Kunden, sie war

freundlich wie immer, man merkte ihr nicht an, daß ihr der Tod bereits im Nacken saß.

Unruhig blickte Ghazi jedesmal zur Tür, wenn sie aufschwang. War dieser Mann, der jetzt eintrat, Safar Murad? Oder der, der da draußen stand und die Plakate eingehend betrachtete? Oder der, der so lange, völlig sinnlos an seinem Auto lehnte, dem Büro der El Araab Lines gegenüber?

Auf dem Schreibtisch Aminas klingelte das Telefon. Sie nahm den Hörer ab, nickte und legte ihn wieder auf.

»Geh in dein Büro, Ghazi –«, sagte sie völlig ruhig. »Mein Vater wartet auf dich . . .«

Ghazi Muhamed hob erschrocken die Schultern. Der Kellereingang, durchfuhr es ihn. Dann durch das Lager ins Büro. Natürlich kennen sie den Weg.

Er drehte sich um und eilte nach hinten in sein Zimmer.

»Ihr Sohn ist verschwunden«, sagte eine Stunde später Oberst Halevi zu Professor Moshe Yonatan. Er war in Yonatans Stadthaus erschienen und hatte sich mit an den Kaffeetisch gesetzt. »Unsere Leute kamen zu spät. Wir wissen nur eins: Er hat die Nacht bei Amina verbracht.«

»Kehat ist ein netter, temperamentvoller junger Mann«, sagte Yonatan nicht ohne väterlichen Stolz. »Aber was heißt verschwunden? Wo ist das Mädchen?«

»Es arbeitet ganz normal im Büro der El Araab Lines. Leutnant Gholem steht vor einem Rätsel. Wir – ehrlich gesagt – auch! Gemeinsame Flucht, gut – das wäre logisch! Wenn auch keine Lösung, aber es würde die Sachlage normalisieren. Aber Kehat verschwunden und Amina im Büro, das paßt einfach nicht! Der Kommandotrupp der Fedajin ist ebenso ratlos wie wir und irrt in Köln herum. Wir beobachten ihn und bleiben an seinen Fersen. Das alles beweist: Ihr Sohn will versuchen, seine Probleme allein zu lösen. In dieser Zeit, bei seinem Namen, bei diesem so wichtigen Vater . . . ist das nicht dumm?«

Moshe Yonatan trank ohne Hast seinen Morgenkaffee, ließ sich von Rebba neu einschenken, biß in das Brot und kaute genußvoll. Im Inneren aber, hinter der Maske der Gelassenheit, tobte eine unvorstellbare Angst um seinen Sohn. Kehat war sein einziges Kind, sein Stolz, sein Erbe. Er hatte alles versucht, ihn aus der Politik herauszuhalten, er hatte ihn aus Israel weggeschafft und nach Deutschland geschickt zum Studium, heimlich, nur wenige wußten, daß er in Köln war; er hatte ihn nach Deutschland gebracht, in dieses Land, das bis auf Moshe und Rebba die ganze Familie Yonatan umgebracht hatte, und er hatte gesagt: Hier, Kehat, bist du sicher. Aber das war ein Selbstbetrug. Wo in der Welt ist ein Jude sicher?

»Was wollen Sie unternehmen, Herr Oberst?« fragte Moshe Yonatan.

»Uns bleibt nur übrig, Amina nicht aus den Augen zu lassen. Es ist kaum anzunehmen, daß sie nicht weiß, wo sich Kehat verborgen hält. Einmal werden sie zusammentreffen, und dann können wir Ihren Sohn schützen.«

»Und warum müssen sie zusammentreffen?«

Halevi hielt seine Kaffeetasse hoch, und Rebba schüttete ihm ein, ohne daß ihre Hand dabei zitterte. Eine tapfere Frau, dachte er. Sie wird diese Tapferkeit noch brauchen. Safar Murad zum unmittelbaren Gegner zu haben, ist wie ein Weglaufen vor einer fliegenden Kugel.

»Sie lieben sich –«, sagte er nachdrücklich. »Nennen Sie mir Verliebte, die über kurz oder lang nicht den Verstand für Realitäten verlieren . . .«

Fast mit den gleichen Worten beendete Safar Murad in Köln die Konferenz mit Ghazi Muhamed. Er war über die Eigenmächtigkeiten Ghazis bereits unterrichtet und hatte ihm eine böse Frage gestellt.

»Sie haben mir mißtraut, weil ich Aminas Vater bin? Wie konnte man nur den Fehler machen, einen Idioten an die wichtige Stelle in Köln zu schicken? Ihre Hampelmänner sind jetzt unter

Beobachtung der Israelis, sie sind zu unnützen Spaziergängern degradiert! Oder wollen Sie eine Straßenschlacht?«

»Wenn es der Freiheit dient, Safar –«, sagte Ghazi verbissen. »Bei uns wird zu viel gewartet. Gut, Sie sind hier als Gesandter der Organisation und nicht als Vater. Warum verhören Sie Amina nicht?«

»Was käme dabei heraus?«

»Es gibt Methoden, wo ein Stummer singen lernt.«

Safar blickte Ghazi an, und dieser Blick war von einer tödlichen Kälte. »Sie ist meine Tochter«, sagte er langsam. »Selbst in einem Topf voll heißen Öls würde sie nicht sprechen.«

»Soll Kehat Yonatan entwischen?« schrie Ghazi, hochrot im Gesicht.

»Wer sagt das? Es genügt, Amina in Ruhe zu lassen, aber immer in ihrer Nähe zu sein. Sie wird uns zu Kehat führen.«

»So sicher bin ich nicht.«

»Dann hast du nie geliebt, Ghazi! Eine Frau drängt zum Mann – und welch eine Frau ist meine Tochter! Wir müssen warten können.«

Es war nicht Ghazis Stil, aber er schwieg. Er zwang sich zum Gehorsam gegenüber der Zentrale in Damaskus und gegenüber Safar Murad. Fast widerwillig bot er Safar eine Zigarette an und ging dann daran, in seiner elektrischen Kaffeemaschine einen seiner sirupstarken Kaffees zu kochen, den nur ein Araber vertragen kann.

Gegen Mittag kam Safar nach vorn in die Schalterhalle. Amina schien gerade ein Gespräch beendet zu haben und legte den Hörer weg. »Etwas Wichtiges?« fragte Ghazi angriffslustig.

»Nein. Ich habe mit Kehat gesprochen . . .«

»Safar, ich halte das nicht aus!« schrie Ghazi außer sich. »Sie spielt mit uns wie mit kleinen Eseln!«

»Ich habe einmal in den Bergen eine Felsenplatte gesehen«, sagte Safar. »Millionen Jahre lang fiel ein Wassertropfen immer auf die gleiche Stelle . . . die dicke Platte hatte dort ein Loch . . .«

»Wir leben nicht in den Bergen!«

»Aber wir sind wie die Wassertropfen.«

Safar verließ das Büro der El Araab Lines, winkte eine Taxe heran und fuhr weg. Ein kleiner offener Sportwagen folgte ihm unauffällig. In ihm saß Aaron Gholem vom israelischen Geheimdienst, aber er wußte nicht, wen er jetzt verfolgte.

Zwei Tage und zwei Nächte wurde Amina beobachtet. Es gab nicht eine Minute, die in ihrem Tagesablauf unbekannt war. Sogar in der Kölner Oper saß ein dicker, netter Mann hinter ihr, entpuppte sich als Verdi-Liebhaber, klatschte begeistert in der Pause und bezog dann nahe der Tür zur Damentoilette Posten, als Amina dahinter verschwand. Es war ein Ort, wo sein Auftrag notgedrungen unterbrochen werden mußte, und es zeigte sich, daß auch die beste Organisation Fehler macht. Man hätte den dicken Sherif Rasul durch einen weiblichen Beobachter ersetzen müssen, als Amina die Toilette betrat. Doch daran hatte niemand gedacht, und so blieb Rasul, von Minute zu Minute nervöser werdend, vor der Damentoilette stehen und wartete.

Die drei Klingelzeichen ertönten, die Leute strömten ins Theater zurück, die Türen schlossen sich, der 3. Akt begann . . . Amina kam nicht aus der Toilette. Mit einem Wutschrei stürmte Sherif Rasul durch die Tür, stieß die Toilettenfrau zur Seite und riß alle Kabinentüren auf. Auf Toilette vier war ein Fenster offen, Rasul sprang auf das Becken, steckte den Kopf hinaus, blickte auf ein flaches Dach, einen Meter unter sich, und kannte den Weg, den Amina genommen hatte.

Fünf Minuten später zertrümmerte Ghazi in sinnloser Wut einen Stuhl, indem er ihn gegen die Wand schleuderte.

»Wo sollen wir suchen?« brüllte er. »Wo? Sie Idiot von einem Menschen! Sie werden in Damaskus erklären müssen, wie das geschehen konnte!« Er war in dieser Minute bereit, Safar, der vor ihm auf einem Sofa saß, zu erwürgen, aber er tröstete sich damit, daß man in Damaskus diesen Dr. Murad wie einen Verräter behandeln würde.

Beim Morgengrauen überfuhren Kehat und Amina mit einem

Leihwagen bei Weil am Rhein die deutsch-schweizerische Grenze und tauchten in Basel unter.

»Das ist die erste Insel –«, sagte Kehat. »Von hier aus suchen wir uns unsere eigene Welt.«

Sie standen Hand in Hand am Rheinufer, die Morgensonne übergoß Strom und Stadt mit einem Goldschimmer. Es war ein herrlicher junger Tag, und sie fühlten sich wie Vögel unter einem unendlichen Himmel.

Von der »Zentrale Westeuropa« der Fedajin aber war bereits Großalarm für alle Stützpunkte gegeben worden. Auch in der Schweiz.

Auch in der Schweiz muß man sich polizeilich anmelden, wenn man nicht als Tourist und über drei Monate im Lande bleibt. Und auch an den Hotelrezeptionen liegen die täglichen Meldeblocks aus, in die man sich eintragen muß. Jede Anmeldung aber, das wußte Kehat, war eine neue Gefahr. Seine israelischen Freunde in Köln wußten von seiner Flucht und schwiegen, aber die Araber würden sein Verschwinden hochspielen, und das bedeutete: Keine Sicherheit mehr, wo sein Name außerhalb Deutschlands jetzt auftauchte.

Dr. Safar Murad telefonierte noch in der Nacht eine Stunde lang mit Damaskus. Er warf Ghazi aus dessen Büro, schloß die Tür ab und wandte sich nach Osten, bevor er den Telefonhörer abnahm. »Allah –«, sagte er mit gebrochener Stimme – »du hast mich vor die Wahl gestellt, Vater oder Patriot zu sein. Ich muß mich entscheiden: Mein Volk ist wichtiger. Aber verstehe mich, Allah, wenn ich heute mein Herz verliere. Es soll zu einer Bombe werden! Ich habe keine Tochter mehr – und sie war das Schönste, was ich im Leben besaß.«

Er legte die Hände über beide Augen, verharrte so eine Weile in tiefer Ergriffenheit, nahm Abschied von Amina und zerbrach in sich alle väterliche Liebe. Als er die Hände sinken ließ, war er ein anderer Mensch geworden. Ein Stein hätte nicht herzloser sein können als von heute an Safar Murad al Mullah.

Nach dem Gespräch mit Damaskus rief Safar nacheinander die großen Nachrichtenagenturen an. »Hier ist die jüdische Studentenorganisation ›Schalom‹«, sagte er. »Ja. Universität Köln. Seit heute abend ist unser Kommilitone Kehat Yonatan verschwunden. Wir wissen, daß die arabische Organisation ›Freies Palästina‹ hinter ihm her war. Wir rechnen mit dem Schlimmsten. Sie werden das sofort verstehen, wenn wir Ihnen verraten, daß Kehat der Sohn des Physikers Professor Moshe Yonatan aus Tel Aviv ist, einer der Top-secret-Personen von Israel. Ja, wir haben diese Meldung mit der israelischen Botschaft abgesprochen. Sie darf groß gebracht werden. Vielleicht befindet er sich noch in Deutschland. Die zuständigen deutschen Ministerien sind auch schon verständigt. Helfen Sie mit allen Mitteln, unseren Freund Kehat Yonatan zu finden.«

»Ob das der richtige Weg ist?« fragte Ghazi Muhamed. Bei diesen Gesprächen durfte er wieder in sein Büro – er übernahm es sogar, die Rundfunkanstalten zu unterrichten und sprach dabei einen leicht jiddischen Dialekt.

»Ein Mann und ein Mädchen können nicht wochenlang durch die Welt irren ... irgendwo tauchen sie auf, irgendwo sieht man sie.« Safar lehnte sich zurück. »Ich werde Fotos von Amina an die Presse geben. Existieren Bilder von Kehat?«

»Nur Schnappschüsse unserer Beobachter von Aminas Haus.«

»Sie genügen. Ebenfalls an die Presse. Die ganze Welt soll ihre Gesichter kennen.« Er zögerte und fügte dann leise hinzu: »Aminas Gesicht wird bestimmt keiner vergessen. Wer vergißt die goldene Schönheit eines Sonnenunterganges? Einen blauleuchtenden? Eine Rose im Morgentau? Nichts ist vergleichbar mit Amina!«

»Aber sie verrät uns an einen Judenjungen!« sagte Ghazi giftig.

»Wir werden sie finden, beide.« Safar zog mit Rotstift einen Strich über einen Zettel, auf dem er die Telefonnummer der Presseagenturen notiert hatte. Es war, als streiche er damit auch Aminas Leben aus der menschlichen Gesellschaft. »Wo sie auch sind ... morgen früh werden sie von den Zeitungen gejagt. Die Dummheit der Menschen, sagt Allah, ist ihr eigener größter Feind. Wir werden siegen mit der Dummheit der Menschen.«

Safar behielt recht. Die Morgenzeitungen – nicht nur in Deutschland, sondern auch in Übersee – brachten zunächst die sensationelle Meldung, daß der Sohn des bekannten Physikers Moshe Yonatan, der Student Kehat, in Köln entführt worden sei. Wahrscheinlich ein neuer Terrorakt der arabischen Freischärler. Man erwarte in Kürze eine Nachricht der Fedajin.

Safar Murad hatte alle Zeitungen gesammelt und vor sich liegen. Ghazi telefonierte mit den Basisgruppen in Holland, Belgien, Frankreich, der Schweiz, in der DDR, Dänemark, Norwegen, Schweden, Großbritannien, Italien, Griechenland und Spanien. Über die Leitungen der El Araab Lines war das unverfänglich, und den syrischen Dialekt des Arabischen verstand sowieso niemand.

»Er ist eingekreist«, sagte er hinterher zufrieden. »Jetzt nur noch die Bilder im Fernsehen –«

»Sie werden nie gesendet werden.« Safar zeigte auf die Kaffeemaschine, Ghazis Lieblingsstück nach den Frauen. »Eine Tasse, bitte.«

Ghazi goß ein und schob sie Safar über den Tisch.

»Warum denn nicht?« fragte er dabei.

»Es liegt bereits ein Dementi des israelischen Botschafters vor. Auch die Regierung in Israel hat die Meldung sofort als falsch bezeichnet. Ein Freund, Bote in einer Redaktion, hat die letzten Fernschreiben herumgetragen. Man behauptet, Kehat ist zu einem plötzlichen Besuch bei seinem Vater in Tel Aviv eingetroffen.«

Ghazi starrte Safar betroffen an. »Und wenn das stimmt . . .«

»Unmöglich! Nicht mit Amina.«

»Sie hat kein arabisches Hirn und kein arabisches Herz mehr!« sagte Ghazi bitter. »Sie ist tot! Warum soll man ein Stück totes Fleisch nicht nach Israel transportieren?«

»Ich glaube es nicht.« Safar rettete sich vor seinen Gefühlen, indem er den heißen, starken Kaffee besonders lange schlürfte. »Aber die Verwirrung, die jetzt entstanden ist, wollte ich«, sagte er, als er die Tasse wieder auf den Tisch gestellt hatte. »Kehat Yonatan bleibt im Gespräch. Er ist keine schnell verwehende Tagessensation. Verwirren wir die Welt mehr ... geben wir bekannt, daß Kehat von uns festgehalten wird. Irgendwo wird dann eine Unvorsichtigkeit geschehen. Nichts ist vollkommen ... auch kein Verschwinden.«

»Ich verstehe den Aufwand nicht.« Ghazi Muhamed blickte durch den Glasausschnitt hinaus in die Schalterhalle. Der Ticketverkauf, die Beratungen, die Buchungen für Flüge in die arabischen Länder lief so reibungslos ab wie jeden Tag. Keiner der Reisenden dort draußen vor der Theke ahnte, daß nur wenige Meter von ihnen entfernt, hinter einer dünnen Wand, an der bunte Plakate mit Palmen und blauen Meeresstränden für einen »Blick in das Märchenland« warben, die Schaltzentrale für die Aufregung lag, die an diesem Morgen die ganze Welt beschäftigte. »Warum greift man sich diesen Moshe Yonatan nicht selbst, wenn er so wichtig ist? Warum der Umweg über den Sohn?«

»Yonatan wird behütet, als bestünde er von Kopf bis Fuß aus Brillanten.«

»Und man glaubt in Damaskus, daß die Juden Rücksicht auf seinen Sohn nehmen? Sie werden ihn opfern, ohne auch nur einmal mit den Augen zu blinzeln. Höchstens, daß Dayan wieder einen Überfall auf ein arabisches Dorf befiehlt. Wer spricht schon darüber? Die Welt hat sich an Sanktionen gewöhnt. Sie wundert sich höchstens, wenn nichts geschieht. Was? Keine Vergeltung? Was ist denn los mit den Juden? Kein Gegenschlag der Araber? Na, so was! Was sind das denn für müde Burschen? Safar ... ich sage Ihnen: Es ist alles sinnlos, was wir tun! Die Welt muß unter unseren Schlägen erbeben! Jeder Mensch, der sein Frühstücksei aufklopft, muß Angst haben, ob er nicht eine kleine Bombe köpft! Jeder Briefträger muß zittern, wenn er die Post herumträgt! Erst dann wird die Menschheit munter!«

»Ich weiß, daß du ein Prophet des Terrors bist«, sagte Safar müde. »Mit diesem Feuer zerreißen wir nicht die Welt, wir schmieden sie zusammen – gegen uns.«

»Wer will uns strafen?« Ghazi lächelte böse. »Wie will man uns erkennen? Eine Kuh, die Milch gibt, schlachtet man nicht ... und durch unsere Länder fließen die Ölleitungen.«

»Wir können unser Öl nicht saufen, wir müssen es verkaufen!«

»Worte! Worte!« Ghazi ballte die Fäuste. Seine schwarzen Augen glühten vor Haß. »Wie soll es weitergehen, Safar?«

»Mit der Ungewißheit. Nichts höhlt mehr aus, als nichts zu wissen. Und vergiß eins nicht: Auch Moshe Yonatan ist nur ein Vater –«

In diesem Punkt sollte Dr. Safar Murad recht behalten: In Tel Aviv wurde Moshe Yonatan sofort unter Militärschutz gestellt, als Kehats Verschwinden bekannt wurde. Oberst Josuah Halevi vom Geheimdienst quartierte sich in Moshes Haus ein, trug eine Schnellfeuerpistole schußbereit in der Halfter, ganz offen, denn er liebte keine Jacketts und ging bevorzugt in tief aufgeknöpften Hemden herum, und in einer Kabinettsitzung sprach Moshe Dayan aus, was andere nur dachten: »Angenommen, es stimmt. Die Araber haben Kehat in ihre Gewalt gebracht. Das Ziel der Aktion ist klar, aber eigentlich so dumm, daß man darüber nicht diskutieren sollte: Was geschieht mit Yonatan? Wie verhält sich Yonatan? – Kehat ist sein einziger Sohn! Hat man mit Yonatan ganz klar über die Konsequenzen gesprochen?«

»Natürlich.« Ein Offizier des Geheimdienstes legte ein Tonband auf den Tisch. »Oberst Halevi hat das Gespräch aufgezeichnet. Moshe Yonatan ist sich vollkommen darüber im klaren, daß sein Volk über seinem Sohn steht. Seit Bekanntwerden der Entführung betet er.«

Einen Augenblick lag ergriffene Stille über den Ministern, dann riß die Stimme Dayans die Häupter wieder hoch. »Warten wir –«, sagte er verbittert. »Wir können wegen eines einzigen Mannes keinen Krieg beginnen. Auch wenn er Kehat Yonatan heißt.«

Worte ... Worte ... wie Ghazi sagte. Dafür fraß die Ungewißheit sich in die Herzen wie Säure, aber noch tiefer ätzte das Bewußtsein der völligen Ohnmacht, zu der man verurteilt war.

»Wann kommen sie endlich mit ihren Bedingungen«, sagte Moshe Yonatan am Abend. Er war mit seinen Nerven am Ende. Rebba saß wie versteinert herum, seit den Morgenstunden hatte sie kein Wort mehr gesagt. »Oberst Halevi, was wollen sie eigentlich? Mich? Das ist doch zu dumm!«

»Das hier ist eine völlig rätselhafte Aktion.« Halevi blickte aus dem Fenster. Vor dem Haus patrouillierten drei Doppelposten mit MPs. Im rückwärtigen Garten lagen Scharfschützen in schnell ausgeworfenen Einmannlöchern. »Ich würde sie – geheimdienstlich denkend – ausgesprochen blöd nennen.«

»Sie werden verlangen, daß ich meine Forschungen einstelle.« Moshe Yonatan faltete die Hände vor der Brust. Er war an diesem unendlich langen Tag zusammengeschrumpft, sichtbar und erschreckend gealtert. Selbst seine Stimme war brüchig geworden. »Sie wissen, Oberst ... es fehlt noch viel bis zur Produktionsreife des Zielgerätes.«

»Bei Gott, das ist ein Motiv!« Halevi starrte den alten Mann an. »Moshe, erklären Sie mir, daß Sie die Forschungen nicht einstellen!«

»Das kann ich nicht, Oberst«, antwortete Yonatan langsam.

»Eine doppelsinnige Antwort. Ganz klar: Wenn Ihr Sohn der Preis ist – forschen Sie weiter oder nicht?«

»Nicht!«

»Sie verraten Ihr Volk, Moshe!« schrie Halevi.

»Ist Nichtstun ein Verrat?«

»In Ihrem Falle – ja! Im übrigen können wir mit Ihren Unterlagen weiterarbeiten. Uns mangelt es nicht an großen Physikern.«

»Es gibt keine Unterlagen –«, sagte Yonatan fast milde. »Nur ein paar Notizen. Die Grundberechnungen habe ich gestern mitgenommen und versteckt.«

»Sie Narr!« Halevi wollte noch etwas sagen, winkte dann ab und rannte zum Telefon. Fünf Minuten später war er wieder im Zimmer. Moshe und Rebba saßen jetzt nebeneinander auf dem Sofa und hielten sich an den Händen. Sie gaben sich gegenseitig Kraft, das durchzustehen. Sie hatten vieles zusammen erlitten, Hitlers Machtübernahme, die Flucht nach Wien, die erneute Flucht nach London und dann nach Haifa, die Jahre im Kibbuz am Gazastreifen – nun forderte man ihren Sohn, nur weil sie Juden waren.

»Dayan möchte Sie sprechen«, sagte Halevi knapp. Moshe Yonatan nickte.

»Mein Haus ist sein Haus.«

»Ich soll Sie zu ihm bringen.«

»Ich gehe hier nicht weg!« Moshe lehnte sich zurück, und Rebba folgte ihm. Hand in Hand, eine Gemeinschaft, die man nur zerhakken konnte, machten sie das Sofa zu ihrer Burg. »Wollen Sie mich zwingen, Josuah? Mit Militär? Zu Dayan tragen? Was Sie auch tun werden ... hier –«, er tippte gegen seine Stirn –, »hier, unter diesem Knochenpanzer, in diesem Gehirn, liegt alles, worum sich zwei Welten streiten. Wie gut, daß man Hirnwindungen nicht aufrollen und lesen kann wie einen Film! Bestellen Sie Dayan: Ich liebe mein Volk. Ich bin Jude. Man hat mich zum Leiden erzogen. Aber jeder Schmerz hat eine Grenze, nach der er betäubt werden muß. Wir stehen an der Grenze ...«

»An der Grenze stehen arabische Armeen mit siebenhunderttausend Soldaten, viertausend Panzern, dreizehnhundert Kampfflugzeugen und vierhundertsiebzig Millionen Tonnen Rohölförderung, mit der sie die ganze Welt besoffen machen! Was haben wir? Unseren Überlebenswillen – weiter nichts! Und Sie! Ihr Zielgerät! Jeder Schuß ein Treffer! Das ist so wichtig wie Blut im Körper!«

»Ich weiß es, Oberst.« Yonatan schloß die Augen. Sie brannten vor inneren Tränen, heißer Gebete und völliger Hoffnungslosigkeit. »Aber Kehat ist mein einziges Kind, mein einziger Sohn ... der letzte Yonatan auf dieser Welt ...«

Sie hatten sich in einer kleinen Pension eingemietet, am Rheinufer, etwas außerhalb von Basel. Es war ein billiges Zimmer unter dem Dach, aber man konnte am Fenster sitzen und über den Strom blikken, die Sonne ging vor ihnen unter, als glitte sie in ihre Hände, und der Fluß, das grüne Land, die Häuser, die Hügelketten gegenüber, die gewundenen Straßen, Himmel und Erde waren übergossen mit Gold, das aus der Unendlichkeit floß.

Der Pensionswirt hatte nicht nach dem Namen gefragt, den Meldezettel nicht hingeschoben, dafür aber hundert Francs kassiert und nüchtern gesagt: »Das reicht für drei Tage.«

Das war am Morgen gewesen. Sie waren mit der Straßenbahn durch Basel gefahren, bis zur Endstation, hatten dann die Straße entlanggeblickt, waren am Rheinufer entlang gegangen und auf das Haus gestoßen, das sich »Pension Vogeli« nannte. »Ein schöner Name«, hatte Kehat gesagt. »Wollen wir hier bleiben?«

Amina hatte genickt. Die Flucht aus Deutschland hatte sie mehr ergriffen, als sie vorher geglaubt hatte, obwohl alles auf die Minute vorbereitet gewesen war. Auf der langen Fahrt nach Basel mußte sie oft an ihren Vater denken und an den Schmerz, den sie ihm zugefügt hatte. Einmal – hinter Freiburg – umklammerte sie Kehats Arm und sagte: »Halt an . . . bitte, halt an!«

Er war nach ein paar Kilometern in einen Rastplatz eingebogen und hatte den Leihwagen ausrollen lassen. Nur zwei dunkle Lastzüge standen auf dem Platz, die Fahrer schliefen in den zugezogenen Kojen. Es war eine helle Nacht, und Kehat brauchte kein Licht, um Aminas nahes, erschreckend fremdes Gesicht zu erkennen.

»Du hast Angst?« fragte er.

»Nein, ich liebe dich, Kehat.« Sie umfaßte seinen Kopf mit beiden Händen, zog ihn ganz nahe an sich heran, und ihre Augen brannten in ihn hinein. »Das ist aber auch alles, was ich noch habe. Deine Liebe! Ist das genug, Kehat? Sag es mir, Kehat . . . ist das genug? Reicht das für ein ganzes Leben?«

»Für zehn Leben, Amina«, antwortete er und legte die Arme um sie. Er spürte, wie sie zitterte, und er wußte darauf nichts weiter zu sagen als: »Wir haben das ganze Leben vor uns –«

»Ein Leben der Maulwürfe. Kaum tauchen wir auf, schlägt man uns tot.«

»Wir werden dort leben, wo man Maulwürfe vergoldet.«

»Auf welchem Stern, Kehat?«

»Wir suchen ihn uns.«

Sie nickte, küßte ihn zwischen die Augen, und als er den Kopf senkte und sein Gesicht zwischen ihre Brüste legte, wußte sie wieder, daß sie hierher gehörte, zu ihm, zu diesem Mann, mit dem sie in der Glut ihrer Liebe völlig verschmolzen war.

»Fahr weiter, Kehat . . .«, sagte sie leise.

Er ließ sie los, setzte sich gerade und drehte die Zündung. Neben ihnen, durch eine Baumreihe gedämpft, rauschte der nächtliche Verkehr der Autobahn.

»Ist es vorbei?« fragte er.

Sie nickte. »Ja, es ist vorbei.«

Sie lehnte sich zurück, schloß die Augen und hörte nur noch, daß er wieder auf die Autobahn einbog. Ich liebe einen Juden, dachte sie. Wir werden schlimmer leben als die Wölfe. Wir werden keine Ruhe haben, wie dieses Volk der Juden nie Ruhe hatte, seit Jahrtausenden nicht. Aber ich liebe ihn. Vater, du hättest mich ohne Herz zeugen müssen . . .

Das war nun schon lange her. Sie hatten sich gleich nach der Bezahlung des Zimmers ins Bett gelegt, zum Umfallen müde, waren aneinandergekrochen, Leib an Leib, Hand in Hand, und waren so eingeschlafen, wie Betäubte, die nie wieder aufwachen wollten. Es waren die längsten Stunden, die sie bisher zusammengelegen hatten, und es war etwas unendlich Rührendes in ihren schlafenden Körpern, wenn sie sich im Traum bewegten, wenn sich ihre Beine ineinander verschlangen, wenn sie sich umarmten und selbst im Unbewußten die Nähe des anderen suchten.

So verschliefen sie die Morgenzeitungen, die Nachrichten im Rundfunk, die Dementis aus Israel, den neuen Schock der Welt, als die Organisation »Freies Palästina« bekanntgab, Kehat Yonatan befinde sich in ihren Händen.

Sie erwachten im Abendrot, saßen nackt am Fenster und blickten über das in Gold getauchte Land und den Rhein, der zum feurigen Strom geworden war. Daß um sie herum Millionen Menschen ihren Namen aussprachen und bei den Abendnachrichten das Fernsehen Kehats Foto brachte . . . das war aus einer anderen Welt, von der sie nichts mehr wissen wollten. Nur der Pensionswirt sah Kehat forschend an, als dieser herunter in die Gaststube kam und fragte, ob man hier im Hause auch essen könne.

»Kalt«, sagte der Wirt. »Aber wenn Sie länger bleiben wollen, kocht meine Frau für Sie mit. Wir sind ein Garni.« Dann wischte er mit der Hand über den Tisch, obwohl nichts drauf lag, und fragte: »Genug Geld haben Sie, ja?«

»Keine Sorge, wenn Sie wollen, zahle ich eine Woche im voraus.«

»Bitte . . .«

Kehat zählte die Geldscheine ab, der Wirt nahm sie und ging in die Küche. Man soll sich nie um fremde Politik kümmern, dachte er. Schon gar nicht um arabische oder jüdische Politik. Immer neutral bleiben! Wir haben hier unsere eigenen Sorgen. Die Überfremdung der Schweiz. Der Flugzeugskandal. Das dauernde Hickhack: Soll man in die EWG oder nicht? Probleme genug. Machen wir dem Pärchen ein gutes Abendessen. Cervelates und Bündner Fleisch, Brot und Butter. Käse und Basler Bier.

Woran er nicht dachte, war, daß er von dieser Stunde an gefährlich lebte.

Eine Woche blieb Kehat in der »Pension Vogeli« und wartete.

Es waren verliebte, verträumte Tage. Er saß mit Amina am Rheinufer, ruderte mit einem Boot, das der Pension gehörte, auf einem toten Rheinarm herum, las die Zeitungen, die immer weniger von dem Verschwinden Kehat Yonatans brachten, und einmal fragte er den Wirt: »Sie wissen, wer ich bin?«

»Ja, natürlich.« Der Wirt winkte ab. »Es interessiert mich nicht.«

»Vielleicht sollte ich Ihnen erklären, weshalb ich . . .«

»Warum? Ich bin ein unpolitischer Mensch. Solange Sie sich still verhalten . . .«

»Sie werden mich und Amina kaum merken, das verspreche ich Ihnen.« Kehat legte noch einmal dreihundert Franken auf den Tisch. Es war Aminas gespartes und eingetauschtes deutsches

Geld ... ein immer dünner werdendes Kissen der Sicherheit. »Kann man hier irgendwo arbeiten?«

»Nicht ohne Einweisung der eidgenössischen Behörden. Man braucht eine Arbeitsbewilligung, eine Aufenthaltsbescheinigung, man erkundigt sich natürlich nach Ihnen ... das ist alles sehr kompliziert ...«

»Und ohne Behörden?«

»Schwarzarbeit? Das kann unangenehme Folgen haben. Ich will mich umhören ...«

Ein unverbindliches Gespräch. Es kam nichts dabei heraus, und Kehat sah ein, daß es noch zu früh war, aus dem Dachzimmerparadies mit dem Rhein davor herauszukriechen.

Nach zehn Tagen schrieb er einen Brief an seinen Vater, fuhr mit Amina nach Basel und steckte ihn in den Briefkasten der Hauptpost. Er hatte den Brief vorher Amina vorgelesen:

»Liebe Eltern,

ich lebe ... das allein ist wichtig! Ich bin weder entführt worden, noch befinde ich mich sonst in irgendeiner Gefahr. Amina ist bei mir, und wir sind bereit, zu den Sternen zu fliegen oder in die Tiefe der Erde zu kriechen oder sonstwohin zu gehen, so sehr lieben wir uns. Habt keine Sorge ... ich hoffe, mit Amina bald bei euch zu sein.«

Er schrieb es in deutsch, und Amina nahm ihm den Kugelschreiber aus der Hand und schrieb darunter:

»Zu den Sternen und in die Tiefe der Erde folge ich ihm, aber nie nach Israel. Trotzdem liebe ich ihn, wie nur ein Mensch einen anderen Menschen lieben kann ...«

Er sah sie betroffen an, aber dann faltete er den Brief zusammen, änderte nichts mehr an ihm und klebte das Kuvert zu.

»Ich mußte es schreiben ...«, sagte sie leise.

»Ich verstehe es.« Er schrieb die Adresse. »Auch ich könnte nicht in Damaskus leben.«

»Ein Jude und eine Araberin.« Sie lehnte den Kopf gegen seine Schulter. »In dieser irrsinnigen Zeit. Welch ein Märchen ...«

»Und bei diesen Vätern –«

Sie legten den Brief zur Seite, umarmten und küßten sich und verpaßten vier Straßenbahnen. Um so mehr leuchteten ihre Augen, als sie endlich das Zimmer verließen und die Tür schlossen vor dem zerwühlten Bett ... dem einzigen, winzigen Fleck auf dieser großen Welt, der ihnen gehörte – für dreißig Franken Miete am Tag.

Drei Tage später lasen Moshe und Rebba Yonatan den kurzen Brief und weinten vor Freude. Oberst Halevi stand am Telefon und schrie zu irgendeiner Dienststelle: »Ja, er lebt! Er ist in Sicherheit! Poststempel Basel. Sofort Sektion VI verständigen! Jetzt will ich sehen, ob der israelische Geheimdienst wirklich der beste der Welt ist!«

In Köln saß Dr. Safar Murad im Büro Ghazi Muhameds und las zum viertenmal das Fernschreiben aus Damaskus. Ghazi hatte ihn aus dem Hotel geholt, in dem Safar mit der Geduld des Mohammedaners wartete auf Dinge, von denen er nicht wußte, wie sie aussehen sollten.

»Das ist eine gute Nachricht –«, sagte er jetzt. Ghazi verzog den breiten Mund.

»Es kann eine Falle sein.«

»Wir haben bei der Postverteilung in Tel Aviv einen Kontaktmann sitzen.« Safar Murad legte das Fernschreiben so vorsichtig weg, als sei es aus Glas. »Er hat den Brief durchleuchtet. Er ist echt. Und es sind Aminas Worte. In Basel also! Jetzt kommt es darauf an, wer schneller ist!«

Das Wettrennen zwischen dem israelischen Geheimdienst und einer Kommandotruppe der »Organisation Freies Palästina« vollzog sich in aller Stille, unter Ausschluß der Öffentlichkeit, so wie die größten Kriege der Neuzeit nicht mehr mit Granaten und Bomben geführt werden – denn dann beginnt der Krieg dilettantisch zu werden – sondern die entscheidenden Schlachten schlagen ein paar Männer und Frauen, deren Namen man nur in eingeweihten Kreisen kennt. Alles, was dann später sichtbar wird, sind nur noch Abfallprodukte, ähnlich wie ein Krebsgeschwür, das man erst dann sieht, wenn im Inneren des Körpers bereits Sieg oder Niederlage entschieden sind.

Mit einem Flugzeug trafen – auf einem Umweg über Rom, um völlig unverdächtig zu sein – sechs ausgesuchte israelische Offiziere in Basel ein, um sich dort mit einem unauffälligen, stillen Mann zu treffen, der eine Drogerie mit Reformabteilung betrieb. Er hieß in der Schweiz Paul Zöggli, sein Paß war echt, und niemand wäre darauf verfallen, in ihm den Hauptmann Jossele Birnstein zu vermuten. Birnstein, immer etwas ärmlich gekleidet in einem billigen Anzug, obwohl seine Drogerie gut ging, war sogar Fahnenträger der Baseler Schützengilde und einer der eifrigsten Trommler bei der Baseler Fassenacht, also ein angenehmer, lieber, gut gelittener Mensch mit einer Frau, die Josefa hieß, und zwei artigen Kindern. Ein braver Bürger.

Dieser Paul Zöggli stand an der Zollabfertigung des Baseler Flughafens, begrüßte einen der Ankommenden wie einen guten Freund und ignorierte die anderen fünf Geschäftsleute, die ohne einen Blick auf ihn ihre Koffer abholten.

»Wie geht es der Tante?« fragte er, eine schöne, familiäre Frage, und der Mann aus Rom antwortete:

»Sie ist erkältet. Etwas heiser, mein Lieber.«

Man verstand sich, Zöggli schleppte den Koffer seines Besuchs zu seinem kleinen Fiat und brauste davon nach Basel. Ein großer, dunkler Wagen folgte ihm in unauffälliger Entfernung und fuhr an ihm vorbei, als Zöggli vor seinem Geschäft bremste und sagte: »Hier sind wir. Ich habe ein gutes Bier kaltgestellt. So schön Israel ist . . . unser Bier ist besser.«

Zehn Minuten später waren alle sechs Reisenden im Lager der Drogerie versammelt, denn man konnte auch von einem Hof ins Haus und brauchte dazu nur um den Häuserblock zu fahren.

»Ich kenne eure Probleme, Freunde«, sagte Jossele Birnstein, nun ganz Hauptmann des Geheimdienstes. »Oberst Halevi steht mit dem Kopf vor der Wand, und wir sollen ein Loch hineinklopfen. Wenn das so einfach wäre! Was hat man in der Hand? Einen Brief von Kehat Yonatan aus Basel. Stempel Hauptpostamt. Basel hat zweihundertvierzigtausend Einwohner, einen Rheinhafen, zusammen mit Basel Land eine Flächengröße von vierhundertfünfzig Quadratkilometern, wurde dreihundertvierundsiebzig nach Christus besiedelt und gilt als friedlichste Stadt der Welt. Wie soll ich hier einen Kehat Yonatan suchen und finden, wenn er etwa am Rhein sitzt und angelt? Wieso ist der Junge eigentlich so wichtig?«

»Das ist eine Frage, die man Dayan stellen müßte.« Der Chef der kleinen Truppe, ein Major David Liman, reichte Zigaretten herum, während Birnstein das gute Baseler Bier einschenkte. »Es gibt da zweierlei Gründe: Eine Geiselnahme durch die Araber, um Moshe Yonatan kaltzustellen –«

»Professor Yonatan ist ein Patriot.«

»Bis zu einer gewissen Grenze, Jossele. So wie es eine Schmerzschwelle gibt, hinter der ein Mensch verrückt wird, so gibt es auch eine seelische Schwelle, hinter der ein Mensch umkippt. Bei Yonatan ist diese Schwelle Kehat. Der einzige Sohn! Das Letzte, was er gerettet hat!« Major Liman nahm einen tiefen Schluck Bier und wischte sich dann den Schaum von den Lippen. »Grund zwei: Kehat ist auf der Flucht mit Amina Murad. Jeder von uns kennt Dr. Safar Murad. Wie bei Moshe Yonatan gibt es nichts, was ihn aus dem Sattel heben könnte . . . bis auf sein drittes Augenlicht: Amina! Seine Liebe zu seiner schönen Tochter ist geradezu pathologisch. Gelingt es uns, Kehat zu finden, haben wir auch Amina in der Hand. Was das bedeutet, ist kein Kreuzworträtsel mehr. Safar Murad fällt aus!«

»Oder das Gegenteil.« Birnstein streifte die Asche von seiner Zigarre. »Denken Sie an die vielen gleichgelagerten Fälle. Für einen fanatisierten Araber ist ein Menschenleben eine Null, weil ja Allah den Helden das Paradies verspricht. Safar Murad würde seine Tochter abschreiben, das ist alles – aber seine Rache wäre an unseren Toten ablesbar.«

»Irrtum.« David Liman holte eine Fotokopie von Kehats Brief an seinen Vater aus der Brusttasche. »Safar ist sogar nach Köln geflogen, als er hörte, daß seine schöne Rose Amina im Knopfloch eines Juden steckt. Und die Kleine hat es fertiggebracht, ihren

Vater zu einem hilflosen Trottel zu degradieren und die ganze westdeutsche Zentrale der Organisation ›Freies Palästina‹ in einen Debattierclub zu verwandeln. Es ist eine einmalige Situation: Unser Krieg ist zusammengeschrumpft zu einem Kampf von zwei Vätern um ihre Kinder. Wir sind nur Statisten, Zuträger, Zuhälter, wenn Sie so wollen, Munitionsschlepper. Eine irre Lage!«

»Ich verstehe.« Jossele Birnstein nahm den Brief Kehats und las ihn. Das ging schnell bei den wenigen Worten. Den Schlußsatz von Amina aber las er zweimal. »Hier liegt ein Schlüssel«, sagte er dann. »Amina will nie nach Israel kommen, Kehat geht nie nach Damaskus. Was wird also? Kehat Yonatan spielt den ewig wandernden Juden. Nirgendwo zuhause, nirgendwo sicher ... unser zweitausendjähriges Schicksal. Das bedeutet aber: Irgendwo muß er auftauchen. Er muß Geld verdienen, sich anmelden, einen Paß vorlegen. Seine jetzigen Geldmittel sind beschränkt, er kann nicht in Südamerika untertauchen, er muß in der Zivilisation bleiben.«

»Soweit stimmt alles.« Major Liman faltete den Brief wieder zusammen und steckte ihn ein. »In Theorie waren wir immer sehr gut. Die Praxis ist härter: Dayan sieht für uns wenig Zeit. In Rom erreichte uns beim Umsteigen ein Anruf von Halevi: Die Araber kennen den Brief! Woher, weiß noch keiner. Irgendwo ist ein Loch, durch das Meldungen fließen. Von Köln sind Palästinenser nach Basel unterwegs, die ›arabische Freundesgruppe‹ der Universität von Basel hat Alarm bekommen. Kehat Yonatan ist plötzlich Nummer eins!« Liman nahm wieder einen kräftigen Schluck Bier. »Frage: Wo können sich ein junger Mann und ein junges Mädchen in Basel verbergen?«

»Wo kommt die Milch her? Von der Kuh!« sagte Birnstein sauer. »Eine genauso dämliche Frage. Eine Großstadt hat tausend Möglichkeiten. Wenn ich aber Kehat wäre ...«

»Na, Jossele?« fragte Liman.

» ... und wenig Geld hätte und möglichst nicht meinen Paß zu zeigen brauche, dann würde ich mir eine stille Ecke aussuchen, eine ländliche Pension oder dergleichen, und erst einmal abwarten. Oder ich verkröche mich in den Steinhaufen der Stadt, ein anonymes Sandkorn zwischen Glas und Beton. Aber das liegt Kehat nicht ... Kehat Yonatan ist ein Romantiker. Sein Brief beweist es. Er wird das Land vorziehen, die Stille, den freien Blick in den Himmel.«

»Sie sind eine Wucht, Jossele«, sagte Liman begeistert. »Tiefenpsychologie als Mittel des Geheimdienstes ... das ist patentreif! Was schlagen Sie vor?«

»Wir klappern die Umgebung von Basel ab. Alle verträumten Pensionen. Natürlich kann das ein Denkfehler sein ... aber wir tun wenigstens etwas ...«

Die arabische Truppe traf ebenfalls tropfenweise in Basel ein ... mit dem TEE-Zug, mit einem normalen D-Zug, per Auto. Die Leitung des Unternehmens hatte ein Student der Agrarwissenschaft übernommen, der nun schon im neunzehnten Semester in Köln studierte und noch immer nicht den Mut zu den Examina fand. Er hieß Husan Bazeid und war bereit, für sein Vaterland zu sterben. Safar Murad hatte ihn bestimmt, und zum erstenmal war Ghazi mit einer Anordnung Murads zufrieden. Eines war mit Husans Wahl sicher: Traf er auf Kehat, gab es keine Probleme mehr.

Aber die arabische Truppe, in Basel von der »arabischen Freundesgruppe« aufgenommen, hatte einen ungleich schwereren Stand als Major Liman. Sie hatte keine Briefkopie, sie hatte keinen psychologisch begabten Birnstein, sie hatte nur ihren Haß und den Befehl: Findet Amina. Kehat war dabei nur das Abfallprodukt. Doch sie baute sofort eine heimliche Kontrolle aller Studenten aus, in der großen Hoffnung, Kehat würde versuchen, in Basel weiterzustudieren. Vor allem die medizinische Fakultät wurde ab sofort überwacht.

»Sie hätten nie entkommen dürfen!« sagte Ghazi in Köln, als nach vier Tagen noch kein Ergebnis vorlag. »Safar Murad ... Sie hatten beide in der Hand und ließen sie laufen.«

»Was sollte ich tun?« schrie Murad zurück. »Was hätten Sie Großmaul getan?«

»Sie beide getötet!«

»Die eigene Tochter?«

Ghazis Blick verschleierte sich. »Ja.«

»Sie sind kein Vater.«

»Aber ich bin ein Sohn. Und ich habe meine Mutter aus den Trümmern unseres zerschossenen Hauses gegraben. Kann man das vergessen, Safar Murad?«

Murad wußte darauf keine Antwort. Er gab Ghazi recht, aber er weigerte sich, Amina zu opfern. Allah ließ Issa, meine Frau, einen Traum von Mensch gebären, dachte er. Und ich gebe diesen Traum nicht her, nie! Kein Land der Erde kann Amina aufwiegen, auch Palästina nicht. Ich würde zu Staub zerfallen, wenn man mir Amina nimmt ...

»Warten wir –«, sagte er leise, ein völlig veränderter Safar Murad. »Warten wir ... Es gibt auch andere Wege zum Brunnen ...«

»Der beste ist immer der, den ein Kamel geht.«

»Ein guter Gedanke!« Safars Kopf flog hoch. »Ghazi, ich fliege morgen nach Damaskus zurück. Ich wittere unseren Brunnen von hier aus –«

Es gab eine Möglichkeit, Geld zu verdienen, und Kehat nahm sie sofort an. Der Wirt der »Pension Vogeli« hatte mit einem Bekannten gesprochen, der in der Nähe ein Sägewerk betrieb. Dort konnte Kehat Bretter stapeln und die Trockenöfen beschicken, Stämme zum Gatter fahren und Schwartenholz bündeln.

»Die Bezahlung ist nicht hoch –«, sagte der Wirt. »Vier Fränkli die Stunde, aber wenn man fleißig ist, summiert es sich. Auch wird nicht gefragt, woher man kommt. Sie können morgen schon anfangen.«

Vier Franken, das war eine gute Sache. Was Kehat nicht wußte: Der nette Wirt hatte mit seinem Bekannten einen Lohn von sechs Franken ausgehandelt und als Manager zwei Franken für sich zurücklegen lassen. »Überall wird gemanagt, man sieht's ja«, erklärte er dem Sägewerksbesitzer. »Der eine verkauft Fußballspieler, der andere vermittelt Autoren, der dritte handelt mit Sängern oder

Artisten. Ich liefere einen guten Platzarbeiter fürs Sägewerk ... ist das ehrenrührig?«

»Nicht im geringsten –«, sagte der Sägewerksbesitzer. »Im Gegenteil, ich danke dir, Jockeli. Außerdem ist's ein Jude.«

»Eben!«

Man braucht manchmal nicht viel Worte, um sich bis in den Grund der Seele zu verstehen –

Kehat Yonatan aber war glücklich. »Das ist ein Schritt weiter«, sagte er zu Amina, nachdem er sich im Sägewerk vorgestellt hatte. Er hatte gleich mit angepackt, ein Fuhrwerk abgeladen und zehn Franken verdient. Genau betrachtet war es sein erstes, wirklich selbst verdientes Geld, und er legte den Zehnfrankenschein auf den kleinen Tisch, die Abendsonne vergoldete ihn, er war in diesem Augenblick mehr als nur ein bedrucktes Papier, und Amina und Kehat saßen davor, Hand in Hand, blickten auf den Geldschein wie auf etwas ganz Wertvolles und waren stumm vor Glück.

»Bei zehn Stunden vierzig Franken am Tag ...«, sagte Kehat leise, fast feierlich.

»Bei zwanzig Arbeitstagen achthundert Franken ...«

»Ich werde auch samstags arbeiten ...«

»Dann werden es neunhundertsechzig Franken.«

»Jeden Monat!«

»Welch ein Reichtum! Der Reichtum eines Bibers, der im Winter nicht verhungern will ...« Sie schlug plötzlich ihre Hände vor das Gesicht und weinte. Kehat verstand sie, und er rührte sich auch nicht, um sie zu trösten. Was sollte er sagen? Zehn Stunden schleppte er Zentnerlasten herum, und ein Almosen war die Quittung. Aber man konnte leben, man konnte hier in der Stille bleiben, man konnte am Abend über den Rhein blicken und in der Dämmerung mit dem Kahn im toten Arm die Einsamkeit des Paradieses erleben. Man konnte in diesem Zimmer unter dem Dach zusammen in einem Bett liegen und sich lieben, bis der Atem versagte, man konnte alles Glück, das zwei Menschen empfinden können, ausschöpfen, austrinken, bis man trunken war von Wonne ... man war dem Himmel nahe, verkroch sich in den Falten von Gottes

Mantel und betete jede Nacht: Herr, laß uns leben! Herr, gib uns das Morgen! Herr, schütze uns vor dem Gestern. Herr, sieh auf uns herab ... wir lieben uns –

Aber war das genug?

Ein Leben ist lang, wenn man erst vierundzwanzig Jahre von ihm hinter sich hat. Was vor einem liegt, ist eine grandiose Strecke, ein Marsch ins Unbekannte. Genügt dafür allein die Liebe?

»Amina –«, sagte er leise und berührte ihren bebenden Nacken. Sie nickte, aber ihre Hände blieben vor ihrem Gesicht.

»Es ist gleich vorbei –«, sagte sie.

»Das alles hier ist doch nur ein Übergang.«

»Ich weiß, Kehat. Ich bin eine dumme Gans.«

»Wir sind Nullen auf Zeit.«

»Wie lang ist die Zeit?«

»Auf diese Frage bekommen die wenigsten Wartenden eine Antwort.«

»Ich will sie dir geben: Bis die Araber Israel vernichtet haben!«

»Oder wir die arabische Welt von dem Recht unserer Existenz überzeugt haben.«

»Also nie!« Sie ließ die Hände sinken und drehte den Kopf zu ihm. »Kehat, wir werden an unserer Liebe zugrunde gehen. Solange unsere Väter leben ...«

»Sollen wir unsere Väter töten?« schrie Kehat plötzlich.

»Vielleicht tun sie es selbst –«

Sie starrten sich an, erschüttert von ihren Gedanken, aufgerissen von ihrer schrecklichen Grausamkeit, frierend in der Erkenntnis, daß sie bereit waren zu töten um ihrer Liebe willen.

»Wir sind Bestien ...«, sagte Kehat tonlos. »Mein Gott, wir sind wahre Bestien.«

»Man hat uns gezwungen, aus unseren Käfigen auszubrechen, Kehat!«

»Wir zerfleischen unsere Eltern und fressen sie auf.«

Über dem Rhein ging der Tag unter. Die Nacht kam mit dicken Wolken, aber es war warm, schwül, der Schweiß brach aus den Poren, es roch nach Gewitter.

»Komm –«, sagte Kehat und griff nach dem Zehnfrankenschein. »Ich muß hinaus. Ich . . . ich muß unter einem weiten Himmel sein, sonst bringe ich mich um!«

Sie rannten die steile Treppe hinunter, kauften von dem Wirt zwei Flaschen Wein für ihre zehn Franken, hetzten über die Wiese, das Rheinufer entlang, kletterten in den Kahn, ruderten in den toten Arm, und dort schlug Kehat den Flaschen den Hals ab, setzte sie an den Mund und trank, trank und trank, als verdorre er innerlich.

Still, die Hände im Schoß gefaltet, saß Amina neben ihm im Kahn.

Es begann zu regnen, die Wolken ballten sich zusammen, es rauschte auf sie herunter, durchnäßte sie, schien sie aufzuweichen . . . und Kehat trank, warf dann die Flaschen in den Rhein und breitete die Arme aus, als wolle er den Wolkenbruch umarmen.

»Freiheit!« brüllte er betrunken. »Freiheit! Freiheit! Wer schenkt mir Freiheit?«

Er schlug in den prasselnden Regen, das Wasser rann über sein trunkenes und doch so seltsam leeres Gesicht, aber als er aufsprang und der Kahn gefährlich zu schwanken begann, umklammerte ihn Amina, riß ihn zurück und drückte ihn mit ihrem Körper auf den hölzernen Sitz.

»Freiheit!« brüllte er. »Frei –«

Er hielt plötzlich inne, umfaßte mit beiden Händen Aminas vom Regen nasses Gesicht, zog es nahe zu sich heran und starrte in ihre schwarzen, traurigen Augen.

»Schalom –«, sagte er leise. »Kennst du Schalom, Amina? Frieden . . .?«

»Nein. Ich kenne nur Krieg, solange ich denken kann.«

»Und das hat Gott gewollt?« Er küßte sie, schlang die Arme um sie und preßte sie an sich. Aus den tobenden Wolken über ihnen fiel das Wasser auf sie wie eine umstürzende Wand. »Und wenn ich Steine zu Mehl zermahle –«, sagte er und merkte gar nicht, daß er dabei weinte – »Amina, ich finde für uns den Frieden –«

An diesem gleichen Gewitterabend saß Major Liman in der Pension »Rheinfähre« und zeigte dem Wirt ein Bild Kehats. »Kennen Sie diesen jungen Mann?« fragte er. »Er soll hier in der Nähe wohnen. Ich bin ein Freund von ihm, nur auf der Durchreise, und habe seine Adresse vergessen. Zu dumm, nicht wahr?«

Die Pension »Rheinfähre« lag drei Kilometer nördlich von der Pension »Vogeli«.

Schalom ... Frieden ... Wer kennt ein Wort, das mehr mißbraucht wurde?

Man kann Diamanten in unterirdischen Stahlgewölben verstecken, die Deckung der amerikanischen Dollarwährung in Goldbarren in Fort Knox einbruchsicher lagern, man kann für alle Zeiten die Schätze der Inkas verschwinden lassen oder die Geheimnisse der Militärs, wie man ganze Völker ausrottet, verbergen ... aber es wird kaum gelingen, einen einzelnen Menschen ganz aus dieser Welt zu nehmen, es sei denn, man tötet ihn.

Auch die beste Überwachung, die Josuah Halevi und sein Geheimdienst für Moshe Yonatan eingesetzt hatten, mußte notgedrungen eine Lücke haben. Vor allem dann, wenn Yonatan zu seinem physikalischen Institut gefahren wurde, saß für zwanzig Minuten immer die Gefahr neben ihm, auch wenn der Weg der kleinen Autokolonne mitten durch Tel Aviv führte. Bis zur Universität war das kein Problem, es gab nur ein kurzes Stück, das sich geradezu anbot, alle Sicherungen auf den Kopf zu stellen: Der Übergang über das Wadi Muzrara. Yonatans Haus lag in der Nähe der Jabotinski-Straße, und es gab keinen anderen Weg, als das Wadi zu überqueren.

An einem Morgen – sechs Tage nach Eintreffen des Briefes aus Basel – also am hellen Tag, mitten im wimmelnden Verkehr, in der sichersten Stunde überhaupt, platzte kurz vor dem Wadi Muzrara der linke Hinterreifen von Yonatans Wagen. Das Auto knickte hinten ein, rollte ein paar Meter auf der Felge weiter, wurde dann von dem Fahrer nach rechts gezogen und hielt am Straßenrand. Der kleine Jeep mit den zwei Bewachern, jungen Soldaten, die ihren langweiligen Dienst mit ebenso gelangweilten Mienen versahen, bremste ab und stellte sich hinter Yonatans Wagen.

»Die Reifen werden auch immer schlechter!« schrie der Fahrer. »Und die Straßen sind eine Strafe Gottes! Ich möchte wissen, wer sich die Gelder für den Straßenbau in den eigenen Hintern schiebt!«

Er stieg aus, hockte sich vor den platten Reifen und stellte mit Verwunderung fest, daß ein kreisrundes Loch im Gummi entstanden war. Ein Schuß, durchzuckte es ihn. Das ist doch nicht möglich! Man hat keinen Knall gehört, aber es gibt ja auch Schalldämpfer, und außerdem ist das Donnern der Lastwagen und das Geschrei der stadteinwärts ziehenden Händler lauter als eine Maschinengewehrgarbe.

Ehe er sich aufrichten und Alarm geben konnte, spürte er einen Schlag gegen den Rücken, etwas Glühendes stach in ihn hinein, er fiel in die Knie, schlug mit dem Kopf gegen den Kotflügel und sank neben dem Wagen zusammen. Nicht anders erging es den beiden jungen Soldaten. Sie waren aus dem Jeep gesprungen, aber bevor sie noch zwei Schritte zu Yonatans Auto gehen konnten, kam lautlos in diesem Straßenlärm der Tod zu ihnen ... kam von irgendwoher, traf sie genau mitten in die Brust und schleuderte sie neben ihren Jeep. Fünf Sekunden später – man hatte das alles hundertmal durchexerziert – wurde die Tür des Wagens aufgerissen und zwei europäisch gekleidete, höfliche Männer nahmen Yonatan die Zeitung aus den Händen. Er hatte bisher noch nichts gemerkt, den Aufenthalt nur vage mitbekommen und war in einen Artikel über eine arabische Ministerkonferenz in Kairo vertieft. Verblüfft sah er hoch, und von diesem ersten Blick an wußte er, daß sich die Welt ändern würde.

»Dürfen wir Sie bitten umzusteigen, Herr Professor –«, sagte einer der Männer in einem fließenden Deutsch. »Ihr Wagen hat eine Panne ...«

Yonatan stieg aus. Er sah die drei Toten im Staub liegen, zögerte, blickte sich um, aber noch brauste der Verkehr an ihm vorbei, noch reagierte niemand ... die Schrecksekunde, das endgültige Begreifen der Menschen dauert länger, als man denkt.

Die beiden Herren packten Moshe Yonatan, stießen ihn in einen großen Wagen, der plötzlich neben dem Jeep stand und die Toten verdeckte, die Tür klappte zu, einer der Männer drückte Yonatan in die Polster zurück ... und ruhig, als handele es sich um eine Spazierfahrt, setzte sich der Wagen wieder in Bewegung, fuhr über das Wadi Muzrara und schlug dann einen Bogen zu der Ausfallstraße nach Jerusalem.

»Warum mußten Sie die Jungen töten?« fragte Yonatan erschüttert. Er dachte an keinen Widerstand, denn Heldentum an falschem Platze ist Irrsinn, wie er überhaupt dem Begriff Helden sehr skeptisch gegenüberstand.

»Wir hatten keine Zeit, sie zu überreden.« Einer der Männer griff in die Tasche, holte ein Etui heraus und bot Yonatan eine Zigarre an. »Ihre Lieblingsmarke, Professor.«

»Danke.« Yonatan schob das Etui weg und starrte aus dem Fenster. Der Wagen hatte jetzt schnellere Fahrt, der Kirchturm der griechisch-orthodoxen Kirche von Tabea tauchte hinter hohen Bäumen auf, Yonatan kannte den Weg nach Jerusalem genau, war ihn oft genug selbst gefahren und war sich klar darüber, daß es vielleicht seine letzte Fahrt durch ein Land war, das die Heimat aller Juden sein sollte und dessen Boden so fruchtbar geworden war, weil man ihn mit Blut und Tränen getränkt hatte.

»Jerusalem?« fragte er knapp.

»Ja.«

»Und dann?«

»Sie werden dort erwartet, Professor.«

»Und was verspricht man sich davon?«

»Wir haben nur die Aufgabe, Sie zu dieser Reise einzuladen ... die politischen Konsequenzen sind nicht unser Gebiet.«

»Sie waren in Deutschland?«

»Ich habe in Marburg und Köln studiert.«

»Und Sie?« Yonatan wandte sich zu dem zweiten Mann.

»In München und Frankfurt Medizin.«

»Drei leidlich intelligente Menschen sitzen also in diesem Wagen«, sagte Yonatan, »und trotzdem werden sie hirnlos, wenn es um Politik geht.«

»Das werden wir nie ändern können, Professor.« Der Araber, der Jura studiert hatte, gab Yonatan die Zeitung zurück. »Wenn Sie weiterlesen möchten . . . Politik ist das vollendetste Rauschgift für die Menschen, und eine Medizin dagegen gibt es auch nicht.«

Moshe Yonatan nahm die Zeitung, entfaltete sie und las weiter. In einer Staubwolke raste der Wagen nun durch das Land, durch die Dörfer Jazur und Beit Dagan, vorbei am Weißen Minarett von Lydda, der Grabstätte des Heiligen Georg, hinauf nach Jerusalem.

Es dauerte zehn Minuten, bis der Alarm das Hauptquartier von Josuah Halevi erreichte. Und es dauerte keine Minute, bis über Funkspruch alle militärischen Stellen informiert waren. Dayan wurde aus einer Sitzung herausgeholt, Golda Meir unterbrach ein Gespräch mit dem französischen Botschafter, das Armeekommando befahl Alarmstufe I. An den Grenzen stiegen die Hubschrauberstaffeln auf, schwärmten motorisierte Patrouillen aus. Ein Lastwagen der Armee holte die Toten vom Wadi Muzrara, ein normaler Unfallwagen schleppte Yonatans Auto ab. Dann kehrte man Sand über die Blutflecken auf der Straße . . . und der Verkehr brauste weiter, als habe Israel an diesem Morgen nicht eine seiner größten Niederlagen erlitten.

»Vollkommene Nachrichtensperre!« ordnete Dayan an. »Kein Wort über Moshe Yonatan! Nur die drei Toten werden erwähnt. Ein Terrorakt wie viele.«

Aber so ruhig nach außen hin alles ablief, hinter den Türen begann eine Aktivität, wie sie Israel seit dem Sechs-Tage-Kriege nicht wieder erlebt hatte. Innerhalb einer Stunde gab es kaum noch eine Möglichkeit, Israel zu verlassen. Nicht auf dem Luftwege, nicht über die Straße, nicht über die Schleichwege an den Golanhöhen oder zur jordanischen Bergwüste.

»Sie sitzen in einer großen Falle!« sagte Halevi nach einer mehrstündigen Besprechung. »Natürlich können sie Yonatan töten und irgendwo wegwerfen wie einen alten Koffer. Aber das wollen sie ja nicht. Sie brauchen ihn! Also muß er aus Israel hinausgebracht werden ... und das machen wir ihnen unmöglich!«

»Und wenn das Übliche eintritt?« fragte einer der Offiziere. Halevi starrte auf die große Wandkarte. Das Übliche ... das hieß: Erpressung. Professor Yonatan gegen einen noch unbekannten, bestimmt äußerst hohen Preis.

»Nichts!« sagte Halevi hart. »Wir lassen uns zu nichts zwingen ... wir schlagen höchstens zurück!«

Ein endgültiges Wort ... Yonatan, der bei seiner Fahrt durch das Land auch an diese Worte dachte, denn was jetzt geschah, wußte er genau, las in seiner Zeitung weiter. Er empfand keine Angst. Das Verfolgtwerden hatte er schon mit der Muttermilch getrunken, es gehörte zu seinem Judentum. Eine ganze Welt gegen ein Häuflein Heimatsuchender. Gottes Fluch nach dem Tanz um das Goldene Kalb war unsterblich –

Der Wagen fuhr nicht bis Jerusalem, denn wie erwartet waren alle Zubringerstraßen von Militärkolonnen abgeriegelt. In der Abenddämmerung – nachdem man zwischen einem Olivenhain und einer Hügelkette gerastet hatte – bog man bei Abu Ghosch in ein waldreiches Seitental ab und erreichte nach einer Stunde die Ruinen eines mittelalterlichen Klosters. Wunderschöne, die Gotik widerspiegelnde Spitzbogenarkaden verloren sich in einen Granatbaum-Wald, der in den vergangenen Jahrhunderten sein verlorenes Gelände neu erobert hatte.

Der Wagen hielt. Yonatan sah sich erstaunt um. »Das Kloster der Nonnen von Aqua Bella«, sagte er. »Hier kämpfte Walter Scott mit seinen Kreuzrittern gegen die Sarazenen.«

»Steigen Sie aus.« Der Mann, der Medizin studiert hatte, öffnete die Wagentür. »Sie werden erwartet.«

Moshe Yonatan schob sich aus dem Auto. Die Dämmerung war schon stark, er hatte Mühe, Einzelheiten zu erkennen ... aber er sah doch unter den herrlichen Arkaden der Ruinen einsam, fast mitleiderregend, eine Gestalt stehen, in einer dreckigen Dschellabah und einem verblichenen Kopftuch, das ein einfacher Strick zusammenhielt. Ein Eseltreiber hätte nicht ärmlicher sein können.

Yonatan ging die paar Schritte nach vorn, und die Gestalt löste sich aus ihrer Starrheit und kam ihm entgegen. Zwischen zwei Säulen, unter einem Bogen, der einmal den Speisesaal der Nonnen von Aqua Bella schmückte, standen sie dann voreinander und sahen sich lange an.

»Ich brauche mich nicht vorzustellen –«, sagte Moshe Yonatan, »aber ich wüßte gern, wer mein Gastgeber ist.«

»Ein Vater –«, antwortete die Gestalt. »Ich hielt es für gut, wenn sich die Väter kennenlernen, deren Kinder sich lieben. Ich bin Safar Murad . . . seien Sie mein Gast, Moshe Yonatan . . .«

Es hatte keinen Sinn, Yonatans Entführung zu verschweigen . . . was die Israelis nicht taten, das trommelten die Araber in alle Welt. Und die Welt hielt, wie so oft in diesen Monaten – den Atem an und blickte nach Jerusalem. In den Hauptstädten der großen Nationen kam man zu Sondersitzungen zusammen, der Sicherheitsrat der UNO wurde einberufen. Gab es einen neuen Krieg? Was tat Dayan? Wo setzte er den Vergeltungsschlag an? Wie verhielt sich Moskau? Rollte eine neue Terrorwelle über alles, was Juden und Araber heißt?

»Eine verrückte Situation!« sagte Dayan, als über Nacht der Name Moshe Yonatan so bekannt war wie Coca Cola. »Man will uns zu Handlungen zwingen . . . und was wir auch tun, immer wird es heißen: Wegen eines einzigen Mannes dieses Meer von Blut! Eines ist jedenfalls sicher: Yonatan ist verloren. In den Augen der Welt nur ein Nadelstich gegen Israel. Die Menschheit hat sich an das Töten gewöhnt –«

Als die Morgenzeitungen auch in der Schweiz die Nachricht von der Entführung Yonatans brachten, warf Kehat seine dicken Lederhandschuhe weg, die er zum Schutz gegen die rauhe Rinde der Baumstämme trug, lieh sich von einem Arbeitskollegen ein Rad und fuhr wie ein Verrückter die drei Kilometer vom Sägewerk bis zur »Pension Vogeli« herunter. Dort schien man ihn erwartet zu haben, Amina lief ihm entgegen, und der Wirt rief sofort: »Bleiben Sie ruhig! Erst überlegen! Man kann ja gar nichts tun ...«

»Das ist die Antwort deines Vaters!« brüllte Kehat. Er umklammerte Aminas Schulter und schüttelte sie, und sie hing in seinen Händen und war wie eine Puppe mit zerbrochenen Gliedern. »Ich soll nichts tun? Ich soll das einfach ertragen?«

»Ich liebe dich ...«, sagte Amina und schloß die Augen. »Ich liebe dich ... ich liebe dich ...«

Und als Kehat weiterschrie, Worte, die niemand mehr verstand, dann nur noch Töne, schaurig in diesem zerberstenden Schmerz, packte sie seinen Kopf, hielt ihn fest, starrte in seinen aufgerissenen Mund und sagte mit einer Ruhe, die alles um sich herum zu vereisen schien:

»Wir holen deinen Vater zurück, Kehat ... wir zwei! Habe ich dir nicht gesagt, daß du doch einmal mit mir nach Damaskus gehen wirst ...?«

Die blutige Entführung von Moshe Yonatan stoppte auch die Suche nach Kehat Yonatan in der Schweiz. Jossele Birnstein rief das Kommando des israelischen Geheimdienstes zurück ... noch vier Pensionen weiter nordöstlich von Basel, und Major Liman hätte Kehat gegenübergestanden. So aber kehrte er in die Drogerie von Paul Zöggli zurück, und das Schicksal nahm einen Lauf, den Birnstein vorausahnte.

Im Hinterzimmer saßen sie alle wieder zusammen bis auf drei Spezialagenten, die erst am Vormittag aus Jerusalem in Basel angekommen waren und gleich draußen auf dem Flugplatz blieben. Josuah Halevi hatte den Befehl gegeben: Kontrolle aller Maschinen, die nach Israel fliegen.

»Wie würden Sie, David, wie würde ich reagieren, wenn man uns mitteilt, unser Vater sei entführt worden?« fragte Jossele Birnstein. Er trank einen Diätsaft aus seiner Reformabteilung und rauchte eine lange, dünne Brissagozigarre. Das paßte zwar nicht zueinander, aber was paßte schon vollkommen zu Birnstein? Wie er wirklich war, wußte niemand, nicht einmal seine Frau Josefa, die in billigen Kleidern gehen mußte, obgleich man sich ein Modellkleid hätte leisten können. Aber Birnstein befahl es so ... als kleiner Drogist Paul Zöggli im Arbeiterviertel von Basel hat man die Verpflichtung, nicht turmhoch über seinen Kunden zu stehen. Nichts ist schädlicher als Klatsch ... für einen Geheimagenten kann er tödlich sein.

»Ich kehrte sofort nach Tel Aviv zurück«, sagte David Liman. »Auch wenn es sinnlos wäre ... denn Yonatan ist längst nicht mehr in Israel.«

»Wissen Sie das so sicher?«

»Ehe die Grenzen zu waren, war er schon draußen. Oder glauben Sie wirklich, Jossele, daß man Yonatan hinter einem Felsblock versteckt hält?«

»Nicht hinter einem Felsblock, sondern in einem normalen, unverfänglichen Haus. Ein Haus wie tausend andere.« Birnstein legte die Hände flach gegeneinander und stützte sein Kinn auf die Fingerspitzen. Sein Dutzendgesicht hatte sich verändert ... wenn Birnstein nachdachte, schrieb sich seine Intelligenz in seine Gesichtszüge ein wie in ein Gästebuch. »Ich denke an zwei Versionen, Liman: Die eine ist politisch. Yonatan, der große Physiker, den man haben muß, nicht um seine Erfindung zu bekommen – das würde er nie verraten, eher würde er sterben! – sondern um sie einfach lahmzulegen. Das genügt ja. Ist es das, wäre ein halber Piaster noch zuviel für sein Leben. Aber dann meine Frage: Warum erst jetzt, erst kurz vor der Vollendung seines Nachtzielgerätes? Man hätte hundertmal die Möglichkeit gehabt, ihn aus dem Wagen zu holen, wie gestern am Wadi Muzrara. Version zwei: Hinter allem steckt Dr. Safar Murad al Mullah, dann wird das Ganze eine Familienangelegenheit. Der Vater der Geliebten hat Sehnsucht nach dem Vater des Liebhabers. Man trifft sich – zwangsweise – zu einer Aussprache über die Zukunft der Kinder, die äußerst düster aussieht und kaum Chancen hat, normal zu bleiben. Das geht natürlich an jedes Vaterherz, das muß man durchsprechen, da muß man sich einig werden. Es ist bekannt, daß Safar Murad an seiner Tochter Amina hängt, wie einst Mohammed an seinem weißen

Pferd ... erst kommt Allah, dann Amina, dann lange nichts mehr, und dann erst die andere Welt. Und ausgerechnet diese zweite Seele Safars liebt den Juden Kehat Yonatan! Wenn das kein Grund ist, eine interne Familienfeier einzuberufen! Nur die Form ist etwas ungewöhnlich ...«

»Ihren galligen Humor möchte ich haben, Jossele.« Major Liman sprang auf und lief aufgeregt hin und her. Birnstein beobachtete ihn. Für ihn waren Probleme reine Denkspiele ... Soldaten wie Liman wollten sofort schießen. »Welche Ihrer Versionen auch zutrifft: Yonatan ist weg!«

»Das läßt sich nicht leugnen.«

»Und Kehat will ihn suchen.«

»Wenn er ein guter Sohn ist und ein Patriot, sicherlich.«

»Also muß er mit Amina die Schweiz verlassen.«

»Das hat er bereits.«

Liman fuhr herum wie gestochen. »Das wissen Sie bereits?«

»Aber nein. Ich setze es als fest voraus. Kehat ist kein Idiot.« Birnstein sog an seiner langen dünnen Zigarre. »Nur hat es keinen Sinn, Flugplätze zu überwachen und Maschinen zu beobachten, die nach Israel fliegen. Das werden die Araber auch tun, und sind genauso Träumer wie wir. Denken Sie mal nach, David: Kehat weiß, daß man ihn sucht, also wird er doch nicht vor unseren Augen eine Gangway hinaufschreiten. Nebbich! Er wird ganz brav mit einem Zug entweder nach Deutschland zurückfahren und dort in den Himmel steigen, oder – wenn er so raffiniert ist wie ich – einige Luftsprünge machen. Mit dem Zug nach Mailand, von dort per Lufttaxi nach Rom, von Rom nach Tel Aviv ...«

»Und dort haben wir ihn!« rief Liman erlöst.

»Nein! Es gibt auch hier eine schöne Art, sich zu verflüchtigen. Von Rom nach Nikosia auf Zypern, von Zypern nach Beirut, von Beirut nach Damaskus ... die Richtung also zum Schwiegerväterchen.«

»Ihre Beweisführung nagt an den Nerven, Jossele«, stöhnte Liman. »Kehat wird im ersten arabischen Flughafen aus dem Flugzeug geholt!«

»Wenn der Dummkopf sich Kehat Yonatan nennt. Natürlich nennt er sich nicht so. Wie mir Oberst Halevi vor einer Stunde mitteilte, und was wir alle erst seit ein paar Stunden von Rebba Yonatan, der Mutter, wissen: Kehat hat auch einen deutschen Paß, weil Yonatan ja einmal Deutscher war und diese Staatsangehörigkeit nie verloren hat. Kehat heißt auf deutsch Karl Johnen.«

»O du Scheißhaufen!« schrie Major Liman.

»Das kann man wohl sagen.« Birnstein trank einen langen Schluck roten Johannisbeersaft. »Kehat hat auf diesen Namen einen zweiten Paß. Juden gegenüber arbeiten deutsche Behörden jetzt schnell, unkonventionell, ohne lange Fragen, glaubensbereit. Auch ein Akt der Wiedergutmachung.« Birnstein erhob sich, um an das Telefon zu gehen. »Sie glauben doch wohl auch, David, daß ein Deutscher mit Namen Karl Johnen in Damaskus aussteigen darf?«

»Natürlich.« Major Liman tupfte sich den Schweiß von der Stirn. »Dann sitzen wir hier also herum wie Hänsel und Gretel?«

»Ja, nur die Hexe kennen wir und ihr Häuschen. Ich tippe auf Safar Murads geradezu göttliche Vaterliebe.«

Birnstein hob den Hörer ab und wählte eine Amtsnummer. »Ein Blitzgespräch nach Tel Aviv.« Er nannte eine Fernsprechnummer, wartete und klopfte dann erfreut gegen den Hörer. Die Muschel hielt er zu. »Halevi«, flüsterte er. »Er scheint neben dem Telefon zu schlafen, zu essen, zu baden und seine ehelichen Pflichten zu erfüllen. – Ja, hier Jossele!« Birnstein schien voller Fröhlichkeit zu stecken. »Geben Sie unseren Leuten in Damaskus einen Tip, Josuah. Schon geschehen?« Er hielt wieder die Muschel zu. »Ein kluger Kopf, dieser Halevi. Und so etwas ist beim Militär!« Und dann, wieder laut: »Ein Vorschlag von mir, Josuah: Hindern Sie den guten Jungen nicht daran, seinen Vater zu suchen. Bleiben Sie ihm nur auf der Spur. Er hat Amina bei sich, und die kennt alle Wege zu Safar Murad. Besser können wir es gar nicht haben, um in den Mittelpunkt aller Aktionen zu kommen. Lassen Sie Kehat für uns Pfadfinder spielen. Danke, ich weiß, daß ich ein Aas bin . . .«

Er legte auf und rieb sich die Hände. Major Liman hatte mit zitternden Fingern eine Zigarette angesteckt. »Sie sind ein durch und durch gefühlloser Knochen, Jossele«, sagte er heiser vor Erregung. »Kehat als Köder zu benutzen –«

»Ein Knochen ist nicht gefühllos.« Birnstein setzte sich wieder hinter seinen Diätsaft. »Sie haben von Anatomie keine Ahnung. Haben Sie sich schon einmal einen Knochen gebrochen? Das soll gefühllos sein? David, da zittern alle Nerven ... und genau auf diesen Nerven spiele ich die jetzt nötige Melodie ...«

Birnstein hatte in vielem recht, nur eines übersah er: Kehat flog nicht nach Damaskus.

Sonst aber nahm er den Weg, der am gefahrlosesten war: Mit dem Zug nach Mailand, von Mailand nach Rom mit dem Flugzeug. Dort aber sagte Amina:

»Glaubst du, Kehat, daß dein Vater nach Syrien gebracht worden ist?«

»Ich weiß es nicht.«

Sie hatten sechs Stunden Aufenthalt in Rom, waren mit einem Bus in die Stadt gefahren, über der eine glühende Sonnenglocke lag, unter der sich die heiße Luft in den Straßen staute und das Atmen schwer werden ließ. Schon auf dem Flugplatz hatten sie bei der Auskunft nach Adressen gefragt, wo man gebrauchte Sachen verkaufen könne. Diese kleinen stickigen Läden waren sie nun abgerannt und hatten alles verkauft, was sie noch besaßen: Amina drei Kleider und einen Mantel, zwei Paar Schuhe und eine Handtasche aus Eidechsenleder, ein Wollkostüm und einen hellbraunen Koffer. Kehat ließ bis auf eine Reisetasche alles zurück ... er behielt nur einen Anzug, Wäsche zum Wechseln, ein Paar dicksohlige Schuhe. Am wertvollsten war der Ring, den er verkaufte. Rebba, seine Mutter, hatte ihn ihm geschenkt, als er nach Deutschland ging. Es war das letzte Stück seines Großvaters, der in Dachau verschwunden war. Man hatte ihn eines frühen Morgens abgeholt, und er kam nie wieder. Den Ring aber hatte er vorher – voller Ahnungen – einem Nachbarn gegeben, und der schickte ihn nach dem Krieg an Rebba Yonatan, geborene Silberstern.

Als der Ring unter dem Ladentisch des Aufkäufers verschwand, tastete Kehat nach Aminas Hand und umklammerte sie. Es war die einzige Möglichkeit, um nicht zu weinen.

»Heben Sie ihn auf, bitte –«, sagte Amina. Kehat bekam kein Wort mehr über die Lippen. »Wir holen ihn ab ... bald ... Ich verspreche es Ihnen. Können Sie den Ring einen Monat aufheben ...?«

Der Händler versprach es, zahlte die Lire aus und war sichtlich froh, diese Verrückten aus seinem Laden gehen zu sehen.

Nun saßen Amina und Kehat auf den Stufen der Spanischen Treppe, starrten in das Menschengewimmel unter sich und waren doch so einsam wie auf einer neu entdeckten Insel. Der Gedanke, als Karl Johnen nach Damaskus zu fliegen – das zusammengesammelte Geld reichte gerade aus, dann mußte man sich durch das Land schlagen wie Bettler – wurde immer trüber. Nichts, aber auch gar nichts wußte man über das Schicksal von Moshe Yonatan. Die Angaben der arabischen Freischärler waren dünn. Sie gestanden nur die Entführung, weiter nichts. Keine Forderungen, kein Hinweis wie »Man hat ihn an einen sicheren Platz gebracht«, keine Drohung, Yonatan zu töten. Man flog nach Damaskus, nur um etwas zu tun. Es war alles völlig sinnlos ... Kehat sah es ein, legte den Kopf an Aminas Schulter und schloß die Augen. Sie legte den Arm um ihn, und so saßen sie über eine Stunde auf der Spanischen Treppe, das Leben flutete an ihnen vorbei, beachtete sie nicht, wie sie es auch nicht wahrnahmen, und so verstrich die Zeit, die Maschine nach Damaskus flog ab und hatte neben zwei israelischen Geheimagenten auch drei arabische Guerillas an Bord.

Sie waren arbeitslos, benahmen sich wie höfliche Reisende und grübelten darüber nach, wo der Fehler in einer sonst präzisen Denkarbeit liegen konnte.

Es wurde Abend, als Kehat und Amina wie aus einer Erstarrung erwachten. Neben und über ihnen hatten sich Gruppen von Jungen und Mädchen auf den Stufen niedergelassen, spielten Gitarre, rauchten süße Zigaretten – Hasch, stellte Kehat angewidert fest – küßten sich ungeniert und lachten die Erwachsenen aus, die sie empört anstarrten.

Das andere Rom erwachte ... mit der Sonne ging auch der Zauber einer Stadt unter.

»Ich werde zu Hause anrufen«, sagte Amina plötzlich. »Das ist der geradeste Weg.«

»Und der gefährlichste. Sie werden sofort unsere Spur aufnehmen.« Kehat stand auf. Er zog Amina mit sich hoch und strich ihr mit beiden Händen die langen schwarzen Haare aus dem Gesicht. »Bitte, komm mit nach Israel, Amina.«

»Nein!«

»Ist es so schrecklich, bei uns zu leben?«

»Ich liebe dich, nicht dein Volk.« Sie stieg die Treppe hinab, blieb unten stehen und wartete auf Kehat, der langsam nachkam. Stufe um Stufe stieg er hinab, und es war, als entferne er sich damit immer mehr von einer Hoffnung, die ihn bis hierher getrieben hatte, um jetzt an der großen Spanischen Treppe zu enden. Unsagbares Mitleid überkam Amina. Sie empfing Kehat unten auf der Straße mit offenen Armen, zog ihn an sich und küßte ihn vor allen Menschen.

»Wir sind traurig –«, sagte sie laut, als sie die Blicke der Passanten sah. »Wir würden gerne weinen, aber wir können es nicht mehr. Darum küssen wir uns. Versteht ihr das?«

Die Menschen sahen sie verblüfft an und gingen dann schnell weiter.

»In der Hauptpost kann man Tag und Nacht telefonieren«, sagte Amina. »Sollen wir wie blinde Hunde durch die Welt irren?«

»Sie werden uns hetzen ... hetzen ... hetzen ...«

»Aber wir kennen endlich die Richtung –«

»Mein Gott, was haben wir vor.« Kehat ballte die Fäuste vor der Brust. »Zwei Menschen allein gegen eine ganze Welt voll Haß.«

»Aber diese zwei Menschen lieben sich«, sagte Amina. »Kein Himmel ist mehr dunkel, wenn es zwei Sternen gelingt, an ihm zu leuchten ...«

Die Post war noch offen. Der Mann hinter dem Schalter las mit gerunzelter Stirn die Telefonnummer und blickte dann Amina fast mitleidig an. »Haben Sie Zeit?« fragte er. »Viel Zeit?«

»Ja.«

»Es dauert Stunden. Sie sollten ein Bett aufschlagen, aber das ist in einer Posthalle verboten.« Der Beamte lachte, es war ein netter Mann, denn humorvolle Beamte im Dienst sind selten. »Außerdem kostet es eine Menge.«

»Hier.« Amina griff in ihre Handtasche und legte ein Bündel zusammengeknüllter Geldscheine auf die Theke. »Versuchen Sie es, bitte. Es hängt viel davon ab ...«

Die Technik ist ein Wunderwerk, die Möglichkeit, über Hunderte von Kilometern hinweg mit einem anderen Menschen zu sprechen, ihn klar zu verstehen, nimmt man als selbstverständlich hin, und trotzdem ist es ein kleiner Schöpfungsakt. Es dauerte nicht Stunden, wie der Beamte befürchtet hatte, sondern nur eine halbe Stunde, und er winkte durch die Glasscheibe.

»Kabine vier.«

»Bleib hier«, sagte Amina und drückte Kehat, der aufspringen wollte, auf die Holzbank zurück. »Bitte, laß mich allein mit meinem Vater sprechen. Es ist besser so ... bitte ...«

Er nickte, sank auf die Bank zurück und lehnte den Kopf gegen die gekachelte Wand. Nach Tel Aviv, dachte er. Ich muß nach Tel Aviv. Zu Mutter, zu den anderen, zu der Stelle, wo man Vater aus dem Wagen holte und seine Begleiter erschoß. Dort will ich Mut und Kraft, Haß und Ausdauer trinken – nur von dort aus wird es möglich sein, Gottes schreckliches Gebot zu erfüllen: Auge um Auge, Zahn um Zahn ... Wir wollten in Frieden leben, aber man zwingt uns, zu vernichten.

Nach Tel Aviv ... Wo liegt Tel Aviv? Auf einem anderen Stern? Amina wird nie mitkommen, aber ich liebe sie, und diese Liebe verändert die Welt. Also werde ich Tel Aviv nie wiedersehen. Meine neue Welt, meine neue, einzige Heimat wird in den Armen von Amina liegen. Es ist unbegreiflich, aber es ist eine Tatsache, vor der man nicht davonlaufen kann. Da ist ein Mensch gekommen, ein völlig fremder Mensch, und auf einmal ist er der Mittelpunkt der Welt, ein Stück eroberten Himmels, die Erfüllung, von der man träumte.

Kehat schielte hinüber zu der Telefonkabine. Er sah durch die kleine Glasscheibe, wie Amina sprach, ihre Stirn drückte sich dabei gegen den schwarzen Telefonkasten, und sie weinte.

»Ist dort Qnaitra?« fragte sie. »Qnaitra? Bitte melden Sie sich. Qnaitra. Bitte ...«

Und dann eine tiefe, gutturale Männerstimme, auf Syrisch. »Hier Qnaitra. Ihre Verbindung zu Safar Murad. Wer sind Sie?«

»Ich möchte Dr. Murad sprechen, sofort.«

»Das geht nicht.«

»Warum?«

»Wer sind Sie?«

»Geben Sie mir Issa Murad. Ich bitte Sie, ich flehe Sie an ... Issa Murad ...«

»Warten Sie.«

Es knackte ein paarmal laut, dann verrann eine Minute wie eine Wartestunde vor dem Schafott. Endlich eine leise, weibliche Stimme, und als sie sich meldete, begann Amina zu zittern und drückte die Knie durch, um nicht einzusinken in die plötzliche Schwäche, die über sie kam.

»Wer spricht ...?« fragte die sanfte, leise Frauenstimme.

»Mutter ...«, stammelte Amina. »Mutter ... Mutter ... o Mutter ...« Sie drückte die Stirn an das Telefon und begann zu weinen. »Ich bin es. Amina ...«

Von drüben ein Aufschrei, über tausend Kilometer hinweg deutlich, ein Schrei, der wie ein Messer das Herz zerschnitt. »Wo bist du?« schrie Issa Murad in das Telefon. »Amina, Töchterchen, o Allah segne dich ... wo bist du? Sag es, sag es ... deine Stimme ist so nah ... Warum versteckst du dich ... Dein Vater ist grau wie Asche geworden, kein Feuer ist mehr in ihm ... Amina –«

»Wo ist Vater?« sagte sie mühsam. »Mutter, hol Vater an den Apparat. Ich muß mit ihm reden ...«

»Dein Vater ist nicht hier. Allah, höre mich! Gib mir Amina wieder!«

Ein Beben lief durch Aminas Körper. Sie umklammerte das Telefongehäuse und hielt sich an ihm fest. Die Tränen liefen über ihr zuckendes Gesicht, aber sie atmete ein paarmal tief durch, um stark genug zu sein, weiterzusprechen.

»Wo ist Vater?«

»Ich weiß es nicht. Er hat gesagt, er fliegt nach Kairo ... aber wer weiß das? Amina, er hat geweint, dein Vater hat geweint! Wir haben um ihn herumgestanden und haben gebetet, als stürbe er. Safar Murad kann weinen ... wir waren alle starr. Amina, warum hast du das getan ... Wo bist du jetzt ... Dein Vater ...«

Ganz langsam hängte Amina ein. Sie hörte noch ihre Mutter rufen, flehentlich, wie man Allah anschreit um Gnade, und als es knackte und die Stimme abgerissen wurde, war es ihr, als habe sie ihre Mutter umgebracht. Sie blieb stehen, umfaßte den Telefonkasten und hing an ihm, als sei er eine Felsennase über einen unüberblickbaren Abgrund.

»Komm –«, sagte Kehat. Er hatte die Tür der Telefonzelle geöffnet, löste Aminas Hände vom Telefon und zog sie hinaus. Sie lehnte sich gegen ihn, schwankte mit geschlossenen Augen durch die leere Schalterhalle und ließ sich auf die Holzbank an der Wand fallen. Kehat ging zum Schalter, wo der Beamte gerade die Gebühr ausrechnete.

»Ein teurer Spaß«, sagte er. Er blickte hinüber auf Aminas zusammengesunkene Gestalt. »Ein Todesfall?«

»Vielleicht.«

»Ach so ... Kurz davor?«

»Man kann es so nennen. Wieviel?«

Der Beamte nannte eine wirklich irrsinnige Zahl, aber zwischen Rom und Qnaitra zu telefonieren, ist ebenso verrückt. Kehat zahlte aus dem Bündel Geldscheine die Gebühr ... es blieb nicht mehr viel zurück. Drei Tage mageren Lebens steckte er zurück in seine Tasche. Was kam dann?

Er ging zurück zu Amina, zog sie von der Bank hoch, küßte ihr tränennasses Gesicht und faßte sie unter. Wie eine Betrunkene führte er sie hinaus auf die Straße. Dort war es dunkel, eine feuchtheiße Nacht, die den Schweiß aus den Poren trieb. Er schleifte Amina in eine breite Türnische und stellte sie dort an die Wand.

»Was . . . was ist passiert . . .?« fragte er mühsam.

»Er ist in Kairo«, sagte sie und weinte weiter.

»Dann ist mein Vater auch in Kairo?«

»Ich weiß es nicht. Aber ich glaube es.«

»Wir werden nie nach Kairo kommen. Wir haben nur noch ein paar lumpige tausend Lire und das, was wir auf dem Leib tragen. Es war ein teures Gespräch.«

»Ich habe meine Mutter gehört, Kehat. Meine Mutter –«

Er holte die Geldscheine aus der Tasche und hielt sie hoch. »Es reicht nicht mehr, auch meine Mutter zu hören«, sagte er bitter. »Aber wir werden nach Kairo kommen . . . Ich werde betteln gehen, ich werde Kisten schleppen, Teppiche klopfen, Mülltonnen leeren, ich werde alles nehmen, was Geld bringt, bis ich das Geld für Kairo zusammenhabe . . .«

»Die Zeit läuft uns davon, Kehat. Es muß schneller gehen. In drei, vier Tagen müssen wir in Kairo sein.« Sie warf die Arme um seinen Hals und verbarg ihr Gesicht an seiner Brust.

»Dann breche ich ein!« sagte Kehat leise. »Mein Gott, sieh weg . . . dann morde ich für Geld!«

»Es geht einfacher, Kehat . . .« Amina drückte sich fester an ihn. »Ich werde das Geld verdienen . . . in zwei Tagen und zwei Nächten . . . Nur zwei Tage und zwei Nächte, Kehat –«

Er begriff erst nicht, was sie meinte, aber als er sie verstand, preßte er sie an sich und krallte seine Finger in ihre langen schwarzen Haare.

»Du bist verrückt, Amina«, stammelte er. »Nie! Nie!«

»Es sind nur zwei Tage –«

»Nie!« schrie Kehat.

Sie warf den Kopf zurück. Ihre Augen waren unnatürlich weit, ihr Mund schien aufgebrochen zu sein und beherrschte das ganze Gesicht.

»Nur zwei Tage, Kehat!« schrie sie zurück. »Zwei Tage eine Hure ... und wir haben das Geld. Du kannst deinen Vater sehen, ich kann meinen Vater sehen ... für zwei kurze Tage Hure! Wir werden alles abwaschen, Kehat. Ich werde mich ins Meer setzen und von den Wellen durchpeitschen lassen. Ich werde diese zwei Tage aus mir wegspülen, sie werden nie mehr da sein, zwei vergessene, nie gelebte, weggeworfene Tage ... aber wir haben das Geld, Kehat! Das Geld!«

»Nie!« keuchte er. »Nie! Ich erwürge dich, Amina! Ich werfe dich mit dem Kopf an die Wand, ich ... ich ...«

Er wußte nicht mehr, was er sagte. Er schrie nur noch, preßte sie an sich, riß sie an den Haaren und dann küßten sie sich wieder, verzweifelt, mit einer Wildheit, in der ihre ganze Hoffnungslosigkeit lag ... sie stürzten sich in diese Liebkosung, weil sie das einzige war, was ihnen geblieben war.

»Wir müssen in zwei Tagen in Kairo sein, sonst ist alles zu spät«, sagte Amina nachher, als sie sich etwas beruhigt hatten. Sie saßen auf einer niedrigen, alten Mauer und waren wie leergebrannt. »Kehat ... zwei Tage –«

Er nickte. Zwei Tage, zwei Jahre, zwei Jahrhunderte ... es blieb sich gleich. Der Wettlauf war verloren, noch bevor er richtig begonnen hatte.

Wie sagen die Araber?

Wenn ein Lahmer läuft, ist der Tag von Allahs Gericht gekommen.

•

Eine Stunde später, in einem Gewirr finsterer Gassen, bellten plötzlich Schüsse auf. Kehat und Amina, die ziellos herumliefen, irgendwohin, wo sie der Zufall hintrieb, wo sie vielleicht eine Stelle fanden, auf der sie übernachten konnten, zusammengerollt auf einem Grasfleck, in den Trümmern des Forum Romanum, an der Via Appia Antiqua, man kann im Sommer überall in Rom schlafen, denn die mit Glut aufgeladenen Steine strömen die Hitze wieder aus, auf dieser Wanderung ins Nichts, die selbst einem streunenden Hund nicht eingefallen wäre, stoppte sie das Knattern einer Maschinenpistole und einzelne Schüsse.

Sie blieben stehen, sahen, daß wie Schatten einige Gestalten um die Ecke rannten, zwei Männer schleiften einen dritten zwischen sich, und dieser Mann stöhnte, brüllte ein paarmal auf und versuchte, mitzulaufen.

Die ersten Männer hatten Kehat und Amina erreicht und hoben ihre Waffen. Sie trugen Strumpfmasken über den Köpfen und enge, schwarze Lederkleidung.

»Aus dem Weg!« schrie der erste. Durch die Maske klang seine Stimme unnatürlich dumpf. Er wollte seine Maschinenpistole heben und auf Kehat feuern, als ein neuer Aufschrei des Verwundeten ihm wie eine Faust in den Nacken fuhr. Kehat hatte Amina hinter sich gerissen, deckte sie mit seinem Körper, preßte sie an die Hauswand und zeigte jetzt mit ausgestrecktem Arm auf den taumelnden Mann zwischen den beiden anderen.

»Ich bin Arzt!« schrie er, einer Eingebung folgend. »Ich kann helfen.«

Der Mann mit der Strumpfmaske rannte weiter und winkte mit seiner Maschinenpistole. »Mitkommen!«

»Fünfhundert Dollar in Lire!« schrie Kehat zurück.

»Schnauze halten! Mitkommen!«

Die Männer rannten an Kehat vorbei. Die letzte Gruppe, mit dem stöhnenden Verwundeten zwischen sich, blieb kurz vor Kehat stehen.

»Worauf warten Sie?« brüllte einer der Männer.

»Fünfhundert Dollar in Lire –«

»Tausend Dollar! Nur bewegen Sie sich endlich –«

Die Männer rannten weiter. Kehat griff nach hinten, faßte Aminas kalte Hand und umklammerte sie.

»Komm!« sagte er rauh. »Für einen Flug nach Kairo werde ich zur ärztlichen Hure – Komm!«

Sie stürzten den Männern nach, liefen Hand in Hand hinter

den Gangstern her, und während sie rannten, ihre Lungen keuchten, ihre Schläfen brannten, dachten sie beide zur gleichen Zeit:

Ich werde meinen Vater sehen ... Wir werden nach Kairo kommen ... Morgen schon ... morgen –

Die Dunkelheit verschluckte sie ... nur noch das Stöhnen hörte man und dann, leiser und leiser werdend, das Klappern der Schuhe auf dem Asphalt.

Irgendwo, in einem Hinterhof, wo Wäsche von Mauer zu Mauer gespannt war, hielt die Gruppe Männer an und setzte sich schweratmend auf einen Stapel Bretter. Der Verwundete wurde auf den Boden gelegt und begann sofort wieder zu stöhnen. Kehat kniete neben ihm nieder und tastete ihn ab. Er konnte nichts sehen, es war eine kaum durchdringbare Dunkelheit, aber er spürte: Wo er hingriff, war Feuchtigkeit. Blut.

»Ich brauche Licht«, sagte er. »Selbst Gott schuf zuerst die Sonne, um etwas zu sehen ...«

»Reden Sie keinen Blödsinn! Sind Sie wirklich Arzt?« Der Mann, der der Anführer zu sein schien, beugte sich zu Kehat herunter. Er hatte die Strumpfmaske abgenommen und knipste jetzt ein Feuerzeug an. Im zitternden Schein der kleinen Flamme blickte Kehat in ein dunkelhäutiges, gut geschnittenes Gesicht mit schwarzen gelockten Haaren darüber. Ein Araber.

»Medizinstudent ...«, sagte Kehat heiser.

»Und die Frau da?«

»Meine Frau.«

»Können Sie helfen?« Der Mann leuchtete den liegenden Körper ab. Kehat sah nur Blut ... es drang durch die Kleidung, es mußte ein Brustschuß sein.

»Ich weiß es nicht. Ohne Instrumente, Medikamente, Verbände ...«

»Sagen Sie, was Sie brauchen. Husni wird mitschreiben, dann brechen wir eine Apotheke auf und holen uns alles. Los, schnell! Was brauchen Sie ...«

»Fünfhundert Dollar in Lire ...«, sagte Kehat. »Wer sind Sie?«

»Ist das jetzt wichtig? Sie lesen es morgen in der Zeitung. Wir haben das Clubhaus der jüdischen Kultusgemeinde überfallen, als Rache für Zaoura.«

»Was ist in Zaoura passiert?« fragte Amina tonlos.

»Die Israelis haben es überfallen. Als Vergeltung für einen idiotischen jüdischen Professor, den irgendeine Gruppe entführt hat.« Der Mann drückte den Lauf der Maschinenpistole in Kehats Rükken. »Los, diktieren Sie endlich! Was brauchen Sie? Woher kommen Sie eigentlich? Ihr Englisch ist nicht sauber.«

»Ich bin Deutscher«, sagte Kehat tief atmend. »Karl Johnen. Schreiben Sie. Ich brauche eine Wundschere, ein Skalpell, ein paar Klemmen, eine lange Pinzette –«

Das Feuerzeug erlosch. Drei andere Feuerzeuge flammten auf. Der Mann, den man Husni nannte, stand neben dem Verwundeten und schrieb alles auf einen Zipfel seines Hemdes, das er aus der Hose gezogen hatte.

Es ist eine irre Welt, dachte Kehat und beugte sich wieder über den Verwundeten. Bei den Feinden Israels verdiene ich das Geld, um meinen Vater bei den Feinden Israels zu suchen.

Gott im Himmel, wie schief hast du Welt und Menschen gemacht.

Safar Murad hatte für seinen Gast alles vorbereitet.

Ein runder, alter, brüchiger Steintisch, an dem vor Jahrhunderten vielleicht eine Nonne gebetet hatte, während ihre Schwestern aßen, war mit kaltem Fleisch, Früchten, Brot und Wein in einem Ziegenfell gedeckt. Die schönen gotischen Bögen der verfallenen Halle waren mit Dornengestrüpp überwuchert, zwei Fackeln staken in den verrosteten Ringen, in denen einmal auch die Fackeln der Kreuzritter gesteckt hatten.

Professor Yonatan blieb stehen und sah sich um. »Sie haben eine merkwürdige Art, zum Nachtessen zu laden, Safar. Garnieren Sie immer Ihren Tisch mit Toten?«

»Es war nötig, um über die Lebenden sprechen zu können. Wir hätten uns auf eine andere Weise nie gesehen, Professor. Nehmen

Sie Platz, Moshe Yonatan.« Er ging um den Tisch herum zu einem Klappstuhl und zeigte auf den anderen Stuhl, sich gegenüber. »Meine Welt besteht aus zwei Dingen, Moshe Yonatan: Aus meinem Haß gegen die Juden und aus meiner Liebe zu Amina, meiner Tochter. Vergessen wir den Haß, weil ich Amina verloren habe. Vielleicht können wir diese zerbrochene Welt zusammenkitten. Sie und ich. Zwei Väter, Moshe, die um ihre Kinder weinen ... kann so etwas nicht den Frieden vom Himmel herunterjammern? Setzen wir uns – es wird eine lange Zeit werden –«

Es wurde eine lange Nacht.

Der Morgen dämmerte schon über die bewachsenen Ruinen von Aqua Bella, und die ersten Strahlen einer goldroten Sonne durchbrachen die gotischen Bögen des Nonnenklosters, als sich Professor Yonatan und Dr. Safar Murad von dem runden Steintisch erhoben und sich müde streckten. Die Fackeln in den alten, verrosteten Eisenringen im Gemäuer waren längst ausgebrannt ... sie hatten die letzte Stunde fast im Dunkeln gesessen. Völlige Stille umgab sie, nur ab und zu klirrte ganz leise, jenseits des Speisesaales der Nonnen, Eisen auf Eisen. Dort patrouillierten die Wachen herum und schirmten den einsamen Treffplatz ab.

»Was nun?« fragte Yonatan. »Als Väter haben wir uns ausgesprochen. Nun kommt die Politik an die Reihe.«

»Da sieht es böse aus, Moshe Yonatan.« Safar Murad umrundete den Tisch, als sei er mit einem Strick an ihm festgebunden und könnte nur im Kreise gehen. »Unsere Kinder lieben sich, und wir haben kein Interesse daran, ihnen diese Liebe zu verbieten. Wir können es auch gar nicht. Aber unsere Länder ... unsere heilige Aufgabe ... unser latenter Krieg ... unser unsterblicher Haß aufeinander ...«

»Wir hassen niemanden«, sagte Yonatan laut.

»Nein! Ihr haßt nicht! Ihr nehmt uns nur die Heimat und die Luft zum Atmen.«

»Das stimmt nicht. Wer wollte uns Juden ins Meer treiben? Wer schreit: Vernichtet sie? Wem gönnt man keinen winzigen Platz auf dieser Welt? Hier ist das Land unserer Väter –«

»Es war immer arabisches Land! Bis man euch aus Ägypten vertrieb und ihr mit euren Stämmen über uns herstürztet . . .«

»O Himmel! Rechnet ihr bis Moses zurück? Wer auf dieser Welt hat dann noch ein Recht auf Heimat, wenn man Jahrtausende aufzählt? Dann gehört Deutschland nicht den Deutschen, Frankreich nicht den Franzosen, England nicht den Engländern, und die USA sind überhaupt nur ein Staat von Landräubern! Murad, das ist doch Wahnsinn, was Sie da sagen!«

»Es kommt immer auf den Standpunkt an, Yonatan.« Safar Murad blieb abrupt stehen. »Wir sollten uns auch nicht damit aufhalten, jetzt über Geschichte zu diskutieren. Wir haben Sie, den großen Physiker der Juden, entführt . . . das ist ein Politikum ersten Ranges, hinter dem alles andere verschwindet. Morgen wird man als Vergeltungsschlag wieder die Golanhöhen bombardieren, unschuldige Frauen und Kinder in den syrischen Grenzdörfern mit Bomben und Granaten vernichten, mit Stoßtrupps über die Grenzen dringen . . .«

»Sie waren bei meiner Entführung auch nicht mit dem Leben zimperlich, Safar. Auge um Auge . . . Zahn um Zahn . . . Der Mensch ist das schrecklichste Geschöpf, das je geschaffen wurde.« Yonatan ging ein paar Schritte bis zum Eingang des alten, verfallenen Speisesaales und starrte in die glutrote Morgensonne. Draußen hinter den verfilzten Dornbüschen, kauerten die Wachen der Araber, die Schnellfeuergewehre schußbereit neben sich. Der große schwarze Wagen war weggefahren worden und stand jetzt irgendwo in den weitläufigen Ruinen des Klosters. »Ich nehme an, daß ich für Ihre Organisation eine wertvolle Geisel bin. Was wollen Sie gegen mich austauschen?«

»Nichts. Zuerst dachte ich, daß ich meine Tochter durch Sie wiederbekomme und Kehat dazu – das war die eine Seite Ihrer Entführung. Die andere ist ungleich problematischer: Wir wollen Sie nicht austauschen, wir wollen Ihr elektronisches Zielgerät.«

»Das ist doch Blödsinn, Murad!« sagte Yonatan laut.

»Wieso?«

»Ich habe die Pläne in einem Panzerschrank, aber nicht auf der Stirn.«

»Doch *hinter* der Stirn! Yonatan, versuchen Sie nicht, mich zu überzeugen, Ihre Forschungen lebten nur auf dem Papier. Ich bin Wissenschaftler wie Sie. Wenn ich ein medizinisches Problem angehe, habe ich meine Präparate, ja, natürlich ... aber alles ist im Gehirn erdacht, jeder Handgriff, jede Möglichkeit und auch jede Komplikation vorausgeahnt.«

»Sie sind Arzt, Safar, ich Physiker. Das ist ein großer Unterschied. Ob Sie eine Brust von links nach rechts oder von rechts nach links amputieren, ist überschaubar ... aber ein physikalisches Neuland besteht nicht nur aus Fakten, sondern aus einer Fülle komplizierter Berechnungen. Newton hätte das früher vielleicht im Kopf gerechnet ... wir haben dafür Computer.« Yonatan machte eine weite Armbewegung. »Haben Sie einen Computer hier in Ihrem schönen Nonnenkloster?«

»Hier nicht ... aber in Kairo.«

Yonatan hielt den Atem an. Sein feines Gelehrtengesicht wurde seltsam starr.

»Heißt das, daß Sie mich nach Kairo bringen wollen?« fragte er mit belegter Stimme.

»Ja.«

»Das ist mein Todesurteil!«

»Ich fürchte es auch, Moshe Yonatan.«

»Und unsere Kinder ...?«

»Das ist die tragische Seite unseres Lebens, an der wir beide gemeinsam tragen.«

»Sie werden mich nie bis Kairo transportieren können, Safar! Alle Grenzen sind zu. Sie hätten mich in dieser Nacht noch aus Israel wegbringen müssen, jetzt ist es zu spät. Der Vater in Ihnen hat die Politik betrogen ... ich hätte es genauso gemacht. Ein Vorschlag: Töten Sie mich jetzt, hier auf der Stelle. Man wird mich dann irgendwann finden und alles als einen Geiselmord betrachten. Das erspart uns viel Mühe.«

»Sie wissen genau, daß das unmöglich ist.« Safar Murad nahm

seine Wanderung um den runden Steintisch wieder auf. Es war jetzt heller Tag, ein schöner, sonniger, warmer Morgen mit einem wolkenlosen Himmel, der die Unendlichkeit ahnen ließ. »Ich bin nicht autark, Yonatan. Ich habe einen Auftrag. Ich habe Verantwortung gegenüber unserer Organisation. Gegenüber Palästina.«

»Ich denke, Sie sind der Kopf der Organisation.«

»Der Kopf, aber nicht der Rumpf. Der Kopf denkt für den Rumpf, das ist immer so. Und der Rumpf will leben!« Dr. Murad lehnte sich an den steinernen, zerbröckelnden Tisch. Jetzt, am Tag, verlor die Klosterruine den Zauber ihrer im Fackellicht wie schwebenden gotischen Bögen ... sie war nur noch eine große, in Jahrhunderten langsam sich selbst auffressende Erinnerung an eine Zeit, in der dieses Land ebenso ruhig, ebenso geliebt und gehaßt, ebenso mit Blut überzogen war wie heute. Ein Land, das nie zur Ruhe gekommen war und nie in Frieden leben würde, auch in fernster Zukunft nicht.

»Wir werden Sie über den Jordan schaffen, Professor –«, sagte Murad. »Glauben Sie mir ... es gibt Schleichwege aus Israel hinaus. Wenn unsere Kommandotrupps hineinkommen, gibt es auch einen Rückweg, das ist doch logisch. Über Jordanien schaffen wir Sie nach Damaskus, und dort werden Sie mit einer diplomatischen Kuriermaschine nach Kairo geflogen. In der Politik sind die einfachen Schritte immer die wirksamsten.«

»Und in Kairo?«

»Bekommen Sie Ihr Labor, Ihren Computer, alles, was Sie brauchen, um Ihr Zielgerät zu vollenden. Für die großarabische Idee!«

»Das ist doch lächerlich, Safar! Ich rechne Ihnen nicht einmal zwei mal zwei aus, geschweige meine geheimen Zahlenkombinationen. Sie können mich nicht zwingen, tätig zu werden.«

»Wir können, Professor.« Murad sah Yonatan lange an. Es war etwas Trauriges in seinem Blick. In Yonatan kroch Eiseskälte empor, er verstand diese schwarzen melancholischen Augen.

»Ich habe keine Angst vor der Folter! Vor gar keiner Folter! Ich lasse mich zerbrechen, aber ich schweige!« sagte er heiser.

»Schmerzen sind etwas Furchtbares, vor allem, wenn sie alles Maß übersteigen ...«

»Auch das geht vorbei.«

»Natürlich.« Murad schlang den weißen Umhang fester um seinen Anzug. »Ich empfinde mit Ihnen ... denn ich sterbe mit Ihnen ...«

»Wieso?«

»Ihr Tod wird mir Amina für immer nehmen. Aber wenn ich Amina verliere, sterbe ich.«

»Seelisch.«

»Das ist schlimmer als körperlich.«

»Darüber ließe sich streiten, Safar. Doch wenn es so ist, warum lassen Sie mich dann nicht einfach laufen?« Yonatan schien Hoffnung zu schöpfen. »Ich werde Ihnen entgegenkommen. Ich werde aussagen, daß ich nichts gehört und gesehen habe, bis man mich hier aussetzte. Ein völlig dubioser Entführungsakt. Safar, das wird meine Regierung auch abhalten, Ihr Land strafweise zu bombardieren. Sie retten Menschenleben damit.«

»Das ist nicht unsere Absicht. Wir brauchen Ihre Bombenangriffe, um vor der Welt zu zeigen, wer hier gnadenlos kämpft. Unsere Toten sind der Nährboden unseres Hasses. Je mehr ihr vergeltet, um so größer ist unser Auftrag gegen die Juden.«

»Mein Gott, was sind Sie bloß für ein Mensch!« sagte Yonatan erschüttert. »Wie anders muß Amina sein, daß Kehat sie lieben kann!«

»Amina ist ein Engel.« Dr. Murad al Mullah rückte sein Kopfband gerade. Vom Eingang des Klosters her kamen vier Araber in Zivilanzügen ... sie sahen aus wie Geologen, die in der Negev nach Wasser suchten. »Es ist soweit, Moshe Yonatan. Bitte, wehren Sie sich nicht. Wir werden Sie jetzt betäuben und unter den Augen Ihrer Landsleute zum Jordan fahren. Mein Gegner Halevi rechnet mit allem – nur nicht damit. Bitte, machen Sie Ihren rechten Unterarm frei.«

Yonatan zog seine Jacke aus und streifte den Hemdsärmel hoch.

»Sie haben Mut, Safar. Und wenn man Sie doch anhält?« sagte

er dabei. Murad hatte aus einem kleinen Chromkasten eine Injektionsspritze entnommen, zog jetzt eine wasserhelle Flüssigkeit aus einer Ampulle auf und steckte eine kurze dünne Nadel auf.

»Wir können meisterhaft sterben, Professor. Wer nichts mehr zu verlieren hat, weil er schon alles verloren hat, dem ist das eigene Leben auch nichts mehr wert.«

»Aber *Sie* haben nichts verloren. Sie haben es mir die ganze Nacht über erzählt: Ihr herrliches Haus, Ihre Familie, auf die Sie stolz sein können, Ihr Reichtum, Ihre Arztpraxis, Ihre medizinischen Forschungen ... Sie armer Araber!«

Murad starrte Yonatan mit gesenktem Kopf an. Langsam drückte er die Luftblase aus der Spritze. »In uns lebt der Haß der Jahrhunderte«, sagte er dumpf. »Wer kann gegen dieses Erbe an? Was hilft da Vernunft?« Moshe Yonatan hielt seinen Arm hin. Er spürte den Einstich kaum, auch das Eindringen der Flüssigkeit war völlig schmerzlos.

»Gehen wir zum Wagen –«, sagte Murad und legte die Spritze weg. Einer der Araber packte den kleinen Chromkasten zusammen. »Bis zum Auto schaffen Sie es noch. Und haben Sie keine Befürchtungen, Yonatan ... ich bleibe bei Ihnen. Auch in Kairo – Kommen Sie –«

Er ging voraus, und Yonatan folgte ihm. Der Wagen wartete hinter dem Speisesaal zwischen Büschen und Zedern auf einer Lichtung. Bis vier Meter vor der geöffneten Wagentür schaffte es Yonatan, dann merkte er, wie seine Knie pelzig wurden, seine Zunge anschwoll und jeder Schritt wie ein Kampf gegen das Einknicken war.

»Ich falle –«, rief er. »Safar ... passen Sie auf ...«

Murad drehte sich um und faßte Yonatan unter der Achsel. Die letzten Schritte waren bloß noch mechanisch. Als Yonatan auf die Polster sank, sah er nur noch, daß Murad ihm die Füße nachschob. Dann fiel die Bewußtlosigkeit über ihn.

»Abfahren!« sagte Murad und setzte sich neben Yonatan. Er ließ ihn vom Sitz auf den Wagenboden gleiten ... ein kleines Häuflein

Mensch, in dieser Lage zerknittert wie ein weggeworfener Anzug. »Auf geradem Wege nach Kallia.«

Dort, in der Nähe des Eintritts des Jordans in das Tote Meer, südlich von Quasr al Yahud, lag die Stelle, wo man ungesehen über den Fluß nach Jordanien kommen konnte.

In einer Staubwolke verließ der Wagen die heiligen Mauern von Aqua Bella. Nichts blieb zurück, was den nächtlichen Aufenthalt von Menschen hätte verraten können . . . selbst die Rußflecken der Fackeln an den alten Steinmauern wurden weggewischt.

»Soll ich hier auf der Straße operieren?« fragte Kehat. Er richtete sich auf, die drei Feuerzeuge erloschen.

»Natürlich nicht.« Der Mann, der bisher immer gesprochen hatte, packte Kehat vorne am Hemd und drückte ihn gegen die Hofmauer. »Sobald du die Instrumente hast, wirst du in ein Zimmer kommen. Wozu brauchst du fünfhundert Dollar?«

»Meine Frau und ich wollen nach Berlin fliegen . . .«, sagte Kehat ohne Zögern. »In Berlin kann ich arbeiten.«

»Was machst du in Rom?«

»Was sollen zwei junge Menschen hier schon machen? Wir wollten ein Jahr lang gammeln, leben wie die Vögel, frei sein . . .«

»Und seid nun vom Baum gefallen in den Dreck!«

»So ähnlich. An fünfhundert Dollar hängt unsere ganze Zukunft.« Kehat wollte sich von der Mauer abstoßen, aber der Mann hielt ihn fest.

»Können Sie Amin retten?«

»Das haben Sie schon mal gefragt. Ich weiß es nicht. Er konnte noch rennen – das war ein gutes Zeichen. Aber wenn er jetzt zuviel Blut verloren hat . . .«

»Können Sie eine Transfusion machen?«

»Natürlich, aber nicht mit einem Trichter.«

»Sie Witzbold!« Der Mann gab Kehat eine Ohrfeige und entfernte sich. Plötzlich tauchte Amina aus der Dunkelheit auf und fiel Kehat um den Hals. Sie schluchzte leise.

»Ich habe Angst«, stammelte sie. »Kehat, sie werden uns auch umbringen.«

»Ich weiß es nicht.« Aus der Finsternis ertönte wieder das Stöhnen des Verletzten. Man schien ihn hochzuheben, denn das Geräusch vieler Füße unterbrach die Schmerzlaute. Ein leises Kommando ertönte. Arabisch. »Tragt ihn gerade, bei Allah!«

»Nun gehen Sie schon!« sagte Kehat laut. »Es kommt auf jede Minute an.«

»Verdammt, halten Sie die Schnauze!« Der Mann tauchte wieder auf. »Wollen Sie die Polizei auf uns hetzen? Es sind noch dreihundert Meter bis zum Zimmer. Aber wir müssen auf Husni warten.«

Es dauerte Ewigkeiten – und waren doch nur zwölf Minuten – bis vom Hofeingang her trappelnde Schritte ertönten. Der Mann, den man Husni nannte, brach aus der Finsternis hervor wie ein großer Schatten. Wieder flammte ein Feuerzeug auf.

»Mehr konnte ich nicht nehmen«, keuchte Husni. »Verdammt, ich kenne mich in Apotheken nicht aus. Dieses Arsenal von Gläsern und Schachteln. Aber ich habe auch den Giftschrank aufgebrochen. Kann man damit was anfangen?«

Er öffnete eine große Plastikdecke mit dem Aufdruck: Supermarkt Aurora. Kehat sah eine Verbandschere, einige Mullbinden, tatsächlich ein Skalpell, eine Packung Morphium, zwei Einwegspritzen, zwei Gefäßklemmen und Tropfen eines Herzmittels. Ganz unten lagen eine Rolle Leukoplast und eine lange Pinzette mit flachen Backen.

»Na?« fragte der Anführer.

»Sehr mager.« Kehat nahm den Plastikbeutel an sich. »Aber immer noch besser als die bloßen Finger.«

»Dann los!«

Sie schlichen an den Häuserwänden entlang, durch stille, schlafende Gassen, begegneten nur zwei Huren, die dumm guckten und dann mit einem Achselzucken weitergingen und erreichten ein hohes, schmales Haus mit einer Vielzahl von kleinen, vergitterten Balkonen an der Fassade, die aussahen wie angeklebte Vogelnester.

Die Araber verschwanden in dem Haus, nur ihr Anführer blieb zurück.

»Amin stöhnte nicht mehr.« Der Araber setzte seine Pistole auf Kehats Brust. »Es wird nicht mehr nötig sein, ihn zu operieren.«

»Ich will mir die fünfhundert Dollar verdienen.« Kehats Kehle krampfte sich zusammen. Wenn der Mann den Finger krümmte, einmal bei ihm, einmal bei Amina, war die Gosse einer römischen Straße das Ende aller Liebe. »Es wäre ein Wunder, wenn er nicht ohnmächtig geworden wäre«, sagte Kehat heiser.

»Rein!« Der Mann gab ihm einen Stoß und zog Amina am Arm hinter sich her. Im Treppenhaus brannte eine trübe Birne ohne Verkleidung, die Treppe war sehr steil, und Kehat sah, wie man den Verletzten mühsam mit vier Mann nach oben schleppte. Er hing in der Mitte durch, als habe er keine Knochen mehr. Gott gebe, daß er noch lebt, dachte Kehat. Und Gott helfe uns, daß wir hier wieder herauskommen, mit fünfhundert Dollar in der Tasche . . .

Sie kamen in ein Zimmer, das größer war, als man es erwartete in diesem schmalbrüstigen Haus. Alles, was auf dem großen Tisch stand, Gläser, Skizzen, Limoflaschen, Aschenbecher wurde mit einer Armbewegung auf den Boden gefegt. Dann lag Amin auf der Tischplatte, und Kehat konnte zum erstenmal die Männer sehen. Die plötzliche Helle aus einem fünfflammigen Kronleuchter an der Decke schmerzte fast in den Augen.

Amin atmete noch. Kehat stellte es mit einem stillen Dankgebet fest. Er riß dem Verwundeten das Hemd von der Brust und legte den Einschuß frei. Er hatte zu bluten aufgehört, ein gar nicht gutes Zeichen, denn nun schien alles nach innen zu rinnen.

»Herzschuß?« fragte der Anführer.

»Das Herz sitzt normalerweise links. Ist Amin ein Rechtsherzler?«

»Ich schlage dir den Schädel ein, wenn du weiter so dämlich quatschst.« Der Anführer stellte sich neben Kehat. »Was ist nun?«

»Umdrehen . . .«

»Wieso?«

»Den Verletzten! Ich muß sehen, ob er einen Ausschuß hat.«

Amin hatte keinen Ausschuß. Nachdem man ihn nackt ausgezogen hatte, war nur das Loch in der rechten Brustseite zu sehen. Amina hatte mit warmem Wasser den blutverschmierten Körper gewaschen und hielt nun die Instrumente in der Hand. Kehat schüttelte den Kopf. Die Araber saßen rings herum an den Wänden, nur ihr Anführer stand ihm auf der anderen Tischseite gegenüber.

»Was ist denn los?« bellte er.

»Ich muß die Instrumente erst auskochen . . .«

»Haben wir dazu noch Zeit?«

»Ungewiß.«

»Dann operieren Sie so –«

Plötzlich verzichtete er auf das bisherige Du. Gleich würde ein Mensch geschnitten werden, um den Tod aus ihm herauszuholen . . . das war eine Art Mysterium, die auch diesen Mann, der ohne Nachdenken töten konnte, gefangen nahm.

»Unsteril operieren . . . Wissen Sie, was da folgen kann?«

»Wie sind die Chancen?«

»Achtzig zu zwanzig. Negativ . . .«

»Dann ist Sterilität ein Luxus. Los, fangen Sie an!« Der Anführer beugte sich über Amin. »Was ist das für ein Schuß?«

»Lungensteckschuß.«

»Sind Sie sicher?«

»Sehen Sie nicht den leicht blutigen Schaum auf den Lippen?«

»Und Sie wollen jetzt in die Lunge rein?«

»Das kann ich gar nicht ohne Druckausgleichnarkose. Der Druck in der Lunge ist anders als der Luftdruck, in dem wir leben. Wenn ich die Pleura pulmonalis eröffne . . .«

»Reden Sie nicht so viel dämliches Zeug! Es gibt also nichts zu operieren?«

»Doch!« sagte Kehat schnell. Er sah, wie der Anführer sich abwenden wollte. »Doch! Ich hoffe, daß die Kugel die Lunge nur gestreift hat, denn der traumatische Pneumothorax ist nicht groß, es müßte viel mehr Schaum kommen . . . und die Kugel sitzt an einer

Rippe fest. Ein Schuß, schräg eingeschlagen ... der Wundkanal spricht dafür. Dann wäre Ihr Amin zu retten ...«

Der Anführer starrte Kehat aus halb geschlossenen Augen an. »Tausend Dollar –«, sagte er. »Ich lege sie neben Amin. Holen Sie die Kugel heraus, gehören sie Ihnen. Und Ihr Ehrenwort –«

»Ich könnte Sie gar nicht verraten«, sagte Kehat und beugte sich über die Wunde, »denn ich weiß überhaupt nicht, wo ich bin.« Er schnitt mit einer schnellen Handbewegung die Wunde größer, und der Anführer zuckte zusammen und biß sich knirschend auf die Zähne. »Sehen Sie hier her –«, Kehat zeigte mit dem Skalpell auf den Schußkanal.

»Schräg ... wir können Glück haben ...«

Der Anführer nickte und schluckte. Als Kehat die Brust aufschnitt und mit den lächerlichen zwei Klemmen wenigstens die größeren Gefäße abklemmte, aber trotzdem ein Blutschwall über den Körper lief, zuckte es über das Gesicht des Anführers. Amina wischte das Blut weg, so gut sie es konnte.

»Da Ihr Mann so dämlich war, nicht Nadel und Nahtmaterial zu klauen –«, sagte Kehat mit einer Ruhe, die ihn selbst verwunderte – »muß ich ihn flicken wie eine alte Hose. Holen Sie eine normale Nadel und Zwirn! Jawohl, Zwirn! Nur, damit es hält. Sie müssen heute noch die Wunde nachnähen lassen von einem Arzt. Das hier ist ein Notfall ... verstehen wir uns?«

»Ja –«, knirschte der Anführer. »Nadel und Zwirn!« brüllte er dann die Araber an, die noch immer unbeweglich an den Wänden herumsaßen. »Einer von euch hat sich doch schon Knöpfe angenäht –«

Kehat hatte Glück ... er fand die Kugel, platt gedrückt an der vierten Rippe. Mit der Pinzette holte er sie heraus und zeigte sie dem Anführer.

»So klein ist der Tod –«, sagte er dabei.

»Sie bekommen Ihre tausend Dollar.« Der Anführer drehte sich weg und verließ das Zimmer. Kehat blickte schnell zu Amina. Sie fädelte gerade den Zwirn ein ... schwarzen Zwirn von einer kleinen Holzrolle. Die Nadel war lang und dick. Mein Gott, dachte

Kehat erschrocken. Damit soll ich nähen? In drei Tagen wird dieser Amin eine Sepsis haben, die ihn vernichtet. Aber dann werden wir längst in Kairo sein . . .

Er streckte die Hand aus, und Amina gab ihm die Nadel. Wie einen Sack nähte er mit großen Stichen die Wunde zu, es war keine schließende Naht, Blut sickerte überall durch, aber es sollte ja auch nur solange halten, bis Amin richtig chirurgisch versorgt wurde. Seine tiefe Bewußtlosigkeit war jetzt ein Segen . . .

Als Kehat den Verband umlegte, kam der Anführer zurück. Er warf ein Bündel Dollarscheine auf den Tisch neben den Verwundeten und sah dabei Amina an, die eine Morphiumspritze aufzog.

»Sie sind auch Deutsche?« fragte er plötzlich. Amina zuckte zusammen.

»Ja. Natürlich.

»Mit solch brauner Haut?«

»Mein Vater ist ein Ausländer –«, sagte sie und atmete tief durch. »Ein Brasilianer. Daher –«

»Ach so.«

Kehat verband weiter. Amins Hautfarbe war fahlbleich geworden, der Blutverlust war zu groß. Sein Puls schlug unregelmäßig und war flach. Wenn er jetzt noch das Morphium erhielt, war es unsicher, ob sein Herz diese Belastung aushielt.

»Sie müssen sofort einen Arzt rufen!« sagte Kehat und legte die Spritze auf den Tisch neben den Dollarhaufen. »Sofort!«

»Unmöglich. Wir haben vier arabische Ärzte hier in der Gruppe, aber sie sind alle zu einer Besprechung weggerufen worden. Ein fremder Arzt kommt nicht in Frage.«

»Wollen Sie Amin sterben lassen?«

»Nein. Wir bringen ihn zur Clinica Santa Anna – die ist hier in der Nähe – und legen ihn vor die Tür. Dann rufen wir von der nächsten Telefonzelle die Aufnahme an.« Der Anführer merkte, daß er einen Fehler gemacht hatte und deckte beide Hände über die Dollarnoten. »Ich bin ein Idiot, Doktor. Nun wissen Sie, in welcher Gegend wir sind.«

»Ich habe es schon vergessen . . .«

Der Anführer zögerte, dann gab er die Dollars frei. Irgend etwas in Kehats Blick schien ihn zu überzeugen. Hungernde Wölfe erkennen sich an dem Geheul, gehetzte Menschen an ihren Augen. Man braucht oft kein Wort und versteht doch alle Sprachen der Welt.

»Ich danke Ihnen –«, sagte der Anführer. »Nehmen Sie Ihre Dollars, Ali wird Ihnen und Ihrer Frau die Augen verbinden und Sie irgendwo in Rom absetzen. Und jetzt gehen Sie ... los ...«

Von hinten wurden Kehat und Amina zwei Säcke über die Köpfe geworfen. Hände packten sie, schoben sie hinaus, sie stolperten die Treppen hinunter, spürten in der plötzlichen Kühle, daß sie ins Freie kamen, saßen dann in einem Auto und wurden weggefahren.

Sie tasteten zur Seite, ihre Hände fanden sich, und so warteten sie, Hand in Hand, was weiter geschehen würde.

Plötzlich bremste der Wagen, man zog sie hinaus, stieß sie zu Boden, sie fielen weich ... Gras, dachte Kehat, wir sind nicht mehr in der Stadt ... dann heulte der Wagen auf und entfernte sich schnell.

Kehat riß den Sack vom Kopf. Sie lagen zwischen alten Steintrümmern und überwachsenen römischen Überresten, im Osten wurde der Nachthimmel fahl und streifig und kroch der neue Tag über den Horizont.

»Die Via Appia Antiqua –«, sagte Kehat und schleuderte den Sack weg. Amina warf sich gegen ihn und weinte vor Glück. »Und wenn sie uns in Sizilien ausgeladen hätten ... wir haben tausend Dollar! Amina ... wir haben Geld! Geld! Wir können nach Kairo –«

Nach einer Wanderung von einer halben Stunde nahm sie ein Gemüsewagen mit, der nach Rom fuhr. Er brachte sie zum römischen Bahnhof Stazione Termini, und dort mischten sich Kehat und Amina unter das Gewimmel der morgendlichen Reisenden, die von allen Seiten hinein nach Rom zur Arbeit strömten.

Ein kleiner Italiener, der an einer Säule stand und schon am frühen Morgen sich erholte, fiel Kehat auf. Er ging auf ihn zu, drückte ihm zehn Dollar in den offenen Hemdausschnitt und sagte knapp:

»Ich brauche einen Paß ...«

»Luigi. Melonenstand in der Kaufhalle ...«

Auch hier wurde nicht viel gefragt ... ein langer Blick in die Augen – man erkannte sich sofort.

Luigis Melonen waren bekannt, sie waren süß und groß ... aber wer Luigi neben seinem Stand stehen sah, ahnte, daß er nicht von Melonen allein lebte. Zwei nette Mädchen verkauften ... Luigi stand etwas abseits und rauchte Zigaretten. Kehat wagte es mit einem Frontalangriff. Er trat auf Luigi zu, zeigte hundert Dollar und sagte leise:

»Einen Paß auf eine Frau ...«

Luigi sah Kehat über die Schulter. Er lächelte, als er Amina ausmachte, die ein paar Meter weiter stand und unauffällig Souvenirs betrachtete.

»Zweihundert Dollars.«

»Nein.«

»Für eine so schöne Signora ...«

»Hundert. Sofort.«

»Was für einen Paß?«

»Einen deutschen.«

»O mama mia! Jeden Paß für die Hälfte, aber einen deutschen für hundertfünfzig Dollar! Wissen Sie, Signore, was es heißt, einen deutschen Paß zu besorgen?« Luigi rollte mit den Augen und strich sich elegant über den schmalen Schnurrbart. »Auf welchen Namen?«

»Frau Adele Johnen, geborene Fritsch. Geboren in Köln ...«

»Hundertfünfzig, Signore ...«

»Einverstanden.« Kehat atmete tief auf. »Wann?«

»In einer Woche ...«

»Sie sind verrückt, Luigi!« Kehat holte einen zweiten Schein aus der Tasche. »In zwei Stunden ... zweihundert Dollar!«

»Sie scheinen eine Zaubertasche zu haben, Signore. Sie zaubern Dollars, aber ich kann keine deutschen Pässe zaubern.«

»Überlegen Sie es sich, Luigi.« Kehat steckte die Scheine wieder ein. »Notieren Sie sich die Angaben – in zwei Stunden komme ich wieder ...«

Zwei Stunden können zwei Ewigkeiten sein, wenn man auf sein Schicksal wartet. Aminas Paß war das Schicksal ... ohne dieses kleine dünne Büchlein war es unmöglich, auf legalem Weg als Tourist nach Kairo zu kommen. Hatte man einen Paß, wurde ein Sichtvermerk eingedrückt, vom Konsulat der Ägyptischen Republik, ein Stempel, der für Kehat und Amina die Mauer durchbrach zu ihren Vätern. Ein lächerlicher Stempel ... härter als jeder Rammbock, siegreicher als hunderttausend Granaten und Bomben.

»Und wenn wir keinen Paß bekommen?« fragte Amina zu Beginn der zweiten Wartestunde.

»Luigi ist zwar der erste Paßhändler, auf den wir gestoßen sind, aber er ist nicht der letzte und einzige.« Kehat sah auf die große Uhr. Sie saßen im Wartesaal des Bahnhofes, zwischen Hunderten von Reisenden, die ihren Morgenkaffee tranken und die Zugansagen verfolgten. Ein ständiges Kommen und Gehen, ein immerwährender Menschenwechsel ... die Totalität der Anonymität.

Nach Ablauf der zwei Stunden – sie hatten jeder sechs Expressos getrunken, und ihre Herzen hämmerten wie Maschinen – gingen sie zurück in die Bahnhofshalle und sahen schon von weitem Luigi neben seinem Melonenstand stehen. Er schien sich nicht weggerührt zu haben, und Kehat sagte deprimiert:

»Wir sollten gar nicht mehr auftauchen. Er ist überhaupt nicht weggegangen.«

Aber dann trieb ihn eine übermächtige Neugier doch zu Luigi. Ein Italiener, der zweihundert Dollar ausschlägt, ist fast undenkbar. Luigi bemerkte ihn, nickte ihm zu und griff in die Jackentasche. Kehats Herz machte einen schmerzhaften Sprung. Mein Gott, dachte er. Zweitausend Jahre lang hast du die Juden verflucht ... heute aber hilfst du einem Juden. Gott, ich danke dir ...

Es war ein glattes, stummes Geschäft ... zweihundert Dollar gegen den Paß. Lautend auf Adele Johnen aus Köln. Mit Aminas etwas undeutlichem Bild, aber einem guten Stempel. Ein echter Paß. Man mußte Luigi bewundern.

»Danke –«, stammelte Kehat überwältigt. »Danke . . .«

»Was Sie auch vorhaben, Signore – viel Glück.« Luigi machte zu Amina hin eine leichte galante Verbeugung.

»Danke. Wir können es gebrauchen.«

»Schwarzarbeit in Deutschland?« fragte Luigi.

»Nein. Vielleicht Sterben in Ägypten . . .«

Kehat wandte sich ab und ging mit weichen Knien zu Amina zurück. Das Glück machte ihn schwach. Luigi starrte ihm entgeistert nach und wischte sich dann über die Stirn. »O Santa Chiara«, stöhnte er leise, »ich habe für einen Idioten gearbeitet . . .« Er sah Kehat und Amina nach, bis sie im Gewühl der Reisenden untergingen, weggespült wurden, ausgelöscht waren.

Um elf Uhr hatten sie ihren Touristenstempel von dem ägyptischen Konsulat, um zwölf Uhr kauften sie sich im Büro der El Araab Lines zwei Flugkarten nach Kairo. Der Leiter des römischen Büros hieß Ismail Jahur ibn Bazeid. Amina kannte ihn vom Namen her . . . er war, wie Ghazi Muhamed in Köln, Verbindungsmann der »Organisation« zu den Terrortrupps in Rom und Oberitalien. Einen Augenblick sahen sich Ismail und Amina an . . . aber da Jahur nicht die Tochter des großen Safar Murad kannte, blickte er schnell wieder weg und bediente einen weiteren Kunden.

Um 13 Uhr 19 rollte die vierstrahlige Maschine der El Araab Lines zum Einstieg III des römischen Flughafens, um 13 Uhr 27 schwenkte sie ein auf die betonierte Rollbahn. Um 13 Uhr 30 schwebte sie niedrig über die Dächer von Rom und nahm Kurs auf Kairo.

Kehat und Amina starrten hinaus. Sie saßen angeschnallt nebeneinander und zitterten, als die Stadt mit den sieben Hügeln unter ihnen verschwand und es ihnen erst jetzt voll bewußt wurde, daß sie alles hinter sich ließen, was ein Mensch vom Leben erwartet: Hoffnung, Liebe, Erfüllung, Frieden.

Sie flogen in das Zentrum des Hasses. In den Vulkan der Gewalt. In die Kälte der Gnadenlosigkeit. In das Schweigen des Todes.

Sie waren auf dem Weg ohne Wiederkehr –

Kairo.

Breite Boulevards, verwinkelte, verschachtelte, überbaute enge Gassen, ein Wald von Moscheenkuppeln und schlanken Minaretten, blühende Gärten, und doch alles in seiner Größe übergehend in weißgelbe Wüste ... Kairo, immer noch ein Märchen aus Tausendundeiner Nacht, trotz über drei Millionen Einwohnern, die sie zur größten Stadt Afrikas machen, trotz der modernen Hochhäuser und Triumphbögen, ein brodelnder Kessel, in dem die Neuzeit neben sechstausend Jahren Geschichte lebt, ein einmaliger Schmelztiegel menschlicher Leidenschaften, hineingegraben und emporgebaut auf einem Boden, der einmal einen maßgeblichen Anteil unser aller Kultur nährte.

Kairo ... das ist ein Zauber, der jeden überfällt, der hier den afrikanischen Kontinent betritt. Zwar rufen die Muezzins nicht mehr mit trichterförmigen Händen von den Galerien der Minarette das Lob Allahs, sondern über ein Tonband aus großen Lautsprechern, zwar schieben sich Autokolonnen durch die Straßen wie in jeder Großstadt ... aber dazwischen trotten auch noch wie vor tausend Jahren die Lastesel, rufen die Limonadenverkäufer ihren widerlich süßen, klebrigen Saft aus, sitzen in schattigen Hausnischen die Bettler, hocken in den Parks die Kinder um den Märchenerzähler und spielen die Alten irgendwo abseits des lautesten Verkehrs Puff, ihr dominoähnliches Anlegespiel, als stehe für sie die Zeit still. Und ein paar Schritte nur abseits der großen Boulevards beginnt der reine Orient, taucht man ein in die ewig dämmrigen überbauten Gänge, die »Straßen« der Altstadt, trifft man wieder auf die verschleierten strenggläubigen Mohammedanerinnen, quillt aus den Türen der Geruch von Hammelbraten, Kouskous und Mehlfladen.

Kairo ... das ist der Beginn einer Welt, die nie ihre Faszination verlieren wird, die immer orientalisches Geheimnis bleibt, auch wenn wir Atome spalten und auf dem Mond mit einem Auto fahren können.

Amina und Kehat landeten auf dem Flughafen Kairo und durchliefen, wie jeder andere Passagier auch, erst den Zoll. Da sie Deutsche waren, nach ihrem Paß, wurden sie höflich, aber reserviert behandelt . . . man wunderte sich nur, daß sie nichts in den Zollschein »D« einzutragen hatten. Als Gepäck nur ein Koffer mit wenigen Kleidungsstücken. Das war ungewöhnlich. Keine Kamera, kein Filmapparat, kein Fernglas, kein Kofferradio . . . was sind das denn für Deutsche?

Sie bekamen ihren Stempel, nickten freundlich, sagten »Danke schön« auf deutsch und standen dann außerhalb der Kontrollen. Ein paar Boys und Fremdenführer stürzten sich auf sie, redeten auf sie ein in einer Mischung von Englisch-Französisch-Deutsch-Italienisch, zeigten bunte Prospekte von Hotels und Nachtbars und verteilten Zettel.

»Wir haben ein Zimmer«, sagte Kehat auf englisch. »Danke.«

Er nahm den kleinen Koffer, faßte mit der anderen Hand Amina und zog sie aus der großen Halle. Draußen auf der Straße wartete eine lange Schlange von Omnibussen und Taxis, der Parkplatz vor dem Flughafen war überfüllt. Als gäbe es keine Düsenriesen, zog gemächlich eine kleine Kamelkarawane am Rande der breiten Straße entlang. Nicht weit von hier beginnt ja die Wüste, übergangslos, versickert die Stadt im Sand wie ein armseliges Wasserrinnsal.

»Wohin?« fragte Kehat und lehnte sich an die Wand des Flughafengebäudes.

»Wieviel Geld haben wir noch?«

»Nach ägyptischer Währung sind es knapp hundert Pfund.«

»Das sind tausend Piaster.« Amina lächelte Kehat traurig an. »Wir werden nicht weit kommen.«

»Wir haben etwas übersehen, Amina«, sagte er. »Wir sind Deutsche. Man erwartet von uns, daß wir in einem schönen Hotel wohnen, mit dem Taxi in die Stadt fahren, viel Geld ausgeben, gutes Trinkgeld verteilen, zu den Pyramiden fahren, eine Nilfahrt machen, die Königsgräber besichtigen, Abu Simbel bewundern, sechstausend Jahre Geschichte nacherleben. Wenn wir jetzt mit einem Omnibus fahren und in der Altstadt ein billiges Zimmer in einer Pension mieten, haben wir sofort die Polizei am Hals.« Er griff in die Tasche und holte die paar Geldscheine hervor. »Mehr können wir uns aber nicht leisten.«

»Kannst du stumm und taub sein, Kehat?«

Er starrte sie ungläubig an, als habe er sie nicht verstanden. »Ja«, antwortete er endlich gedehnt. »Wenn es sein muß . . .«

»Du mußt es sein, mein Liebling.« Sie wollte ihn küssen, besann sich aber im letzten Augenblick, daß viele Augen auf sie gerichtet waren und öffentliches Küssen auch im aufgeklärten Ägypten immer noch etwas Fatales war, und senkte den Kopf. »Wir werden wieder Araber werden, Kehat.«

»Nie! Ich werde mich nie in einen Araber verkleiden!«

»Du mußt es.«

»Nie! Ich bin Jude!«

»Auch nicht, um deinem Vater zu helfen?«

»Was weiter?« fragte Kehat dumpf.

»Dein Arabisch ist schrecklich, Liebling. Deshalb mußt du mein taubstummer Bruder sein. Kannst du vierundzwanzig Piaster opfern für eine Taxe?« Sie hakte sich bei ihm unter, ganz so, wie ein Europäer zu gehen pflegt. »Wir müssen in die Stadt, zum großen Basar. Dort werden wir uns in kleine, arme, dreckige Fellachen verwandeln. Für ein paar Piaster bekommst du eine Dschellabah und ein Kopftuch.«

Sie winkte einem der Taxis, der Wagen fuhr vor, bremste in einer Staubwolke. Der Fahrer riß die Tür auf.

»Zur Al-Ashar-Moschee!« sagte Amina, als sie auf den heißen Polstern saßen. Es war ein uralter französischer Citroen, der beim Anfahren schauerlich klapperte und pfiff. Aber er entwickelte ein Tempo und raste durch die Stadt, daß Kehat sich erschrocken zurücklehnte und seine Hand auf Aminas Schoß legte.

»Ich bin schon ein verrückter Fahrer«, sagte er mit trockenem

Hals. »Aber das ist ungeheuerlich. Und nichts passiert! Sitzt immer ein Teil von Allah mit am Steuer?«

»Vielleicht.« Amina lachte und lehnte sich an ihn. Sie überquerten den herrlichen Opernplatz mit dem Ezbekieh-Garten, sausten die breite Sharia El-Ashar hinunter und bremsten so scharf vor dem Platz der Moschee, daß Kehat und Amina nach vorne flogen und gegen die Vordersitze stießen.

»Wonderful!« sagte der Fahrer grinsend. »It's all right?«

»Ja«, sagte Kehat auf deutsch. Er gab dem Chauffeur dreißig Piaster, was so enttäuschend war, daß sich dieser nicht bedankte, sondern nur die Tür aufstieß. Deutsche von einem großen Reisebüro, dachte er. Kein gutes Geschäft. Er gab Gas, kaum, daß Amina und Kehat ausgestiegen waren, hüllte sie in Staub und entschwand in Richtung der El-Moyad-Moschee.

Die Hitze war drückend und durchsetzt mit hunderten Gerüchen, die von dem Labyrinth des nahen Basarviertels bis auf diesen Platz herüberströmten. Kehat sah zu den winkeligen, engen Gassen hin, durch die sich ein Menschenstrom schob, schrittweise, als sauge diese kleine Stadt der offenen Läden jeden in sich hinein, der in ihre Nähe kommt.

Khan en-Khalili, das heimliche Herz Kairos. Was den Orient zu einer Zauberwelt machte ... hier konnte man es kaufen. Eine Wolke von Tabakgeruch und Rosenöl, Fisch und Parfüm, Lederlohe und Kaffee, Holzkohlenfeuer und heißem Eisen, Schweiß und Knoblauch schlugen ihnen entgegen, als sie die Gassen betraten und sofort von Hunderten Stimmen angeschrien wurden, von Händlern, die ihre Waren feilboten.

Irgendwo in dem Gewirr der Läden erstand Amina nach langen, zähen Verhandlungen eine alte, schmutzige Dschellabah und ein Kopftuch für Kehat, für sich ein weites Gewand, ein schwarzes Kopftuch und einen Halbschal, der ihr Gesicht bis zu den Augen verdeckte. Sie zogen sich in einem fürchterlich dreckigen Hinterzimmer um, bezahlten für alles fünfzehn Piaster, womit der Händler nach langem Klagen dann doch zufrieden war und sicherlich gut verdient hatte, und als sie sich ansahen, erkannten sie sich nicht mehr, so vollkommen war ihre Tarnung. Aus Amina war eine unter dem weiten Gewand unförmige Strenggläubige geworden ... und Kehat sah aus, als käme er gerade von den armseligen Feldern der Fellachen, um hier, in der großen Stadt, in der von Allah Gesegneten, ein paar Hühner zu verkaufen, irgendwo an einer Straßenecke, um mit den wenigen Piastern sich den Luxus neuer Kleidung zu leisten. Nur eines durfte er nie: Sein Kopftuch abnehmen! Einen blonden Araber hatte es noch nicht gegeben. Ein Färben der Haare aber war zu teuer.

Sie schlängelten sich durch die Menschenmassen im Basarviertel und wurden nicht mehr von den Händlern angehalten. Das bewies, wie armselig sie wirkten ... es gibt im Orient kein besseres Versteck als die Armut ...

In einer Gasse in der Nähe der Zitadelle fanden sie ein kleines Zimmer in einer Pension, die sich »Soliman« nannte. Der Wirt, ein dicker Bursche mit einem riesigen Kahlkopf, nahm sofort dreißig Piaster Vorauszahlung, als er den taubstummen Fellachen betrachtet hatte. Erst dann zeigte er das Zimmer, mehr ein Loch mit einem Bett, einem Stuhl, einem Tisch und zum Aufhängen der Kleidung Nägel in der Wand. Das Schönste aber war der Ausblick aus dem Fenster ... man sah auf die von Mohamed Ali erbaute Alabaster-Moschee, das strahlende Wahrzeichen Kairos.

Kehat trat an das Fenster und beugte sich hinaus. Unter ihm lag der Hof des Hauses, voll Gerümpel und stinkendem Abfall. Ein paar Katzen spielten dazwischen und wühlten sich in die Müllberge. Sicherlich gab es hier Ratten ... die Katzen waren gut genährt, fast so fett wie der Wirt der Pension »Soliman«.

»Wie willst du hier erfahren, wo dein Vater ist?« fragte Kehat und setzte sich auf den einzigen Stuhl. Amina hockte auf dem Bett, die Beine angezogen, eine gestaltlose weiße Masse, aus der nur ihre schwarzen Augen hervorstachen.

»Es ist schrecklich, dich anzusehen –«, sagte Kehat heiser.

»Du weißt, wie ich aussehe, Liebling.« Sie blickte zum Fenster; Kehat konnte es nur an den Bewegungen ihrer Augen erkennen. »Heute abend werde ich es wissen ...«

»Was?«

»Wo unsere Väter sind.«

»Sie werden dich sofort festhalten, wenn du dich als Amina Murad zu erkennen gibst. Wen willst du fragen? Die Kontaktmänner der Fedajin?«

»Ich kenne den Ort, wo sie sich treffen.«

»Er wird bewacht sein wie ein Goldlager.« Kehat zog die dreckige Dschellabah aus und schleuderte sie von sich. Sein ganzer Haß gegen alles Arabische lag in dieser stummen Bewegung. Aminas Augen wurden wehmütig, ihre Gestalt in dem weiten weißen Gewand wurde noch kleiner.

»Ich liebe dich«, sagte sie leise.

»Warum sagst du das jetzt?« fragte er.

»Du wirfst das Arabische von dir, als zerfräße dich ein Gestank.«

»Der Fetzen stinkt auch fürchterlich.«

»Das ist es nicht. Auch in Haifa oder Tel Aviv gibt es dreckige Menschen . . . aber sie ekeln dich nicht, sie sind Juden.«

»Amina!«

»Ich bin eine Araberin . . . habe ich das gewollt? Ist es meine Schuld?«

»Amina, mein Gott, soll das wieder anfangen?« Er rannte zu ihr, riß sie an sich, zog ihr das Gesichtstuch weg und küßte sie. Da erst merkte er, daß sie weinte . . . ihre Lippen waren naß und salzig, und aus ihren Augen rannen die Tränen. »Es gibt nicht zwei Menschen, die sich wieder so lieben können wie wir . . .«

»Und doch wird es immer zwischen uns sein: Dort Jude – hier Araber! Wir lieben uns, wir können nie mehr voneinander los . . . aber irgendwo in uns sitzt der Schatten, und er kommt hervor, wenn wir ihn brauchen: Der blutige Gegensatz unserer Völker. Kehat, wir werden ein schweres Leben haben . . .«

Bis zum Abend ruhten sie sich aus, lagen nackt auf dem Bett, hörten den Tonband-Muezzin rufen, rochen aus der Küche des Hauses den Duft gekochten Gemüses und bekamen Hunger. Amina brachte zwei Schüsseln herauf, für vier Piaster: Bamijah . . . das ist ein Gemüse, das wie kleine, spitze Tüten aussieht, die man nach dem Garen mit einer würzigen Tomatensoße füllt und übergießt. Auch eine Kanne mit Gauafe-Saft brachte Amina mit, ein Getränk, das aus einer birnenähnlichen, herrlich riechenden Frucht gepreßt wird.

Nach dem Essen wurde Kehat müde, legte sich wieder auf das Bett und schlief schnell ein. Amina saß bei ihm, bis seine Atemzüge tief und ruhig wurden . . . das hatte noch einmal vier Piaster gekostet . . . dieses Pulver, das der Wirt unter Kehats Tomatensoße gemischt hatte und dessen Bitterkeit von der Würze überdeckt wurde.

»Frag nicht!« hatte Amina grob zu dem Wirt gesagt, als er verwundert auf die verschleierte Frau geblickt hatte. »Misch es unter und nimm die vier Piaster! Der Neugierige wird der Blinde im Paradiese sein – sagt der Prophet. Mein Bruder braucht das Pulver. Nachts wird er unruhig und schreit, das ist seine Krankheit, die kein Arzt heilen kann. Genügt dir das?«

Dem Wirt genügte es. Aber er saß dennoch auf der Lauer, als Amina in der Nacht die Treppe hinabschlich und das Haus verließ. Er blickte ihr durch die Türritze nach . . . sie ging hinüber zum Weg, der an der alten Stadtmauer vorbeiführte und auf die Höhenstraße mündete, die in das Mokattam-Gebirge führte.

Was will sie dort? fragte sich der Wirt. Was will eine arme Fellachenfrau in den Bergen, wo eine neue, moderne, luxuriöse Satellitenstadt entstand? Verdient sie ihr Geld im Bett der Reichen?

Er schloß die Tür, seufzte laut und war mit diesem Gedanken zufrieden. Sie ist eine kleine Hure, weiter nichts. Und den taubstummen, verblödeten Bruder schleppt sie nur mit sich herum, um harmlos und arm auszusehen. Ein raffiniertes Luder!

Und er beschloß, die nächste Wochenmiete zu erhöhen oder bei Amina »in natura« zu kassieren.

Nicht weit von dem vornehmen Kasino »Monte Carlo« mit seiner breiten Terrasse, von der man einen zauberhaften Blick über die Stadt hat, mitten in dem Neubauviertel mit seinen weißen Wohnsilos und den von üppigen Gärten umgebenen Villen, hier oben in den Wüstenbergen, wo man in die Einöde mit künstlicher Bewässerung die schönsten Häuser Kairos baute und Schritt um Schritt weiter in die Wüste vordrang, lag auch eine von einer hohen Mauer umzogene Villa, die sich von anderen dadurch unterschied, daß sie ein Kuppeldach hatte, ähnlich einer Moschee.

Die Kuppel war mit glasierten Kacheln belegt, von feinster arabischer Filigranbaukunst durchzogen, ein fast schwereloses Dach, das über dem Haus zu schweben schien. Daß hinter den herrlichen Säulchen und Rauten rundherum Maschinengewehrposten lagen und die ganze Umgebung unter Kontrolle hatten, wußte niemand. Von hier aus konnte man die neue Bergstraße einsehen, das Kasino, den Weg in die Wüste und sogar die alten pharaonischen Steinbrüche, an denen entlang man die Straße gebaut hatte.

Auch den Sender sah man nicht, der in die Kuppel eingebaut war ... ein starker Kurzwellensender, mit dem die Bewohner des Hauses mühelos Kontakt zu allen anderen Fedajin-Stationen aufnehmen konnten ... mit Damaskus, Beirut, Tripolis, Amman, Jerusalem und sogar mit Er Riad in Saudi-Arabien. Was in der Welt an arabischem Terror geschah – in dieser Villa nannte man es Freiheitskampf – hier wußte man alles und koordinierte die Ansichten und Befehle, bis sie einen durchschlagenden Sinn erhielten.

Dr. Safar Murad al Mullah bewohnte in der Villa einen schönen, großen Raum mit einem riesigen Fenster zu dem parkähnlichen Garten hinaus. Der Raum war verschwenderisch mit Teppichen und geschnitzten Möbeln ausgestattet, vollklimatisiert und unterschied sich in nichts von den Luxuswohnungen, die hier auf den Mokattam-Bergen entstanden waren. Nur eine Kleinigkeit störte: die schwerbewaffneten Wachen innerhalb der hohen Mauer, die hin und her patrouillierten und die eine Art kleine Kaserne am Ende des Parkes bewohnten. Wer sich der Mauer näherte, sei es von draußen oder von innen, wurde zuerst gewarnt und dann beschossen, denn niemand kannte genau die Personen, die ständig kamen und gingen, Ausweise vorzeigten oder in Begleitung von Fedajin-Offizieren einfuhren. Auch Dr. Safar Murad, obgleich oft hier gewesen, wurde wie ein Fremder behandelt und fügte sich in das strenge Sicherungssystem.

Es war nach einem guten Mittagessen mit gegrilltem Hammel, Reis und viel Früchten, als man Professor Moshe Yonatan in das große Zimmer führte. Er sah um ein Jahrzehnt gealtert aus und setzte die Füße unsicher voreinander.

»Ich wollte mit Ihnen einen guten Kaffee trinken«, sagte Safar Murad gutgelaunt. »Sie müssen zugeben, Moshe, das Mittagessen war vorzüglich.«

»Ich sehe, Sie leben wie ein Kalif, Safar, während Ihre Landsleute, für die sie kämpfen, Ihre Palästinenser, armselig und hungernd in Wüstenlagern vegetieren. Sie sollten zur seelischen Aufrichtung Fotos von diesen Räumen verteilen lassen ...«

»Moshe, Sie sind wieder vor Ekel stachelig wie ein Kaktus. Was haben Sie?« Dr. Murad klopfte auf einen Polstersessel. »Setzen sie sich. War die Fischsuppe nicht gut? Der Hammel zu zäh? Der Reis zu pappig?«

Moshe Yonatan ging langsam zu dem Sessel und setzte sich ganz vorsichtig, als müsse er sich auf Nägeln niederlassen. »Meine Suppe waren Schläge mit einem Eisenrohr auf den Rücken, der Hammel bestand aus Ohrfeigen, und der Reis hatte das Aussehen von Bambusstöcken, die mich weich klopften ...«

Dr. Murad starrte Yonatan ungläubig an. »Das ... das ist doch nicht möglich!« sagte er dann gepreßt. »Moshe, Sie wollen mir einen Schrecken einjagen. Es gefällt Ihnen, mich zu ärgern ...«

»Wenn es Sie ärgert ... bitte!«

Professor Yonatan erhob sich wieder, drehte sich herum, knöpfte seine Hose auf, ließ sie fallen und beugte sich nach vorn, um sein Hinterteil Dr. Murad hinzuhalten. Es war übersät mit blutigen, dick aufgetriebenen Striemen. Man mußte ihn mit den dünnen, federnden Bambusstäben mörderisch geschlagen haben.

»Mein Mittagessen –«, sagte Yonatan ruhig, zog seine Hose wieder hoch und drehte sich um. Murad saß wie versteinert in seinem Sessel. »Auf einen guten Kaffee mit Ihnen freue ich mich deshalb besonders –«

»Warten Sie, Moshe –«, sagte Murad. Seine Stimme versank fast in Heiserkeit. »Warten Sie, bitte. Ich kläre das gleich ...«

Er sprang auf, rannte hinaus, und schon auf dem Flur hörte Yonatan ihn brüllen, wie er noch nie einen Mann brüllen gehört hatte.

Was hilft es, dachte Yonatan und setzte sich wieder vorsichtig. Murad ist nicht der einzige Araber. Aber er ist einer der wenigen, die bei aller Grausamkeit der Stunde noch Idealisten sind, die den Menschen achten ... wäre er sonst Arzt? Die anderen, die große Masse der Hassenden, sie wird eines Tages diese wenigen großen arabischen Männer überrollen, wie es die Geschichte uns lehrte bei anderen Revolutionen: Jeder Umsturz frißt immer die Besten. Übrig bleiben die Feigen, die ihre Macht nur auf ihre große Schnauze stützen.

Er blickte aus dem Fenster in den Park und bedauerte fast Dr. Murad, der edel und gut sein wollte, wo man Blut und Tränen ausstreute.

In einer Art Büro, bewacht von zwei stämmigen Männern mit umgehängten Maschinenpistolen, saß Jasir ben Rahman hinter einem breiten Schreibtisch und las die neueste Ausgabe einer ägyptischen Zeitung. Er hatte die Beine auf den Tisch gelegt und schien Murad erwartet zu haben, denn er rührte sich nicht, als vor der Tür ein gewaltiger Lärm entstand, Murad die beiden Wächter zur Seite boxte und in das Zimmer stürzte. Mit einem Tritt warf er die Tür wieder zu und ballte die Fäuste, als Jasir ruhig weiterlas, als sei er taub.

»Sind wir Folterknechte?« brüllte Dr. Murad. »Was hat man mit Moshe Yonatan gemacht?«

»Das sind zwei Fragen, Safar.« Jasir ben Rahman legte die Zeitung zur Seite, nachdem er sie sorgfältig zusammengefaltet hatte. »Frage eins: Wir sind glühende Nationalisten. Frage zwei: Wenn ein Mensch Moshe heißt, blickt Allah bei allem, was mit ihm geschieht, weg. – Waren das klare Antworten, Safar?«

»Professor Yonatan ist mein Gast!« brüllte Dr. Murad.

»Wir sind der Ansicht, daß du ihn als Geisel und Beute mitgebracht hast.«

»Wer ist wir?«

»Der Zentralrat.« Jasir lächelte mokant. »Gut, du magst privat mit diesem Moshe gut auskommen . . . für uns ist er ein Stück Krieg gegen Israel. Eine Waffe! Er hat das Nachtzielgerät entwickelt . . . er wird es uns verraten!«

»Nie wird er das!«

»Er ist ein alter Mann, Safar. Alte Männer haben Angst vor Schmerzen . . .«

»Ich befehle, daß –«

»Halt!« Jasir richtete sich auf. »Wer befiehlt? Du? Warum blähst du dich auf wie ein Pfau? Wir sind dir dankbar, daß du Yonatan herbeigeschafft hast – damit ist deine Aufgabe erledigt. Du kannst zurück nach Syrien fliegen. Man braucht Ärzte an der Front –«

»Ich habe Professor Yonatan versprochen, daß man ihn nicht antastet. Ihr aber geht hin und schlagt ihn blutig!«

»Wie kann man etwas versprechen, was man nicht geben kann?« Jasir ben Rahman schüttelte den Kopf. »Du verschenkst Gnade. Wie kann ein Moshe Gnade erwarten? Du hast Yonatan belogen, nicht wir. Frag ihn selbst: Von der Stunde an, wo er in deinen, also in *unseren* Händen war, erwartete er keine Milde mehr. Alles andere ist Betrug.«

Dr. Murad sah Jasir starr an. Im Leben eines jeden Menschen kommt einmal der Augenblick, in dem er erkennt, daß ein großer Glaube nichts anderes war als eine Selbstlüge. Es bricht dann zwar nicht eine Welt zusammen, aber man wandelt sich von einer Stunde zur anderen.

»Ich möchte mit Beirut sprechen –«, sagte er hart. Jasir hob die breiten Schultern.

»Arafat ist nicht mehr in Beirut. Er soll gerade in Libyen sein . . . aber wer weiß?« Er zeigte auf das Telefon. »Versuchen Sie es, Safar. Aber was ändert das? Ich habe den Auftrag, Yonatan zur Preisgabe des Nachtzielgerätes zu bewegen. Tausende von arabischen Leben hängen davon ab . . . und Sie wollen mich hindern, meine Brüder zu retten? Safar, hat Allah Sie völlig verlassen?«

»Ihr werdet ihn nicht wieder schlagen!« sagte Dr. Murad gefährlich leise. »Moshe wird in meinem Zimmer bleiben, und wer ihn holen will . . . bitte, er muß erst über mich hinweg . . .«

»Wäre das eine Schwierigkeit?«

»Wer wagt es, einen Murad al Mullah anzugreifen?«

»Jeder von uns!« Jasir wedelte mit der Hand. Er stand auf und kam um den großen Tisch herum. Er war etwas kleiner als Murad, aber stämmiger und jünger. »Safar, die Zeit der Reden ist vorbei. Auch die Plätze der Humanität werden geräumt. Diese träge Welt wacht nur auf, wenn sie aus vielen Wunden blutet . . . wir werden ihr diese Wunden schlagen, wo immer sie verwundbar ist! Was ist da noch ein Moshe Yonatan oder ein Dr. Safar Murad?«

»Ihr müßtet mich töten –«, sagte Murad leise. »Jawohl, töten, um Moshe auf eure Art zu verhören . . .«

»Laß es uns überlegen, Safar.« Jasir lächelte freundlich, aber seine schwarzen Augen über der langen gebogenen Nase sprachen längst aus, was er dachte. »Bei unserem Kampf gibt es kein unantastbares Denkmal . . . auch du bist es nicht! Es gibt nur ein Ziel: Die Vernichtung der Juden! Und Moshe Yonatan ist ein Jude –«

»Er ist mein Gast!«

»Ist das hier dein Haus?«

»Alle Häuser der Fedajin sind mein Haus!«

»Die alte Generation!« Jasir schüttelte fast betrübt den Kopf. »Warum merkt ihr nicht, daß ihr euch selbst überlebt habt? Im alten Japan war man ehrlicher, da machte man Harakiri, wenn man sah, daß man überflüssig war –«

Moshe Yonatan saß noch immer am Fenster und blickte in den herrlichen Garten, als Dr. Murad zurückkam. Er drehte nur den Kopf zur Seite und winkte ab, als Murad zu einer Erklärung ansetzte.

»Sparen Sie sich alle Worte«, sagte er langsam. »Dieser Jasir hat es mir mit einem Knüppel in der Hand erklärt: Die Menschlichkeit hört da auf, wo die Staatsinteressen beginnen. Ich habe ihm zugestimmt ... im Deutschland Hitlers habe ich es erlebt, in der Emigration in Mexiko, sogar im eigenen Land Israel. Die Staatsmacht hat immer recht, nie der einzelne Mensch.« Er wandte sich wieder zum Fenster und sprach zum Garten hinaus, als unterhalte er sich mit den Palmen und Oleanderbüschen. »Sie werden mich also wieder foltern ...«

»Nein!« Dr. Murad hieb mit der Faust auf den Tisch.

»Sie werden es nicht verhindern können, Safar.«

»Niemand wird es wagen, einen Murad al Mullah anzugreifen. Jasir wirft mit großen Worten um sich, aber sie laufen an mir ab wie Wasser.«

»Warum wollen Sie mich schützen, Safar?« Yonatan erhob sich. Sein zerschlagener Körper konnte sich kaum noch bewegen. Je mehr die Zeit verrann, um so deutlicher versagten in ihm die Funktionen. Überall bildeten sich große Hämatome und engten die Bewegungsfreiheit ein. Die nächsten Schläge mußten zu Muskelrissen und Knochenbrüchen führen. »Ich bin für Ihre Landsleute der Inbegriff der Teufelei. Ich habe ein Zielgerät erfunden, das meine Landsleute hoch überlegen macht. An meiner Erfindung kann der gesamte großarabische Traum zerbrechen. Warum sollen sie also nicht versuchen, dieses Geheimnis aus mir herauszufoltern?«

»Geben Sie es freiwillig her, Moshe ...«, sagte Murad stockend.

»So etwas tragen Sie mir an, Safar?«

»Bitte – ich habe Ihnen Schutz und Sicherheit zugesichert ...«

»Ich weiß ... aber jetzt sind Sie nicht mehr als ich, nicht wahr? Ein Gefangener, den man duldet ... mich duldet man nicht. Das ist der einzige Unterschied. Aber ein lebenswichtiger Unterschied.« Yonatan blieb vor Murad stehen, sie sahen sich tief in die Augen und verstanden sich wieder wie in jener Nacht in den Ruinen des alten Nonnenklosters. »Safar, unsere Kinder lieben sich –«, sagte Moshe mit plötzlich unsicherer Stimme. »Mein einziger Sohn ...«

»Meine Tochter, mein Augenlicht, Moshe ...«

»Wir sollten ihnen wenigstens einen Vater erhalten, meinen Sie nicht auch, Safar? Ich habe keine Chance, dieses Haus wieder zu verlassen, aber Sie haben noch alle Türen offen. Gehen Sie, Safar, lassen Sie mich allein, fliegen Sie dahin, wo Sie sicher sind, und kümmern Sie sich um unsere Kinder. Wenn ich Sie um eine einzige gute Tat bitte, dann ist es die: Denken Sie nicht mehr an mich, denken Sie nur noch an Amina und meinen Kehat ...«

»Bin ich ein Schuft, Moshe?« sagte Murad heiser vor Erregung. »Soll ich mich vor mir selbst ekeln?«

»Nur, weil Sie ein Vater sind, Safar?«

»Ich habe Ihnen ein Versprechen gegeben ... ich habe Sie meinen Gast genannt ... In meinem wie in Ihrem Land ist die Gastfreundschaft etwas Heiliges. Ich lasse mir meine Ehre nicht durch einen Jasir zerstören.«

»Dann wird er uns zerstören, Safar.«

»Das kann er ... aber sie werden ihn dafür an ein Kamel binden und in der Wüste zu Tode schleifen.«

»*Wer* wird das? Ihre Freunde? Haben Sie Freunde? Hat ein Toter noch Freunde? Man wird nicht einmal fragen, wo man Sie verscharrt hat.« Yonatan legte die Hand auf Murads Schulter. »Die Sache der Palästinenser wird nicht mit der Seele ausgetragen, sondern nur mit dem Haß.«

Dr. Murad schüttelte Yonatans Hand ab und ging zum Fenster. Draußen sahen die Wachen zu ihm herüber ... sie hatten bereits die Anweisung bekommen, Safar Murad nicht mehr aus den Augen zu lassen. Der Käfig war geschlossen ... der gefangene Löwe konnte nur noch brüllen –

»Noch atmen wir –«, sagte Safar hart. »Noch denken wir. Noch weiß die ganze arabische Welt, wer Murad al Mullah ist!«

»Und das alles, dieses ganze schöne heroische Gebäude kann ein Jasir ben Rahman mit zehn Stockschlägen zertrümmern!« sagte Moshe Yonatan ruhig. »Safar, wir sollten zu unserer anfänglichen Absicht zurückkehren. Bestellen Sie für uns beide den guten Kaffee ... ich habe richtigen Appetit auf eine heiße, duftende Tasse Kaffee –«

Das war ein Augenblick, wo Safar Murad neidlos seinen Gegner und Freund Moshe Yonatan bewunderte. Welch ein Mann, dachte er. Wird man so, wenn sein Volk jahrtausendelang geschlagen und vertrieben wird?

Die große, weiße Villa mit dem herrlichen, wie schwebenden Kuppeldach lag dunkel hinter der hohen Mauer, als Amina von einem kleinen, halb verhungerten und mit dem linken Hinterbein lahmenden Esel stieg.

Sie blieb im Schatten einer gegenüberliegenden Mauer stehen, die eine andere Villa umgab, ebenso weiß und elegant, nur im modernen, nüchternen, kubischen Stil gebaut, mit Terrassen und Balkons, Panoramafenstern und Hausteilen, die wie Würfel aneinandergeklebt waren. Hier residierte ein Armenier, den man kaum zu Gesicht bekam, von dem man aber behauptete, er sei einer der unbekannten Berater des ägyptischen Staatspräsidenten.

Auch dieses Haus barg ein Geheimnis: Von einem Fensterband des höchsten Wohnwürfels konnte man ungehindert in den Park der gegenüberliegenden Villa blicken. Man sah die schwerbewaffneten Wächter, kontrollierte alle ankommenden und abfahrenden Besucher, fotografierte sie mit Teleobjektiven, was stets eine deutliche Porträtaufnahme ergab, beobachtete die Fenster der einzelnen Zimmer, die Bewegungen dahinter, bei Dunkelheit die Schattenrisse hinter den Gardinen und den Ritus der Wachablösungen innerhalb der Mauer und unter der schönen Dachkuppel, wo die schweren Maschinengewehre in Stellung lagen.

Alles, was die als harmlose Diener gekleideten Leute des Armeniers sahen, wurde auf einem unbekannten Wege nach Tel Aviv gemeldet und weitergegeben an das Büro des israelischen Geheimdienstes. Oberst Josuah Halevi war mit dieser Arbeit sehr zufrieden.

»Safar Murad al Mullah ist in Kairo«, sagte er schon am Abend des Tages, an dem Murad in einem geschlossenen Wagen in die Fedajin-Villa einfuhr. »Er hat einen Gast mitgebracht. Unbekannt noch. Dicke, getönte Hornbrille, Kopftuch, anscheinend ein Araber aus den Scheichtümern am Persischen Golf. Ein Kontaktmann, nehmen wir an. Wir werden uns noch klarere Fotos besorgen ...«

Das aber erwies sich als unmöglich. Murads Gast tauchte nicht wieder auf ... weder als Spaziergänger im Park noch in irgendeinem Auto. Da man auch nachts die Villa beobachtete und Infrarot-Aufnahmen machte, konnte er also nicht ungesehen das Haus verlassen haben. Oberst Halevi deutete das so:

»Der Mann muß eine wichtige Funktion in der Organisation übernommen haben. Wir lassen die einzige vorhandene Aufnahme vergrößern bis an die Grenze des Möglichen. Vielleicht kann jemand doch etwas erkennen ...«

Aber niemand erkannte den fremden »Araber«. Daß hinter der dicken Sonnenbrille und dem Kopftuch Professor Moshe Yonatan sich verbarg ... wer kam auf diesen Gedanken? Er war so verrückt, daß er gar nicht gedacht werden konnte.

Amina band den kleinen, armseligen Esel an einem staubigen Strauch vor der Mauer an und hockte sich daneben. Der Schatten der Nacht saugte sie völlig auf. Busch, Esel und Amina waren ein einziger dunkler Fleck gegen das Weiß der Mauer.

Gegenüber rührte sich nichts. Kein Licht schien hinter einem der vielen Fenster, nur hinten am Garten, aber für Amina nicht sichtbar, brannten ein paar Lampen in den Quartieren der Wachmannschaften.

Dort muß er sein, dachte Amina. Er hat uns viel von diesem Haus erzählt, es gab in unserer Familie keine Geheimnisse, jeder vertraute dem anderen. Wenn er jetzt wirklich dort drüben wohnt, wird er mich hören.

Vater, ich bin gekommen. Wir müssen über vieles sprechen ... für Kehat und mich kann diese Welt erst in Ordnung sein, wenn euer sinnloser Haß endlich der Vernunft Platz gibt ...

Sie holte unter dem weiten Gewand eine kleine Rohrflöte hervor und setzte sie an die Lippen. Sie hatte sie im Basar mit den Kleidern gekauft, und Kehat hatte es nicht gemerkt, weil er sich gerade umzog.

Der erste Ton erschreckte sie selbst ... er war so laut in der nächtlichen Stille, als wenn hundert Pfeifen bliesen. Aber dann spielte sie weiter ... und es wurde eine wehmütige Melodie, die in der Dunkelheit verwehte . . das endlose Land formte sich in diesen Tönen, die Weite der Wüste, die Erduldung der glühenden Sonne, die Sehnsucht nach blühenden Gärten und sprudelnden Brunnen.

In seinem Zimmer zuckte Dr. Murad hoch. Zuerst im Unterbewußtsein, jetzt nach dem Erwachen ganz deutlich drangen die klagenden Töne an sein Ohr. Er richtete sich auf, blickte hinüber zu Moshe Yonatan, der auf einem Sofa lag, und schlich zum Fenster. Jasir hatte sie heute noch in Ruhe gelassen. Er hatte sogar geduldet, daß Yonatan bei Safar auf dem Sofa schlief. Vielleicht aber war es auch nur eine Geste, daß Murad al Mullah ab sofort nicht mehr wert war als der Jude Moshe.

»Warum schleichen Sie herum?« fragte Moshe von seiner Liegestatt mit wacher Stimme.

»Sie schlafen nicht?« Murad drehte sich herum.

»Nein. Soll ich die wenigen Stunden meines Lebens noch verschlafen? Dafür haben Sie ganz schön geschnarcht. Was macht Sie so unruhig?«

»Hören Sie die Flöte?«

»Schon eine ganze Zeit, Safar. Eine traurige Melodie.«

»Es ist eine alte syrische Hirtenweise, Moshe. Bei mir zu Hause wurde sie manchmal von meinen Kindern Abdallah und Amina gespielt, zweistimmig, auf zwei Flöten. Das klang wundervoll.« Murad lehnte sich an das Fenster. Unten innerhalb der Mauer gingen die Wachen hin und her. »Und jetzt spielt sie jemand hier. Ausgerechnet hier. In Ägypten kennt das niemand . . .«

Moshe Yonatan erhob sich und schlurfte ächzend zum Fenster. Die blutigen Striemen begannen zu brennen.

»Ein Zeichen, Safar?« fragte er leise. In seiner Stimme klang eine irre Hoffnung auf.

»Von wem?«

»Ihre Freunde.«

»Draußen auf der Straße? Da sind sie uns ferner als auf dem Mond.«

»Aber wir wissen, daß wir nicht mehr allein sind.«

»Was nützt dem Gehenkten, wenn er weiß, daß man seinen Tod mit dem Fernglas betrachtet und dazu flucht? Still –«

Sie standen am Fenster und lauschten. Das alte Hirtenlied begann von neuem. Aber jetzt war es eine Tonstufe höher, und einige Triller unterbrachen die wehmütige Melodie.

»Amina ...«, stammelte Murad plötzlich und hielt sich an Yonatan fest, als habe er keine Beine mehr. »Das ist Amina ... Allah, sie ist hier! Sie ist hier! Diese Variationen spielte nur sie, es war ihre eigene Komposition, niemand auf der Welt spielt die Weise so. Sie ist hier ... Moshe, vor dem Haus steht meine Tochter ...«

»Und Kehat, mein Sohn!«

Sie starrten sich ungläubig an und wußten plötzlich, zu welch sinnloser Tapferkeit sich ihre Kinder aufgerafft hatten.

»Diese Narren!« sagte Moshe Yonatan dumpf. »O Gott, schütze sie ...«

»Das ist Blut von meinem Blut!« Safar Murad umarmte Moshe und drückte ihn an sich. So standen sie eine Weile stumm und lauschten auf die alte Hirtenweise aus Syrien. »Ich bin stolz auf sie ... Moshe, Sie sind es doch auch!«

»Ja und nein.« Er drehte den Kopf weg und blickte aus dem Fenster. Im Garten lagen hechelnd drei große Hunde. Deutsche Schäferhunde, auf den Mann dressiert, unüberwindlich mit den bloßen Händen. »Was nützt ein Mut, der sich selbst verbrennt?«

Die einsame Hirtenflöte nahm niemand wahr, auch nicht der sonst so wachsame und kritische Jasir ben Rahman. Er war mit einer weit angenehmeren Beschäftigung befaßt, als auf solche Töne zu achten: Er lag mit zwei hübschen Ägypterinnen auf seinem breiten Diwan und vergnügte sich mit ihnen bis zur totalen Erschöpfung. Das Lachen und Kreischen der Mädchen drang bis in den Garten, wo die patrouillierenden Wachen ab und zu den Kopf zu der dunklen Villa hoben und sogar stehenblieben.

Jasir hat es gut, dachten sie. Mohammeds sieben Seligkeiten holt er sich schon auf Erden. Ja, wenn man ein so großer Herr ist wie

Jasir, dann kann man das. Tagsüber lebt er nur für die Revolution, ein Fanatiker wie damals der Mahdi ... man soll ihm die Nächte gönnen. In den Armen der Frauen wächst der Mut der Männer, hat einmal ein islamischer Weiser gesagt. Was den Ungläubigen ihr Alkohol, ist für den Gläubigen ein Weiberschoß.

Plötzlich brach das klagende Lied ab. Safar Murad drückte die Stirn gegen das feine, geschnitzte Gitterwerk seines Fensters. »Man muß Amina ein Zeichen geben«, sagte er leise zu Moshe Yonatan. »Ein Zeichen, das nicht auffällt.«

»Können Sie irgendeine Tierstimme nachmachen?« fragte Yonatan.

»Was nutzt das? Woher soll Amina wissen, daß ich das Tier bin, das da schreit?«

»Sie haben nicht ein geheimes Rufzeichen?«

»Haben Sie es?«

»In Israel gibt es überall Telefon.«

»Moshe, für diese Antwort sollte ich Sie wieder hassen. Leben wir Araber in der Urzeit? Auch bei uns ist das Telefonnetz ausgebaut. Nur in billigen Romanen pfeift und röhrt man sich mit Tierstimmen an.« Safar Murad beugte sich aus dem Fenster. Die Hunde starrten zu ihm hinauf, mit glitzernden, gefährlichen Augen. Ihre Zungen hingen lang aus den geöffneten Mäulern. Die Wachen waren auf der anderen Seite der Mauer, nur oben in der herrlichen Kuppel saßen die MG-Schützen und konnten die ganze Umgebung überblicken. Gegenüber in dem verschachtelten kubischen, modernen Bau des Armeniers beobachtete man mit Nachtgläsern die weiße Burg der Fedajin. Auch hier achtete keiner auf die Hirtenflöte und die kleine Gestalt, die mit dem lahmen Eselchen im Schatten hockte. Zwar hatte man sie beim Aufstieg, die steile Straße hinauf, mit den Spezialkameras fotografiert, wie man alles auf die Filme bannte, was Tag und Nacht die Straße benutzte, auch wenn die meisten Autos, Eselkarren, Maultiere, Lastkamele und Fußgänger vorbeigingen. Man hatte durch diese lückenlose Überwachung festgestellt, daß einige bekannte Terroristen zwar an der Villa vorbeifuhren, aber dann doch im Garten wieder auftauchten. Es mußte also noch einen zweiten Eingang geben, und den hatten die Leute des Armeniers noch nicht gefunden. In der Mauer war er nicht, sie war durch keine Tür unterbrochen . . . es mußte sich also um einen unterirdischen Stollen handeln, dessen Einstieg irgendwo in den zerklüfteten Felsen lag.

Seit Wochen streiften Josuah Halevis Agenten durch das Mokattam-Gebirge, als Touristen verkleidet, als Bettler, Störungssucher der Telegrafengesellschaft, Kanalarbeiter oder Vermessungstrupps der staatlichen Baubehörde. Man fand zwar viele Höhlen, aber keine mündete in einen Gang. Der Armenier funkte verzweifelt nach Tel Aviv und nannte seine eigenen Leute allesamt Idioten. Arafat, Dr. Habbasch, die ganze Prominenz des Terrors fuhr in großen, dunklen Wagen vornehm durch das breite Eingangstor und wurde, für alle sichtbar, von Jasir ben Rahman begrüßt . . . aber die unbekannten Terroristen, die Werkzeuge der Hölle, kamen unterirdisch in das Haus.

Oberst Halevi versprach, Spezialisten nach Kairo einzuschleusen.

»Wir haben da ein neues, herrlich gemeines Gerät entwickelt –«, berichtete er auf einer Tagung der Geheimdienstler in Jerusalem. »Eine Strahlenkanone, die lautlos, unmerklich, ohne irgendwelche erkennbaren Zeichen zu überwachende Personen mit einer Dosis Radiumstrahlen beschießt und ihre Körper für eine allerdings begrenzte Dauer auflädt. Mit einem Abtastgerät, ähnlich wie ein Geigerzähler, ist es dann möglich, ihren Weg zu verfolgen. Ob diese Strahlenaufladung Spätschäden hinterläßt, wissen wir noch nicht . . . für die nachrichtendienstliche Arbeit ist das auch nicht von Bedeutung. Wichtig ist allein: Man kann den Weg einer Person genau nachvollziehen, sie verschwindet nie aus unserer Kontrolle, solange die Rückstrahlung erfolgt. Einen solchen Apparat schicken wir mal rüber nach Kairo –«

»Das zweite Ich«, wie man die Strahlenkanone im Nachrichtendienst-Jargon bald nannte, war in Kairo noch nicht eingetroffen, als Amina jetzt an der Mauer hockte und auf eine Antwort ihres Vaters wartete. Auch sie wußte nicht, wie er sich bemerkbar machen sollte, aber sie lauschte angestrengt auf jeden Laut, auf jedes leise Geräusch, auf jede Tierstimme, die vielleicht anders klingen konnte als normal. Doch nichts kam von der dunklen Villa herüber. Ein paarmal ein zerflatterndes Mädchenlachen, der knirschende Schritt der Innenwache, wenn sie hinter der Mauer vorbeimarschierte, das metallische Klappern von Waffen.

»Ich werde einfach Amina brüllen!« sagte Safar Murad plötzlich.

Moshe Yonatan schüttelte den Kopf. »Etwas noch Dümmeres fällt Ihnen wohl nicht ein?«

»Moshe, so dumm ist das gar nicht.« Safar lehnte sich an die Fensterwand. »Vom ärztlichen Standpunkt kann man das sogar erklären. Ich schlafe, ich träume, ich schreie im Traum auf. Wovon träumt ein Vater in meiner Lage? Von seiner Familie, von dem Glück zu Hause, von seiner geliebten, einzigen, schönen Tochter. Ist das nicht natürlich, daß er im Schlaf nach ihr ruft?«

»Ich weiß es nicht, Safar –«, sagte Yonatan zweifelnd. »Es klingt sehr abenteuerlich.«

»Träumen Sie nie?«

»Oft sogar.«

»Und dann stumm?«

»Meine Frau hat sich noch nicht beschwert. Und Rebba würde es mir bestimmt gesagt haben.«

»Ich träume immer laut. Ein paarmal hat mich Issa sogar geweckt, weil ich im Traum Kommandos gegeben habe. Dann stürmte ich mit meinem Sohn Abdallah eine israelische Stellung auf den Golanhöhen.«

»Wie mutig«, antwortete Yonatan mit schiefem Lächeln. »Viele tote Juden, was?«

»Ja.« Safar hob die Schultern. »Das ist unsere Welt, Moshe. Unsere verfluchte Welt. Wir töten uns sogar schon im Schlaf. Schweigen wir davon. Ihre Frau heißt Rebba?«

»Ja. Und Ihre Issa? Ein schöner Name.«

»Rebba auch. Es sind gute Frauen, Moshe. Tapfere Frauen.«

»Was bleibt ihnen anderes übrig, Safar? Wenn die Männer solche Idioten sind –«

»Und es gibt keinen Ausweg, Moshe! Araber und Juden werden nie friedlich nebeneinander leben.«

»Daran gewöhnen wir uns, Safar.« Yonatan legte sich auf den Diwan, schob die Hände unter seinen Nacken und starrte an die reich verzierte, bemalte Decke. »Man hat uns Juden nie friedlich mit anderen Völkern nebeneinander wohnen lassen.«

»Das ist wirklich ein Phänomen«, sagte Murad.

»Es stimmt. Man kann es nur mit Gottes Fluch am Berge Sinai erklären ...«

»Und schon dieser Berg Sinai war damals arabischer Besitz –«, sagte Murad sarkastisch. »Ihr Juden seid ein tragisches Volk.«

»Wollen Sie nun im Traum schreien oder nicht?« fragte Moshe energisch. »Wenn draußen neben Ihrer Amina mein Kehat steht, geht's uns beide an. Leider kann ich solche Tricks wie Sie nicht.«

»Versuchen wir es. Mehr als uns verprügeln kann man nicht. Aber sie werden sich hüten, Safar Murad anzurühren!«

»Glauben Sie noch immer an Ihre Unantastbarkeit?« Moshe Yonatan faltete die Hände über dem Bauch, so schlief er meistens, wie aufgebahrt. »Sie haben mich für Ihre Organisation geklaut – das macht Sie zum Helden. Aber Ihre Tochter liebt meinen Sohn ... das macht Sie zum Verräter. Auch die Sippenhaft ist keine rein nationalsozialistische Erfindung, sie gehört zum menschlichen Charakter. Es kommt nun darauf an, was Ihren Bombenlegern wichtiger ist: Der Held oder der Verräter. Ich glaube, man läßt Sie fallen, Safar ... Ihren Auftrag haben Sie ja erfüllt.«

»Woher nehmen Sie bloß diese Gelassenheit, Moshe?« Murad trat einen Schritt vom Fenster zurück, damit ihn draußen keiner sehen konnte, wenn er gleich losbrüllte. »Sie sind doch kein Orientale, Sie sind doch gebürtiger Deutscher.«

»Nun rufen Sie schon!« sagte Yonatan ungeduldig.

»Bitte.« Murad blähte die Lungen und stieß dann einen Schrei aus, der sogar dem darauf vorbereiteten Yonatan in die Knochen fuhr.

»Aaaaaaaminaaaa –«

Dann sprang Murad ins Zimmer zurück, legte sich auf sein Bett und drehte sich zur Wand.

»Phantastisch«, sagte Yonatan leise. »Jetzt kann ich mir gut vorstellen, wie Ihre Sturmkommandos im Traum klingen –«

Der Schrei war in der Nacht verflogen. Die Hunde vor dem Fenster heulten kurz auf, die Wachen starrten an der Hauswand empor. Jasir ben Rahman hörte nichts ... er lag unter zwei braunen Mädchenkörpern und hatte Mühe, überhaupt zu atmen. Es waren Teufelinnen, diese beiden Weibchen ... sie zerstörten seinen Leib mit Lippen und Händen.

Murad und Yonatan warteten. Sie lagen wie tief schlafend auf ihren Diwanen und beobachteten die Tür. Aber niemand kam ... der Aufschrei war in der Nacht verhallt, ohne eine Wirkung zu hinterlassen.

»Typisch arabische Nachlässigkeit«, flüsterte Yonatan aus seinem Bett. »Keiner nimmt Notiz. Sie können ganze Meldungen hinausbrüllen.«

»Verdammt, ärgern Sie mich nicht immer, Moshe!« Safar Murad richtete sich auf. »Ist es Ihnen lieber, wenn Jasir mit seinen Halunken über uns herfällt?«

»Natürlich nicht. Übrigens: Haben Sie eben im Zusammenhang mit dem großen Volkshelden Jasir Halunke gesagt?«

»Seien Sie still, Sie mieser Jude!« schnaufte Murad. Er setzte sich auf den Diwanrand. Es war kaum anzunehmen, daß jetzt noch jemand ins Zimmer stürzte. »Auch bei Ihnen gibt es Saustücke!«

»Überall. Kein Volk bleibt von ihnen verschont. Das stimmt.«

»Dann sind wir uns wieder einig.«

»Wie immer, Safar.« Yonatan erhob sich auch und kratzte sich die Stoppeln an seinem Kinn. Er hatte sich drei Tage nicht rasieren dürfen. »Ich habe noch nie zwei Gegner gesehen, die so harmonisch übereinstimmen wie wir.«

»Nur durch unsere Kinder, das möchte ich betonen.« Murad blickte mürrisch zum Fenster. Es war anscheinend doch nur ein Hirte, der zufällig die gleiche Weise kannte wie Amina. Ein ganz seltener Zufall, aber die Welt ist ja voll von Zufällen und Irrtümern. »Wir sind – als Politiker – das Opfer unserer Kinder. Ihre Liebe und unsere Liebe zu ihnen hat uns paralysiert. Still –«

Murad zuckte hoch. Von draußen klang wieder die einsame Hirtenflöte auf. Aber es war kein trauriges Lied mehr ... es war eine flotte Weise, ein Tanz, den man in Syrien »Die Liebeswerbung« nannte.

»Sie ist es!« stammelte Murad und stürzte ans Fenster. »Sie hat mich gehört! Es ist wirklich Amina! Das ist der Beweis! Moshe, hören Sie?«

»Ich bin weder taub noch senil.« Yonatan humpelte auch zum Fenster, und so standen sie nun nebeneinander in der Dunkelheit, zwei Väter, denen das Herz blutete. »Wenn ich nur wüßte, ob auch Kehat dabei ist ...«

»Das kann ich nun wirklich nicht rufen«, sagte Safar Murad. »Aber es ist anzunehmen, daß er meine Amina nicht allein in dieser Gefahr läßt.«

»Welch eine Situation.« Yonatan atmete schwer. »Ein paar Meter nur trennen uns, eine hohe Mauer, ein paar Posten, drei scharfe Hunde. So können ein paar Meter wie die Größe eines Weltalls werden. Aber ich bin glücklich, daß ich sie gehört habe und daß es ihnen gut geht.«

»Das klingt, als wollten Sie aufgeben, Moshe.«

»Warten Sie den neuen Tag ab, Safar. Jasir wird mich zerbrechen ... aber ich sage nichts.« Yonatan stützte sich auf die breiten Schultern Murads. Es war eine helle Nacht, vom Mond versilbert. Über Kairo lag ein samtener Himmel, durchleuchtet vom Widerschein der Millionen Lichter. »Es ist ja so, Safar ... ob ich es verrate oder nicht – liquidiert werde ich doch! Auf keinen Fall komme ich jemals nach Israel zurück.«

Murad schwieg. Was sollte man da auch noch antworten. Yonatan kannte genau sein Schicksal ... Leben und Sterben in der Verbannung. Daran änderte auch die Liebe ihrer Kinder nichts mehr. Was ihn, Murad, nur in direkte Gegnerschaft zu Jasir brachte, war das einfache Beiseiteschieben seines Ehrenwortes, das er Moshe gegeben hatte: Keine Gefahr für Leib und Leben, eine anständige Behandlung, auch dann, wenn er schwieg. Einen tapferen Gegner muß man ehren ... Jasir ben Rahman drehte den Spruch herum: Ein tapferer Gegner kann auch tapfer sterben!

Yonatan schien Murads Gedanken zu erraten. Er hinkte zu seinem Diwan zurück und ließ sich erschöpft niederfallen. Sein zerschlagener Körper erholte sich nicht wieder. Wenn die Folterungen am Morgen weitergingen, war das sein letzter Tag.

»Warum sind Sie nicht Arzt geblieben, Safar?« fragte er. »Nur Arzt. Zum Revolutionär haben Sie zwar alle Qualitäten der Heimatliebe, aber nicht die Brutalität, die nötig ist, politische Gedanken durchzusetzen. Als Arzt haben Sie gelernt, den Menschen zu lieben ... das hängt Ihnen an. Kommen Sie mir nicht mit Ihrem Dr. Habbasch. Das ist eine jener Ausnahmen, die leider immer wieder Geschichte machen. Sie machen keine, Safar!«

»Moshe, Sie sind ein Schwätzer!« Murad trat vom Fenster zurück. Die fröhliche Tanzweise war verstummt. Was würde Amina jetzt tun? Versuchte sie, in das Haus zu kommen? Bloß nicht, dachte Murad. Amina, mein Augenlicht, sei nicht wahnsinnig! Seitdem ich weiß, daß du in meiner Nähe bist, werde ich Jasir ein ebenbürtiger Gegner sein.

»Ist Ihr Kehat mutig?« fragte er. Moshe hob die Schultern.

»Ich weiß es nicht. Aber ich hoffe es.«

»So wenig kennen Sie Ihren Sohn?«

»Wer kennt seine Kinder genau, Safar? Im Kibbuz an der jordanischen Grenze hat er jedenfalls seinen Mann gestanden. Bestimmt aber ist er nicht so mutig wie Ihr Abdallah.«

»Abdallah ist ein Teufelskerl.«

»Hat viele Juden umgebracht.«

»Ich bin stolz auf ihn.«

»Safar, ich bin ein zusammengeschlagener Mann. Ich kann Ihnen keine Ohrfeige mehr geben«, sagte Yonatan müde. »Kommen Sie näher zu mir heran, damit ich Sie wenigstens anspucken kann.«

»Wir alten Narren!« Murad legte sich auf seinen Diwan und

knöpfte sein Hemd bis zum Gürtel auf. Es war eine warme Nacht, oder war die Hitze nur bei ihm, in seinem erregten Körper? »Wie kommen wir hier heraus?«

»Oha! Sie wollen weg?«

»Moshe, stellen Sie nicht so dämliche Fragen.«

»Das ist doch Ihr Zuhause. Ihre Revolutionszentrale.«

»Ich muß zurück an einen Ort, von dem aus ich vernünftig mit den anderen Führern unserer Bewegung sprechen kann. Jasir ist ein hochgeschwemmter Fellache, der in die Organisation nicht mehr einbringt als seine brutale Willigkeit. Ich garantiere Ihnen: Wenn wir hier heraus sind, rührt Sie keiner mehr an.«

»Ihre Garantien sind keinen Fladen mehr wert.« Yonatan streckte sich aus, die Nacht war nur noch kurz. Der neue Tag brachte das Sterben. »Und hier herauskommen? Hat Mohammed Wunder getan? Meines Wissens nicht. Da sind wir Juden besser dran. Bei uns rappelt es von Wundern unserer Propheten. Aber diese Zeit ist vorbei, Safar, endgültig vorbei.«

Wenig später schlief er, mit langen, tiefen Atemzügen. Und Safar Murad bewunderte still diese Gelassenheit vor dem Ende.

Durch irgendein Geräusch – war es ein Hundebellen oder das Gekreische von Katzen? – wachte Kehat auf und sah sich allein im Zimmer. Er sprang auf, rief leise Aminas Namen, und als er sicher war, daß sie das Zimmer verlassen hatte, warf er die dreckige Dschellabah um, band sich das Kopftuch um den Kopf und rannte die Treppe hinunter. Eine wahnsinnige Angst hatte ihn ergriffen. Er ahnte, daß Amina allein versuchen würde, mit ihrem Vater in Kontakt zu kommen, daß sie genau wußte, wo er zu suchen war und daß sie jetzt unterwegs war in ein Abenteuer, das tödlich werden konnte.

Unten aus seinem Zimmer stürzte der Wirt hervor, als Kehat an der verschlossenen Tür rüttelte.

»Ich mache schon auf!« schrie er. »Warte doch, du rasender Bulle! O Allah, womit habe ich solch unruhige Gäste verdient?« Dann erinnerte er sich, daß dieser Mann ja taubstumm war und man ihn ungestraft beschimpfen konnte. »Du geschwüriger Hund!« brüllte er. »Du Hurenbastard! Für ein paar Piaster raubst du mir den Schlaf? Die Hölle soll dich verschlucken! Verflucht sei dein Glied, damit es nur Krüppel zeuge!«

Kehat lehnte sich bebend an die Türwand. Auch er erinnerte sich rechtzeitig, daß er nichts sagen durfte. Er zeigte auf die Tür, gab mißtönige, röchelnde und blubbernde Laute von sich und stampfte mit dem Fuß auf. Dann zeigte er auf sich, nach oben und machte mit den Händen einige Bewegungen, die andeuteten, daß er von seiner »Schwester« sprach.

»Sie wird in einem Bett liegen!« schrie der Wirt und schloß die Tür auf. »Im Bett eines reichen Mannes und sich Geld verdienen. Auf den Mokattam-Hügeln wohnen nur die von Allah Ausgesuchten. Ja, suche sie nur, du taubstummer Esel! Los, hinaus!«

Er riß die Tür auf, schubste Kehat auf die Straße und knallte hinter ihm die Tür wieder zu. Kehat lief bis zur nächsten Straßenecke und blieb dann stehen. Vor ihm ragten die hohen Mauern und Rundtürme der Zitadelle in den Nachthimmel. Mondschein lag über den Kuppeln der herrlichen Alabaster-Moschee, die schlanken Minarette griffen wie Finger zu den Sternen.

Kehat stieg den Weg hinan und blieb dort stehen, wo am Tage Tausende Touristen sich versammelten, um das wohl schönste Panorama mit ihren Kameras einzufangen, das die Welt zu bieten hat: den Blick über Kairo und die Pyramiden von Dahschur, Sakkara und Gizeh, die Gräber der Kalifen und Mamelucken, die wie Träume aus Marmor und gebrannten Tonkacheln aus dem Häusermeer aufsteigenden Moscheen Ibn Tulun, Sultan Hassan und Rifai ... und hinten, an der Gabelung des Nils, das moderne Kairo ... die Hochhäuser aus Beton und Glas.

Die Mokattam-Hügel, dachte er. Wo sind die Mokattam-Hügel? Gott im Himmel, was geschieht jetzt dort mit Amina?

Er hatte keinen Blick für die zauberhafte Schönheit des nächtlichen Kairo, er bestand nur noch aus Angst, rannte weiter und kam so, ohne es zu ahnen, auf die neugebaute Bergstraße, die hinein in die Hügelkette führte.

Das muß es sein, sagte sich Kehat. Diese Hügel dort. Die Villen, das Hotel, die Wohnblocks, diese kleine neue Stadt am Rande der Wüste. Es gab zwar Straßenschilder und Hinweistafeln, aber sie waren auf arabisch geschrieben, und Kehat konnte es nicht lesen. Im Hause Yonatan hatte man aus Prinzip und tiefem Nationalstolz davon abgesehen, Arabisch zu lernen. Die Sprache war deutsch und nun auch neu-hebräisch, Großvater Yonatan hatte noch das galizische Jiddisch gesprochen, durchsetzt mit russischen und polnischen Worten und in österreichischer Klangfarbe ... eine Lautmalerei, die Kehat nur von seinem Vater kannte, der sie nachahmte, wenn er gut gelaunt war. Aber Arabisch? Nie! »Mit der Sprache fängt der Verrat an«, war Yonatans vielleicht veraltete Ansicht. »Wir Juden sollten alle Sprachen der Welt sprechen, nur nicht Arabisch!« Es war ein nationaler Stolz und Haß zugleich in diesen Worten, die Kehat nie verstanden hatte.

Er lief weiter, immer die ansteigende Straße entlang, ein paar Autos begegneten ihm und blendeten den einsamen Läufer, vier Lastkamele trotteten an ihm vorbei, ein paar Esel mit ihren vermummten Reitern, eine Polizeipatrouille, die ihn aber nicht beachtete, denn nachts durch die Straßen zu rennen, ist ja nicht verboten. Dann sah er zum erstenmal ein Schild mit englischen Worten.

»Mokattam-Kairo. Besuchen Sie das Kasino ›Monte Cairo‹. Die Terrasse mit dem schönsten Blick der Welt.«

Kehat blieb schwer atmend stehen. Er preßte die Hände auf sein wild schlagendes Herz und holte ein paarmal tief Luft. Der Lauf, den Berg hinauf, hatte ihn ausgepumpt. Straßen, überall Straßen. Auf die Hügel führend, irgendwo als Sackgasse endend oder auslaufend in die Wüste ... Wege in die Unendlichkeit, über die sich die Zivilisation langsam vorschob. Mit Wasser, dem Ursprung allen Lebens, mit Baggern, Betonmischern und Preßlufthämmern ...

Wo ist Amina? Wo?

Unschlüssig stand er an einer Kreuzung, von der sechs Straßen abgingen, eine Art Stern wie die Place de l'Etoile in Paris. Die Hauptchaussee stieg weiter bergan und würde in eine Wüstenstraße einmünden, er sah die Terrassen des »Monte Cairo«, jetzt nur noch von einigen hohen Laternen beleuchtet, sonst lag über den Mokattam-Bergen eine paradiesische Ruhe und der Duft von unzähligen Blüten aus den gepflegten, mit Wasser verwöhnten, eingemauerten Gärten.

Noch nie hatte sich Kehat hilfloser gefühlt als jetzt. In Köln, als er Aminas Flucht vorbereitete, kannte er genau seine Umgebung und war dadurch seinen Gegnern überlegen. In der Schweiz hatten sie im Verborgenen gelebt, ohne die geringste Sorge, daß man sie dort entdecken konnte ... aber hier in Kairo überfiel ihn diese Trostlosigkeit eines Ausgesetzten, der eine ganze Welt zum Feind hat.

Er blickte in alle sechs Straßen hinein und wußte, daß es mit Sicherheit die falsche sein würde, für die er sich jetzt entschloß. So blieb er wieder stehen, wickelte sich in seine fleckige Dschellabah und wartete auf einen Menschen, den er fragen konnte. Er hatte sich sogar entschlossen, englisch zu sprechen ... es gab genug Touristen, die sich arabische Kleidung kauften und als Pseudo-Orientalen herumwandelten, belächelt von den Arabern, wie man in Europa einen kostümierten Karnevalsnarren belacht. Gerade in Kairo, der Drehscheibe des Orients, fiel diese Maskerade nicht auf.

Aber was sollte man fragen? Wo ist die Villa der Fedajin? Das war doch Wahnsinn! Oder: Haben Sie ein junges, hübsches Mädchen gesehen, allein, mit Augen wie zwei schwarze Seen, das hier in den Bergen herumläuft? Man würde ihn ebenso für verrückt halten.

Kehat rückte sein Kopftuch tiefer in die Stirn, daß es fast bis auf den Brauen hing. Aus einem Weg kam ein lahmender, schwankender Esel mit einer jammervollen Gestalt auf dem Rücken. Das Tier stolperte die leichte Steigung hinunter und machte den Eindruck, gleich zusammenzubrechen. Der in weiße Tücher verhüllte Mensch schien sogar zu schlafen.

»He!« rief Kehat laut. Das war eine Anrede, die man überall auf der Welt verstand.

Der Eselreiter zuckte hoch, das lahme Tier blieb stehen und senkte den Kopf. Gleich fällt es um, dachte Kehat. Wie kann man auf so einem Tier noch reiten? Er kam über den Sternplatz hinüber und hielt die Dschellabah hoch über sein Gesicht.

»Ich habe eine Frage. Können Sie Englisch?«

Der Reiter glitt von seinem Esel, und jetzt sah Kehat, daß er eine kleine, zierliche Gestalt hatte. »Du Dummkopf!« sagte eine Stimme, die er nur zu gut kannte. »Was läufst du als Taubstummer nachts herum? Willst du alles verderben . . .«

»Amina!« schrie er und breitete die Arme weit aus. »Amina, ich bin umgekommen vor Angst um dich . . .«

Er lief auf sie zu, riß sie an sich und drückte sie so fest an seine Brust, als wolle er sie in sich hineinpressen. Amina hatte Mühe zu atmen, trommelte mit den kleinen Fäusten gegen seinen Rücken und keuchte.

»Laß mich los, du Esel! Laß mich los! Wo wolltest du denn hin? Laß mich los –«

»Ich wäre von Straße zu Straße gerannt. Amina, mein Gott, das darfst du nie wieder tun! Einfach wegschleichen. Nicht sagen, wohin du gehst.«

Sie lehnte sich an ihn, befreite ihren Kopf aus den Tüchern und ließ es geschehen, daß er sie küßte, ihr die Haare aus dem Gesicht strich und sich benahm wie ein Verrückter, dem man ein Spielzeug geschenkt hat.

»Ich habe sie gefunden –«, sagte sie endlich. »Sie konnten nur dort sein.«

»Wen hast du gefunden?« fragte er, noch vollkommen überwältigt von dem Glücksgefühl, sie wieder zu haben.

»Kehat!«

Er starrte sie an und lächelte dann verlegen. »Ich benehme mich verrückt, nicht wahr?« sagte er stockend. »Amina, plötzlich warst du nicht mehr da. Unsere Väter ja . . . ich will verdammt sein, aber ich habe in dieser Stunde nicht mehr an sie gedacht. Nur du warst wichtig –«

»Sie leben in dem Haus der Fedajin.« Amina schlug die weißen Tücher wieder über ihren Kopf. Von oben rollte eine neue Polizeipatrouille die Straße hinunter. Sie zerrten den müden, aber um so störrischeren Esel von der Kreuzung und führten ihn an eine der Hausmauern. Die Scheinwerfer des Jeeps glitten über sie hinweg, dann standen sie wieder in der sternenfahlen Dunkelheit. »Ich habe mit meinem Vater gesprochen ...«

»Was hast du?« fragte Kehat fassungslos. »Du hast ihn gesehen?«

»Gehört. Wir haben uns durch eine Flöte unterhalten.«

»Ich verstehe überhaupt nichts mehr.«

Amina holte aus dem Gewirr der Tücher die kleine Hirtenflöte hervor und hielt sie Kehat unter die Nase. »Darauf kann ich ein Lied blasen, das man nur bei uns kennt. Mein Vater hat es gehört und verstanden.«

»Und dann hat er auf den Fingern gepfiffen ...«, sagte Kehat. Es klang beleidigt. Warum diese Heimlichkeiten, dachte er. Warum durfte ich nicht dabei sein? Bin ich ein so ungeschickter Tölpel?

»Er hat nur einmal meinen Namen gerufen.« Sie sah ihn ruhig an. »Das war genug. Warum bist du böse, Kehat?«

»Ich komme mir vor wie ein ausgetretener Schuh, den man nur dann anzieht, wenn einem die Füße weh tun.«

»Es wäre zu gefährlich für dich, Kehat.«

»Aber für dich nicht, was? Für dich gibt es keine Gefahr?«

»Ich bin Safar Murads Tochter. Hätten sie mich entdeckt – ich hätte immer ein Motiv gehabt. Mir wäre vielleicht nichts geschehen. Aber du bist ihr Feind, wie dein Vater –«

»Es wäre nichts geschehen als nur das, daß auch du verschwunden geblieben wärest.« In seiner Stimme lag viel Bitterkeit. »Ich habe gedacht, wir sind ein Körper und eine Seele ...«

»Du siehst, es ist nichts passiert.«

»Weil du Glück gehabt hast.«

»Ohne Glück, Kehat, kommen wir aus Kairo sowieso nicht mehr heraus.« Sie setzte sich wieder auf den alten Esel, der sich darüber laut beklagte, einen erschütternden Schrei ausstieß und dann grunzte. »Ich kann es nicht erklären, ich fühle es nur: In der Villa von Jasir ben Rahman ist etwas geschehen.«

»Natürlich. Sie haben den Erfinder des elektronischen Nachtzielgerätes entführt. Und sie werden meinen Vater verhören und peinigen, foltern und grausam zurichten ... aber er wird ihnen kein Wort sagen.«

»Mein Vater rief nicht, wie man sich über eine Tochter freut. Das klang nach Warnung und nach Hilfe. Ich kenne die Stimme meines Vaters genau. Wir sind nach ihr erzogen worden. Wenn er in der Halle oder im Garten zu hören war, wußten wir schon, bevor er ins Zimmer kam, wie er gelaunt war. Kehat ... das war ein Hilferuf!«

»Der große arabische Nationalist Murad in Gefahr im Hause seiner eigenen Organisation? Das ist doch absurd, Amina ...«

»Es ändert sich vieles zwischen Sonnenaufgang und Sonnenuntergang.« Sie lehnte den Kopf wieder an seine Brust und war plötzlich wieder wie ein kleines, Schutz suchendes Mädchen. »Du kennst die Mentalität unseres Volkes noch nicht gut genug –«, sagte sie leise. »Wer gestern ein Freund war, kann heute beim Bruderkuß in den Rücken gestochen werden. Wichtig allein ist das Ziel, nicht der einzelne Mensch.«

»Das ist Politiker-Moral. Nicht nur bei euch, Amina.« Er küßte sie auf die Augen und gab dem brummelnden Esel einen Klaps auf die Kruppe. »Zurück in die feudale Pension?« fragte er.

»Ja.« Sie blickte in die Straße zurück, aus der sie gekommen war. »Es muß einen Weg geben, mit unseren Vätern in Kontakt zu kommen. Wir werden in den nächsten Tagen viel unterwegs sein, mein Liebling –«

Langsam trotteten sie den Weg zurück. Vor ihnen lag das hellerleuchtete Kairo, der Zauberblick, von dem das Kasino »Monte Cairo« lebte. Wen dieses Bild nicht ergriff, der hatte kein Herz. Sie blieben stehen und schauten, Kopf an Kopf, in die Tiefe, aus der ihnen die schlanken Finger der Minarette entgegenwuchsen.

Wir sind wieder zum Urzustand unserer Völker zurückgekehrt, dachte Kehat. Ein Mann, eine Frau und ein Esel, arm und vertrieben, heimatlos und auf der Suche nach dem Paradies.

Safar Murad wurde geweckt, weil es an die Tür klopfte. Er fuhr hoch und schwang die Beine auf den Teppich, einen Augenblick verwirrt und vom Schlaf noch umfangen. Dann hörte er das Klopfen herrisch und feindlich, so wie es war, und eine Stimme, die draußen schrie: »Machen Sie auf!«

Murad starrte auf die Tür. Jemand hatte einen hohen Stuhl unter die Klinke geschoben, so daß sie sich von außen nicht mehr aufmachen ließ. Moshe Yonatan saß auf seinem Diwan und hatte die Hände im Schoß gefaltet.

»Sie klopfen schon länger«, sagte er. »Ich nehme an, daß sie mich zu einem Gespräch abholen wollen.« Die Nacht hatte ihn etwas erfrischt, wenn auch sein mißhandelter Körper noch an allen Stellen schmerzte, vor allem in der Nierengegend, wo man ihn mit Knüppeln geschlagen hatte.

»Haben Sie den Stuhl unter die Klinke geschoben?« fragte Murad.

»Nein, Sie, Safar. Gestern nacht.«

»Ach ja.« Murad erhob sich vollends, ging zur Tür und klopfte seinerseits. Auf der anderen Seite war plötzlich Ruhe. »Wer ist da?« fragte Safar.

»Lassen Sie den kindischen Blödsinn, Safar –«, hörte er Jasirs ekelhafte Stimme. »Warum sperren Sie sich ein? Wir haben gedacht, es sei Ihnen etwas geschehen. Abdul wollte Ihnen das Frühstück bringen und kam nicht hinein.«

»Glauben Sie, ein Mann wie Moshe Yonatan würde mich umbringen?« Safar tat nichts, um den Stuhl wegzurücken. »Haben Sie mit dem obersten Rat gesprochen, Jasir?«

»Ich habe meine festen Instruktionen.«

»Das verstehe ich. Ich habe sie auch.«

»Wir können auch durch das Fenster kommen –«

»Das ist mir klar.« Murad blickte auf die gesperrte Türklinke. »Ich mache Sie darauf aufmerksam, daß ich in meinen Rocktaschen vier Handgranaten mitgebracht habe.«

»Beleidigen wir uns doch nicht mit theoretischen Gesprächen, Safar.« Jasirs Stimme war betont ruhig. »Sie haben Handgranaten und eine Pistole, wir haben ein ganzes Arsenal zur Verfügung bis hinauf zu einem kleinen Raketenwerfer. Was soll das? Wäre ich so, wie Sie mich einschätzen, würde diese Tür ein lächerliches Hindernis bieten. Machen Sie auf, Safar!«

»Sie wollen Moshe Yonatan zum Verhör holen?«

»Wir wollen Ihnen das Frühstück bringen.«

»Ich öffne Ihnen nur, wenn Sie Ihr Ehrenwort geben, Moshe nicht anzurühren.«

»Sie sind verrückt, Safar«, murmelte Yonatan von seinem Diwan. »Sie sind ja verrückt! Sie machen sich selbst zum Verräter an der palästinensischen Sache.«

»Ist Ihnen mein Ehrenwort überhaupt noch etwas wert?« hörten sie Jasirs spöttische Stimme. »Gut, Safar. Mein Ehrenwort. Machen Sie jetzt auf?«

Murad zögerte. Er kannte Jasirs brennenden Ehrgeiz, aber er wußte auch, daß der Bruch eines Versprechens unter Freunden wie ein Mal auf dem Gesicht klebte und nicht mehr abwaschbar war. Konnte Jasir sich das leisten?

Langsam rückte er den Stuhl weg und trat zwei Schritte zurück. Die Klinke wurde heruntergedrückt, die Tür flog auf. Auf der Schwelle stand Jasir in einem langen, weißen Haikh, auf den krausen schwarzen Locken einen roten Fez. Er war guter Laune, die Nacht mit den Weibern schwang in ihm nach. Nicht umsonst versprach Mohammed dem braven Gläubigen im Paradies ein Weiterleben im Kreise schöner Houris.

Moshe Yonatan erhob sich und humpelte durch das große Zimmer. Jasir blickte ihn mit zusammengekniffenen bösen Augen an.

»Ich stehe zur Verfügung –«, sagte Moshe ruhig. Safar winkte ab.

»Er will ein Märtyrer sein, Jasir«, sagte er heiser. »Das ist jüdische Tradition. Tun Sie ihm nicht diesen Gefallen. Ich habe mit ihm die halbe Nacht diskutiert. Sie können ihn lebend in Öl braten ... er wird schweigen. Es gibt sanftere, aber wirksamere Mittel, ihn zum Reden zu bringen.«

»Das ist unfair von Ihnen, Murad!« sagte Yonatan böse. »Er spielt auf meinen Sohn an.«

Jasir wurde hellhörig. Verwundert starrte er zuerst Murad an, dann Yonatan. »Was ist mit dem Judenlümmel?« fragte er laut.

»Er studiert in Köln Medizin.« Dr. Murad trat etwas zur Seite. Drei Araber schoben einen fahrbaren Tisch mit einem opulenten Frühstück ins Zimmer. Kaffee, Toast, Butter, verschiedene Käsesorten, Fleisch, viel frisches Obst, Fruchtsäfte, gebackene Eier, einen Honigtopf, duftendes Schmalzgebäck. »Wir sind ihm auf der Spur und glauben, daß es kein besseres Mittel gibt, einen verstockten Vater wieder munter zu machen, als ihm seinen einzigen Sohn in kleinen Scheibchen zuzuschicken. Moshe Yonatan wird reden, Jasir . . .«

»Sie Satan!« stöhnte Moshe und lehnte sich an die seidenbezogene Wand. »Sie fürchterlicher Satan!«

Jasir war einen Augenblick verwirrt. »Das haben Sie eingeleitet?« fragte er. »Warum weiß ich davon nichts? Nicht die geringste Information . . .«

»Sie wußten auch nicht, daß ich Professor Yonatan bei mir habe, als ich in Kairo ankam«, sagte Murad und kümmerte sich um den Frühstückstisch. Er setzte sich und winkte Moshe, auch Platz zu nehmen. »Unser altes Leiden, Jasir: Keine Kooperation der einzelnen Gruppen! Jeder macht, was er für richtig hält, operiert auf eigene Faust, sammelt Punkte im Heldischsein, und das alles unter dem Namen: Freiheit für Palästina! Die einen entführen Flugzeuge, die anderen überfallen Banken und Büros, die dritten liquidieren bekannte Persönlichkeiten, und keiner weiß was vom anderen. Es fehlt die Zentrale, Jasir – ich sage es immer! Man kann eine Revolution unserer Größenordnung nur machen, wenn ein Befehl gegeben wird und nicht hundert verschiedene.«

Er griff zu, machte sich einen Toast mit Honig und biß genußvoll hinein. Moshe Yonatan trank nur ein wenig Kaffee in kleinen Zügen. Das Getränk war glutheiß. Jasir ben Rahman stand unschlüssig herum, er kam sich ziemlich überflüssig, dumm und geradezu blamiert vor. Was Dr. Murad sagte, stimmte: Es gab keine einheitliche Linie im Kampf um Palästina. Arafat machte, was er wollte, Dr. Habbasch genauso, die Ägypter und Syrer träumten nur von Befreiungskriegen, Jordanien schwankte immer hin und her und tat gar nichts, der Libanon war nur bereit, Station verschiedener Terrorbüros zu sein, in Libyen rief Gaddafi zum Heiligen Krieg auf, die anderen arabischen Staaten schickten nur Geld ... im Grunde genommen war man immer allein. Eine Wespe, die hier und da stach ... aber durch einen Wespenstich ist noch kein Bulle gestorben.

»Und wo ist der Judenjunge?« fragte Jasir erregt.

»Auf der Flucht. Meine Leute sind unterwegs, ihn zu jagen. Er soll in der Schweiz sein.« Safar Murad kaute mit vollen Backen, zwischen seinen Zähnen krachte der knusprige Toast. »Keine Sorgen, Jasir ... wir bekommen ihn. Deshalb bin ich ja nach Ägypten gekommen zu Ihnen: Hier haben wir Moshe sicher vor allen Befreiungsversuchen. Wir können hier warten, bis der junge Yonatan ins Netz gegangen ist.«

»Sie Teufel!« stöhnte Yonatan und begann zu zittern. »Sie Mörder ...«

»Also warten wir –«, sagte Jasir zufrieden. »Ich werde mich aber über den Mangel an Information doch beschweren ...«

Als er hinaus war und die Tür zuklappte, lehnte sich Murad mit einem strahlenden Lächeln zurück. »Er hat es gefressen, Moshe! An diesem Brocken wird er ersticken.«

»Sie sind ein vom Satan ausgebildeter Schauspieler, Safar«, sagte Yonatan und griff nun auch zu dem goldgelben Toast. »Sie haben das so natürlich vorgetragen, daß gar kein Zweifel aufkommen konnte.«

»Und Sie, Moshe?« Murad lachte. »Wie Sie ›Satan!‹ aufgeschrien haben! Und Ihr Zittern! Die geweiteten Augen! Das war einsame Klasse, mein Lieber! Das macht Ihnen keiner auf der Bühne nach!«

»Zum Teil war es echt, Safar.« Yonatan ließ nachdenklich den goldenen Honig auf seine Brotschnitte rieseln. »Ich habe in diesen Augenblicken wirklich daran gedacht, wie es meinem Jungen ergehen könnte, wenn wir nicht die Väter von zwei Liebenden wären ...« Er stellte den Honigtopf zurück und blickte Murad über den Rand seines Toastes an. »Es ist Ihnen doch wohl klar, daß wir nur eine kurze Zeitspanne damit gewonnen haben ...«

»Natürlich.« Dr. Murad zerteilte eine saftige Apfelsine. »Eine ganz kurze Zeitspanne. Jasir wird bald erfahren, wie er geblufft worden ist. Diese Stunden bis zur Wahrheit müssen wir nutzen, Moshe. Wir müssen aus dieser Luxus-Festung heraus –«

An diesem Morgen holten sie Professor Yonatan nicht mehr zur »Befragung«. Jasir hatte alle Mühe, seine großen Führer zur Befreiung Palästinas ans Telefon zu bekommen – der eine konferierte in Damaskus, der andere war unbekannt unterwegs, der dritte, Gaddafi, saß in Algier und redete auf den algerischen Präsidenten ein, den Ölhahn für Europa noch mehr zuzudrehen. Das war eine harte Arbeit, denn Algerien brauchte die Dollars zum Aufbau des Landes. Niemand konnte den schwarzen Saft saufen und damit satt werden.

Aber gegen Mittag konnte sich Jasir ein Bild machen: Moshe Yonatans Sohn war tatsächlich auf der Flucht und wurde von verschiedenen Gruppen der Palästinenser gejagt. Auch der israelische Geheimdienst war hinter ihm her – es war ein Wettrennen, das eigentlich gar keinen Sinn hatte, denn die wichtigste Person, Moshe Yonatan selbst, befand sich ja in arabischen Händen. Was wollte man mehr? Yonatan durch die Geiselnahme seines Sohnes zum Reden zwingen? Jasir lächelte versonnen vor sich hin. Es gab andere, billigere Methoden. Auch wenn Yonatan ein Held war ... es gibt eine Schmerzgrenze, die kein Mensch mehr überschreiten kann. Professor Yonatan wäre der erste, der diese wahnsinnige Folter nicht durch ein gutes Wort abgebrochen hätte.

Aber nicht nur Jasir war an diesem Vormittag sehr aktiv. Auch gegenüber in der verschwiegenen Villa des Armeniers, der anscheinend nie Besuch erhielt, den man nie sah, in dessen Garten sich auch kaum etwas regte, außer einem Gärtner, der still und versonnen den Rasen und die Blumen pflegte und den Eindruck machte, als sei er taubstumm, fanden hinter den gardinengeschützten Fenstern eifrige Konferenzen statt, und über eine Sonderfrequenz tickten zwei Kurzwellensender nach Tel Aviv und Jerusalem.

Der Spezialist mit dem Strahlengewehr und den geheimnisvollen Radiumstrahlen, die in den Kleidern kleben blieben und damit den »Angeschossenen« immer im Bereich einer Überwachung festhielten, war eingetroffen. Ein unscheinbarer Mann, der als Fleischausträger erschien. Daß er im Haus blieb, fiel niemandem auf, auch nicht den Posten in der schönen Kuppel von Jasirs Villa. Dafür wurden drei Besucher ben Rahmans »beschossen«, aber sie brachten keinen Aufschluß darüber, wo in den Bergen der geheime Einschlupf war. Sie fuhren mit ihren schweren amerikanischen Wagen wieder weg, und das tickende »Fanggerät« verfolgte sie bis zum ägyptischen Innenministerium. Sie waren uninteressant.

»Warum sieht man Dr. Safar Murad nicht mehr?« fragte man aus Tel Aviv besorgt. Und die Antwort aus Kairo lautete ebenso besorgt: »Weil er das Haus nicht mehr verläßt. Warum – wer weiß das?«

Oberst Josuah Halevi war verzweifelt. Seit dem Verschwinden Moshe Yonatans versagte der sonst so blendende israelische Geheimdienst völlig. Alle Kontaktmänner meldeten Fehlanzeigen ... Yonatan war spurlos verschwunden. Auch die Nachforschungen nach Kehat und Amina liefen sich tot ... in der Schweiz beschimpften sich der sonst sarkastische Jossele Birnstein, genannt Paul Zöggli, und Major David Liman mit Worten, die sonst unter Freunden nicht üblich sind. Ihr einziger Trost war, daß auch die Palästinenser im dunkeln herumtappten und sichtlich nervöser wurden. Birnstein, der bestens informiert war, sagte zum Beispiel: »David, Sie sind Major des Geheimdienstes. Sie sollten Major bei den Pissoirmännern werden! Sitzen hier in Basel herum und jammern die Wände an. Fliegen Sie zurück nach Tel Aviv ... Sie machen mich nervös. Ich bin ein ehrbarer Drogist.«

»Wie wollen Sie zwei Menschen, die sich in der Schweiz verstekken, finden, he?« schrie Liman zurück. »Wenn sie irgendwo in einem Bergdorf sitzen, brav in einer Pension ... wie soll man sie je finden?«

»Vergessen Sie nicht: Sie haben wenig Geld!«

»Sie werden sich welches beschaffen.«

»Überall mit Leichtigkeit, ja. Aber in der so korrekten Schweiz? Wer hier arbeiten will, muß Papiere haben, gemeldet sein, eine Arbeitserlaubnis einholen, eine Steuernummer bekommen, um einen Aufenthalt nachsuchen. Kein ehrbarer Schweizer wird einen Touristen als Arbeiter anstellen.«

»O Gott! Gibt es in der ganzen Schweiz keinen weniger ehrbaren Bürger, der das doch tut?«

»Aber ob Kehat ausgerechnet den findet?« Birnstein machte wieder seine Kästchen und Kreise und malte auf einem großen Stück Papier eine Art Gedankenplan. »Kehat besitzt auch einen deutschen Paß, das erschwert vieles. Aber Amina Murad hat nur ihren syrischen Ausweis. Ein falscher Paß – auch in der Schweiz zu haben – kostet viele gute Franken. Woher nehmen sie die? Das ist gar nicht so schnell zu verdienen. Unterstellen wir, daß sie in ihrer Verzweiflung sich Geld durch eine kriminelle Handlung beschaffen. Auch das ist nicht geschehen . . . in der Schweiz hat es keine spektakulären Einbrüche oder Überfälle in der letzten Zeit gegeben. Und berücksichtigen wir eins: Beide sind auf der Flucht vor Aminas Vater, Dr. Safar Murad, einerseits und den Fängern der Fedajin andererseits. Dr. Murad ist zur Zeit in Kairo – also werden Kehat und Amina auf gar keinen Fall in Kairo sein.« Birnstein unterbrach seine Malerei und sah Major Liman kurz an. »Können Sie folgen, Major?«

»Bin ich ein Idiot?«

»Bitte, erwarten Sie darauf keine ehrliche Stellungnahme.« Birnstein zerriß seine Malerei und verbrannte sie in einem großen Aschenbecher. Die Asche zerrieb er zu Staub. »Was bleibt also übrig?«

»Die ganze große Welt, Jossele.«

»Nein! Die Schweiz! Sie kommen hier nicht heraus! Nicht ohne Geld, nicht ohne falschen Paß für Amina. Wir haben über unsere Botschaft bei der Schweizerischen Bundesregierung in aller Stille interveniert. An den Grenzen kontrolliert man jetzt alle exotischen

Pässe und wartet auch auf einen Paß mit dem Namen Karl Johnen. Das ist nämlich Kehat.«

»Das weiß ich auch.« Major Liman war wirklich beleidigt. Er wußte, was Birnstein nicht wußte: In Tel Aviv tobte Oberst Halevi. Ein Mann wie Professor Yonatan kann nicht einfach verschwinden! Man tötet ihn nicht – man braucht ihn wegen des Nachtzielgerätes. Also muß er irgendwo wieder auftauchen. Und hier lag das Versagen des Geheimdienstes. Wo immer etwas bei den Palästinensern auftauchte, wußte man es im Hauptquartier. Aber plötzlich riß diese Informationsbrücke ab! So etwas hatte es noch nie gegeben.

»Was können wir also tun?« fragte Major Liman sauer.

»Warten.«

»Erklären Sie das mal Oberst Halevi.«

»Gern. Er soll sich nach Basel begeben und sich die Lage ansehen. Von Tel Aviv aus, unter Palmen und ewiger Sonne sieht alles anders aus. Ebenso könnte ich fragen: Wo steckt der Professor?«

»O ja, tun Sie das, Jossele. Josuah wird einen Herzanfall bekommen. Jeden Tag steht Rebba Yonatan jetzt an der Klagemauer und betet. Sie hat sich, um immer dort zu sein, in der Nähe eingemietet.« Major Liman steckte sich eine Zigarette an und rauchte sie nervös mit tiefen Lungenzügen. »Ich kann nicht warten und herumsitzen. Ich bin kein Drogist –«

»Danke, Sie Ekel!« sagte Birnstein böse. »Glauben Sie, mir macht die Tarnung Spaß?«

»Ich habe meine Leute als Schatten auf unsere palästinensischen Gegner angesetzt.«

»Wie sinnig. Ich auch. Und was gibt's?«

»Nichts. Sie amüsieren sich in Zürich, soweit man sich in Zürich amüsieren kann.«

»Da bin ich weiter.« Jossele Birnstein lächelte breit. »Meine Palästinenser haben mehr Stil. Sie sind nach Rom gefahren und huren auf der Via Veneto. Ich wollte das erst nicht glauben. Was wollen die in Rom? Aber es ist so. Eine Gruppe von fünf bekannt harten Burschen ist nach Rom geflogen. Und was tun sie dort? Sie haben Kontakt mit einer studentischen Linksgruppe aufgenommen. Mit jenen revolutionären Feuerköpfen, die die Gesellschaft zerstören wollen, um nachher hilflos auf den Trümmern zu weinen und zu jammern. Ich frage mich: Was haben Arafat, Dr. Habbasch und Dr. Murad mit den Linksidioten im Sinn? Wo ist hier ein Zusammenhang mit Yonatan oder Kehat und Amina?«

Major Liman starrte Jossele Birnstein entgeistert an. »Das fragen Sie noch?« sagte er heiser vor Erregung. »Die beiden sind in Rom, das bedeutet diese Aktivität.«

»David! Kehat bei den Ultralinken? Sie sollten sich einer Kaltwasserkur unterziehen –« Birnstein schüttelte energisch den Kopf. »Nein! Man hat etwas anderes vor. Irgendeinen mit den Linken kombinierten Terrorakt. Sie haben die Suche nach Kehat eingestellt ... so sehe ich das.«

Birnstein war ein kluger Mensch, aber auch ganz Kluge irren sich manchmal, weil irren eben menschlich ist. Wie konnte er ahnen, daß die Palästinenser erfahren hatten, ein unbekannter junger Arzt habe einen Verwundeten behandelt und ihm das Leben gerettet. In Revolutionskreisen sprach man über diesen jungen Mediziner mit einer Art Ehrfurcht.

Ghazi Muhamed el Islam, der Leiter des Flugbüros El Araab Lines in Köln, bei dem alle mitteleuropäischen Agentenmeldungen zusammenliefen, schlug vor Freude auf den Tisch und kochte sich einen höllisch starken Mokka.

»Das sind sie! Wir haben sie!« rief er und schwelgte im Vorgefühl seiner Rache an dem hochnäsigen Dr. Murad. »Ein Arzt und eine Krankenschwester! In Rom! Ausgerechnet in Rom, wo wir so gut vertreten sind! Jetzt ist alles nur eine Frage der Zeit –«

Aber auch Ghazi Muhamed fragte sich im stillen, was Kehat und Amina in Rom wollten. Safar Murad und Professor Yonatan waren in Kairo, das wußte man jetzt überall in der Organisation, wenn auch nur in den Führungsspitzen – warum versteckten sich ihre Kinder in Italien? Baute man in Rom von israelischer Seite eine Sondertruppe für Ägypten auf? Aber warum gerade in Rom? Das war in den Lagern am Suez-Kanal doch wesentlich einfacher, und eine nächtliche Kanalüberquerung und ein Einsickern nach Kairo war ein Kinderspiel. Warum – o Allah – ausgerechnet Rom?

Ghazi Muhamed entschloß sich, selbst nach Rom zu fliegen und die ultralinken Studenten zu befragen. Waren Kehat und Amina noch in Rom ... Ghazi war sich sicher, sie bald zu finden.

So schützte ein allgemein verbreiteter Irrtum die Liebenden vor der gnadenlosen Vernichtung.

Wenn in den Mokattam-Bergen Bauarbeiter erscheinen und graben und vermessen, fällt das nicht auf. Seit Jahren wurde in den Bergen gebaut, schob sich die neue Stadt in die Wüste hinein. Schon am frühen Morgen rücken die Kolonnen heran und rattern die Preßlufthämmer.

So achtete auch niemand auf die beiden Arbeiter, die in den Hügeln hinter Jasirs Villa herumkrochen und mit einem langen Bandmaß anscheinend Vermessungen vornahmen. Ab und zu ruhten sie sich aus, wie es einem Bauarbeiter zusteht, setzten sich unter einen schattigen Baum und plauderten miteinander. Der eine trug dann auf einem Plan etwas ein, der andere trank aus einer Flasche Limonade.

»Es muß hier sein –«, sagte Amina, nachdem sie drei Stunden die Gegend abgesucht hatten. Sie hatte sich Männerkleidung gekauft, das Haar unter einem Kopftuch verborgen und sah wie ein schlanker Jüngling aus. Kehat, mit einem drei Tage alten Stoppelbart, wirkte in seiner schäbigen Dschellabah und den zerrissenen Hosen sowieso wie ein echter armer Arbeiter, der wenig verdient, aber sieben Kinder und zwei Frauen zu ernähren hat. »Überall ist Baugebiet, nur hier steht: Naturschutzgebiet. Offenes Feuer und Schuttabladen verboten. – Ein harmloses Schild für jeden, der nicht weiß, wem das Haus da drüben gehört. Irgendwo muß der Eingang sein. Suchen wir weiter.«

Sie »vermaßen« wieder und sahen, wie sich langsam von Jasirs Villa her ein Mann näherte, so, als ginge er spazieren. Amina schielte zu ihm hinüber.

»Es kommt einer –«, flüsterte sie. »Wir suchen an der richtigen Stelle. Sie werden im Haus nervös.«

»Am besten ist, wir messen zur anderen Seite weiter.« Kehat spannte das Bandmaß aus dem Naturschutzgebiet hinaus und stapfte einen Hügel hinauf. Dann schrieb er die Meter auf, winkte, rollte das Band ein und ging weiter. Amina rannte ihm nach. Am Hügel bewegten sie sich weiter messend bewußt zur falschen Seite und beobachteten aus den Augenwinkeln Jasirs Wächter.

Der Mann blieb stehen, als die beiden Arbeiter sich aus dem Sperrgebiet entfernten, sah ihnen noch eine Weile zu und kehrte dann um, als Amina und Kehat oben auf der Hügelkuppe verschwanden. Dort legten sie sich flach in das harte, hohe Gras und lugten den Hang hinunter.

»Wir haben ihn von unserer Harmlosigkeit überzeugt –«, sagte Kehat zufrieden. »Amina, du bist ein Goldstück. Wir werden in der Nacht weitersuchen. Du hast recht: In dem ›Naturschutzgebiet‹ muß der Einstieg zum unterirdischen Gang in das Haus liegen. Wir werden ihn finden. Gott helfe mir ...«

»War das ein Schwur?« fragte sie leise.

»Ja.« – »Was hast du geschworen?«

»Meinen Vater herauszuholen.«

»Und mein Vater, Kehat?«

»Er ist der Feind meines Vaters –«

Sie schwiegen, lagen nebeneinander, und plötzlich war es, als sei ein Stacheldraht zwischen ihnen gezogen, und sie belauerten sich gegenseitig, um den anderen zu töten.

»Welch ein Blödsinn –«, sagte Kehat nach langer Zeit heiser. »Amina, wir haben uns geschworen, nicht so verrückt zu sein wie die Alten.« Er küßte ihren Nacken und drehte sich dann auf den Rücken. Die Sonne blendete. Er zog sein Kopftuch über das Gesicht und fühlte, wie Aminas Hand zaghaft über seine Brust streichelte. Aber sie sagte nichts dabei. »Wir müssen uns nur darüber im klaren sein, was wir tun wollen, wenn dein Vater sich wehrt, meinen Vater freizulassen. Das ist ein Problem, das wir kaum bewältigen werden.«

»Es ist gar kein Problem, Kehat.« Aminas Stimme klang ohne Unterton. »Ich werde mit meinem Vater reden.«

»Als ob ein Dr. Safar Murad mit seiner Tochter über einen politisch so wichtigen Fang reden würde.«

»Ich werde allein mit ihm reden.«

»Nie!«

»Was heißt nie, Kehat?«

»Ich lasse dich nie allein ins Haus, wenn wir den zweiten Eingang gefunden haben.«

»Es gibt keine andere Möglichkeit, Kehat. Wenn du ihm gegenübertrittst, stehen Männer gegen Männer. Feind gegen Feind. Ich aber kann mit einem Vater sprechen – das ist stärker als alle Waffen dieser Welt.«

»Du gehst nicht allein ins Haus!« sagte er wieder. »Der Gedanke allein ist unerträglich.«

»Ich bin Safar Murads Tochter!« Aminas Stimme klang fest und sicher. »Ich habe den Mut eines Löwen, wenn man diesen Mut verlangt.« Ihre kleine Hand legte sich auf seinen Kopf, dort, wo sie unter dem verdeckenden Tuch seinen Mund vermutete. »Sag nichts mehr, Kehat. Noch stehen wir vor dem Haus –«

In der Nacht fanden sie den versteckten Eingang, aber nicht, weil sie suchten, sondern weil sie warteten und der Zufall, ihr bisheriger guter Gehilfe, ihnen auch dieses Mal zur Seite stand.

Weit nach Mitternacht – Amina und Kehat lagen, vom Suchen erschöpft, in einer Senke innerhalb des »Naturschutzgebietes« – erschienen zwei in schwarze Haikhs gekleidete Gestalten, huschten wie Schatten durch das Gelände und blieben bei einer armseligen Tamariske stehen. Ihre schwarze Kleidung in dieser dunklen Nacht machte sie fast unsichtbar, und nur, weil sie ein paarmal gegen Steine traten und das helle Klicken in die Stille fuhr wie metallischer Schlag, wurden Amina und Kehat auf sie aufmerksam und sahen sie überhaupt. Sie krochen lautlos weiter und drückten sich flach auf die Erde, als die beiden Männer sich bückten.

Und dann erlebten sie etwas Verblüffendes: Der Wüstenbaum

drehte sich zur Seite, er stand auf einer Art Scheibe, deren Deckel sich schwenken ließ, ein drehbarer Kübel gewissermaßen, in dem die Tamariske gerade soviel Erde und Feuchtigkeit hatte, um elend zu überleben. Unter dem Drehkübel aber öffnete sich ein Einstieg mit einer in die Wand einbetonierten Leiter.

Wie Schemen verschwanden die beiden Männer in der Tiefe, die Tamariske schwenkte wieder über das Loch ... die Landschaft war wieder vollkommen.

»Faszinierend –«, sagte Kehat leise. »Da hätten wir hundert Jahre umsonst suchen können. Ein Baum auf einer Drehscheibe. Sie haben Phantasie.«

Sie blieben liegen und warteten weiter. Aber die Männer kamen nicht mehr zurück. Bevor der Morgen graute, verließen Kehat und Amina die Mokattam-Berge und waren wieder in ihrem schäbigen Zimmer in Kairo, als die Sonne durchbrach. Müde lagen sie nebeneinander auf dem Bett, es wurde heiß, sie zogen sich aus und ihre Nacktheit hatte nichts Aufreizendes oder Begehrenswertes mehr ... sie war zwischen ihnen jetzt so natürlich wie jede Geste des täglichen Lebens. Sie gehörten zueinander, sie waren vollkommen eins.

»Ich brauche Chloroform und Watte«, sagte Amina. Sie lag auf der Seite und sah zu, wie Kehat nachdenklich rauchte und ab und zu an einem Glas Wasser nippte. »Meinst du, man könnte das bekommen?«

»Schwer. Wozu brauchst du das?«

»Ich brauche eine Waffe, wenn mir jemand in den Weg tritt. Und es muß eine lautlose Waffe sein.«

Kehat nickte. »Du siehst hoffentlich ein, daß ich dich nie allein gehen lasse. Wie willst du einem ausgewachsenen Mann einen Wattebausch mit Chloroform so lange ins Gesicht drücken, bis er umfällt? Auch Chloroform wirkt nicht blitzartig. Man muß schon ein paar Atemzüge machen –«

»Du hast recht, Liebling.« Sie zog die schönen, schlanken Beine an. »Einigen wir uns so: Du kommst mit, bis ich im Haus bin. Mit meinem Vater aber rede ich allein.«

»Und mein Vater? Soll ich ein paar Meter von ihm entfernt herumstehen und nichts tun?«

»Es wird alles von dem Gespräch abhängen, Kehat.«

»Und wenn es zu keinem Ergebnis führt? Wenn Safar Murad nie meinen Vater freiläßt, weil ihm die arabischen Interessen mehr bedeuten als seine Familie?«

»Dann –«, sie sah Kehat mit ernsten, großen schwarzen Augen an, »– dann kannst du kommen –«

Er begriff, was dieser Satz bedeutete. Er zog die Schultern zusammen, starrte Amina an und legte seine Hand über ihre starr werdenden Augen.

»Ob wir danach jemals glücklich sein werden?« fragte er leise. »Amina, wer kann das aushalten? Wir werden an unseren Vätern zerbrechen –«

»Wir müssen es versuchen, Kehat.« Sie küßte seine Handfläche und war so demütig wie früher die nubischen Sklavinnen. »Wir können gar nichts anderes, als es versuchen. Nur Allah weiß, ob wir dazu später die Stärke haben –«

Es war erstaunlicherweise in Kairo gar nicht so schwierig, eine Flasche mit Chloroform zu besorgen. Der ägyptische Apotheker musterte Amina zwar etwas kritisch, aber er sah nicht viel, denn nach streng islamischer Tradition war sie tief verschleiert. Nur ihre schwarzen Augen leuchteten aus dem Schlitz, und diese Augen machten auch den Apotheker hilflos. Ein echter Orientale hat stets ein weites Herz für schöne Frauen.

»Ich will meinen Lieblingshund töten –«, sagte Amina und zitterte dabei mit der Stimme. »Ein so liebes Hündchen, und nun ist es krank. Soll ich es erschlagen oder erschießen lassen? Hatte nicht selbst Mohammed einen Hund, den er über alles liebte und den er auf seidenen Kissen schlafen ließ? Ich will ihm die Gnade des Einschlafens schenken, meinem kleinen Liebling –«

Wer kann da widerstehen? Amina bekam eine dunkel getönte Flasche mit Chloroform und ein Paket Watte, bezahlte, warf einen heißen Blick auf den Apotheker und trippelte hinaus.

Hinter der nächsten Ecke wartete Kehat, ein dreckiger Bursche, den niemand beachtete. Amina ging an ihm vorbei und nickte kurz. Langsam folgte Kehat ihr, und irgendwo in den lauten, menschenwimmelnden Gassen des Basars trafen sie sich endlich. Sie hockten sich in eine Ecke, bestellten bei einem Limonadenverkäufer zwei Becher mit Gauafe und saßen im Basar herum, bis es dunkelte. Es war, als nähmen sie damit Abschied vom herrlichen, tausendfältigen Leben. Was sie in der kommenden Nacht erwartete, wie diese Nacht ausgehen würde, ob dieser laute Tag ihr letzter sein würde, entschied sich nun bald.

In einem kleinen Tal der Mokattam-Berge tauschte Amina ihr weites Gewand in praktischere Kleidung um. Kehat hatte sich einen kurzstieligen Hammer und ein beidseitig geschliffenes Messer im Basar gekauft ... ihr Geld war dadurch so zusammengeschrumpft, daß sie – was immer auch geschehen mochte – gezwungen waren, in Ägypten zu bleiben. Es gab nur noch einen Weg in die Freiheit: Mitgenommen werden bis Suez, auf Lastwagen oder Kamelen, und dann in der Nacht durch den Suezkanal zum anderen Ufer zu schwimmen, wo die israelischen Truppen sich in einer Bunkerstellung eingegraben hatten. Für Kehat, den begeisterten Schwimmer, wäre es möglich gewesen, aber er wußte, daß Amina nie den Kanal durchschwimmen konnte.

Sie warteten in der Nähe des krüppeligen Tamariskenbaumes, flach auf den Boden gedrückt, bis es zwei Uhr morgens war ... die Zeit, in der erfahrungsgemäß auch die Wachen am sorglosesten waren. Selbst Jasir schlief dann fest, müde von seiner Beschäftigung mit den Weibern, und die Beobachter in der Kuppel rauchten, spielten Karten oder lasen arabische Illustrierte. Für sie war die Nacht schon vorbei ... was kann in den Mokattam-Bergen schon um zwei oder drei Uhr morgens passieren? Der einzige Lärm kam vom Kasino herüber. Dort brachen die letzten Gäste auf. Eine schwedische Reisegesellschaft, betrunken, singend, die Kellner anschreiend, wo man jetzt noch einige feurige Huren bekommen könne.

Der Baum ließ sich leicht drehen, als Kehat gegen den rissigen

Stamm drückte. Die Scheibe schwenkte weg, die Betonröhre mit der einbetonierten Treppe wurde im fahlen Mondlicht sichtbar. Kälte wehte ihnen entgegen, muffiger Geruch, ein Atem nach Moder und Schimmel.

»Ich gehe voraus«, sagte Kehat gepreßt. Er rutschte in die Röhre hinein und fand Halt an den Steigeisen. Amina lag im Gras, neben dem Tamariskenbaum, und umklammerte Kehats Kopf.

»Komm mir langsam nach«, flüsterte Kehat. Er kletterte tiefer, sein Kopf verschwand im Dunkel. Nach vier Stufen holte er aus der Tasche eine Taschenlampe und knipste sie an. In dem Licht konnte er erkennen, daß die Röhre tief in die Erde führte, viel zu tief, um dort unten in einem Gang zu enden.

»Bleib oben!« rief er leise hinauf. Aminas Kopf war über der Öffnung erschienen. »Sie haben hier eine Gemeinheit eingebaut. Ich flehe dich an – bleib noch oben!«

Er stieg vorsichtig weiter hinab, leuchtete mit der Taschenlampe ab und zu in die Tiefe und sah, daß die Röhre plötzlich aufhörte und ein unüberblickbarer Hohlraum sich anschloß. Aus ihm wehte es eiskalt und modrig herauf. Ein Rauschen wie von einem unterirdischen Fluß war zu hören. Einen Meter unter ihm, an der gegenüberliegenden Wand, stieß eine neue Röhre waagrecht in den Abstieg, gerade so groß, daß man in ihr auf den Knien entlangrutschen konnte. Man mußte sich mit den Beinen zuerst hineinschwingen, denn unterhalb dieser Abzweigung hörten die eisernen Stiegen auf. Da gab es keinen Halt mehr, die Wand war glatt ... und die beiden letzten Steigeisen besaßen ein Scharnier und knickten ab, wenn man darauf trat. Das war die teuflische Falle: Wer hier im Siegesrausch, den Geheimgang gefunden zu haben, forsch herunterkletterte, verlor den Halt und fiel ins Bodenlose.

Kehat blieb auf der letzten festen Stiege stehen und starrte in den Quergang. Vorwärts oder zurück ... das war jetzt die einzige Frage. Denn eins war sicher: Entdeckte man sie im Hause Jasirs, gab es durch diesen Gang keinen Rückweg mehr. Bevor sie ihn zurückgekrochen waren, standen die Wächter längst am Ausstieg und schossen sie ab wie aus dem Bau getriebene Füchse.

»Ich komme –«, hörte er von oben Aminas leise Stimme.

Er nickte stumm. Seine Kehle war wie eingeschnürt. Die Entscheidung war gefallen.

Und plötzlich wurde er ganz ruhig –

Mit Jasir hatte Dr. Safar Murad noch ein sehr kritisches Gespräch gehabt. Ghazi Muhamed aus Köln hatte den Erfolg seiner Nachforschungen sofort an alle Führer der verschiedenen arabischen Organisationen durchgegeben, und so erfuhr auch Jasir, daß man Kehat Yonatan und Amina Murad in Rom vermutete. Das warf ihn fast vom Diwan, und er rannte sofort zu Safar.

»Warum haben Sie mir nicht gesagt –«, rief er sofort, als er ins Zimmer kam, »daß Ihre Tochter Amina mit dem Judenlümmel unterwegs ist? Jetzt verstehe ich vieles! Die Väter arrangieren sich! Safar, welches Spiel wird hier getrieben? Sind Sie dabei, die heilige palästinensische Sache zu verraten?«

»Welch ein kleines Gehirn haben Sie doch, Jasir«, sagte Dr. Murad ruhig. »Wie ein Vogel so klein! Vor zwei Tagen erklärte ich Ihnen noch, daß wir Kehat Yonatan als Geisel gegen seinen eigenen Vater verwenden wollen. Aber wie sollen wir eine Geisel in die Hand bekommen, ohne uns darum zu bemühen? Yonatans Sohn ist ein kluger Bursche, aber er liebt schöne Frauen. Was liegt näher ...«

»Das große Opfer für Palästina? Das soll ich Ihnen abnehmen, Safar?«

»Haben Sie nicht den Beweis? Meine Tochter hat es erreicht, daß Kehat Gefallen an ihr fand.«

»Und beide flüchten! Sie tun genau das Gegenteil dessen, was geplant ist. Ist das auch für die Revolution?«

»Vielleicht.« Dr. Murad schielte hinüber zu Professor Yonatan. Der Israeli hockte gebrochen auf seinem Diwan und verfolgte die Unterhaltung mit leeren, abwesenden Augen. Wieder wunderte sich Murad über diese große schauspielerische Leistung. Moshe stellte einen Vater dar, den das Schicksal seines Sohnes an den Rand eines Herztodes brachte. »Amina hat von mir den Auftrag, Kehat zu einer Kontaktstelle der Fedajin zu bringen. Dann haben wir ihn fest.«

»Und wo sind sie jetzt? Untergetaucht! In Rom!«

»In Rom?« Safar zuckte zusammen. Sogar der völlig zerstörte Yonatan hob den Kopf. Rom? Was wollten sie in Rom? Vorgestern waren sie noch in Kairo, standen gegenüber auf der Straße, und Amina spielte auf einer Hirtenflöte. Und jetzt Rom? Was war draußen, außerhalb dieser Mauern, geschehen? »Das ist mir unbekannt«, sagte Murad ehrlich. »Von Rom war nie die Rede.«

»Sehen Sie!« Jasir sah triumphierend um sich. »Ghazi Muhamed hat die neuesten Meldungen durchgegeben. Dieser Judenbengel hat sogar einen Schußverletzten einer Terrorgruppe operiert ...«

»Was hat er?« Murad sah jetzt Yonatan voll an. Verstehen Sie das, hieß dieser Blick. Irgend etwas stimmt hier doch nicht! Haben sie sich etwa getrennt? Amina in Kairo, Kehat in Rom? »Das ist doch völlig absurd, Jasir.«

»Wieso? Kehat hat sich sogar angeboten zu operieren. Er brauchte Geld. Und man hat es ihm gegeben. Dafür hat er den Verwundeten gerettet. Auch wenn es unsere ideologischen Freunde sind, das hilft dem Juden gar nichts!« Jasir steckte sich eine Zigarette an. »Es freut mich, Ihnen doch noch eine unbekannte Neuigkeit mitteilen zu können. Nun ist es nur noch eine Frage der Zeit, wann wir die beiden haben.« Er wandte sich zu Professor Yonatan. Sein Gesicht wurde zu einer kalten Maske. Das sind die potenten, fanatischen Mörder, dachte Dr. Murad. So sehen sie aus! Unser Kampf ist hart, uns hilft nur die Gewalt – aber ich lehne den Mord um des Mordens willen ab. Ein Krieg gegen Israel – jederzeit! Eine totale Vernichtung ... das wäre die Geburt des großarabischen Reiches! Aber hinterhältiger Mord? Nein! Nicht mit einem Dr. Safar Murad!

»Sie werden reden, Yonatan«, sagte Jasir leise, »wenn wir Ihnen Ihren Kehat zeigen. Sie werden dabeisein, wenn wir ihn nach unserer Art behandeln. Das löst die Zunge eines jeden Vaters.«

»Sie Teufel!« stöhnte Yonatan. »Sie verfluchter Teufel!«

»Dort liegen Papier und Bleistift. Sie brauchen nur die Formeln aufzuschreiben.«

»Als wenn Sie dann Kehat laufen ließen.«

»Ein Judenbengel ohne Bedeutung ist uns nichts wert.«

»Sie lügen! Nach dem Erhalt der Formel würden Sie auch mich umbringen.«

»Nein! Ich ließe Sie laufen. Ich würde das Haustor aufmachen und sagen: Nun lauf, Judenkerl! Lauf. Die Welt ist groß. Wie ich Sie einschätze, würden Sie sich am nächsten Baum erhängen mit Ihrem Ehrgefühl gegenüber Israel.«

»Wahrhaftig, das täte ich!« Professor Yonatan starrte den böse lächelnden Jasir an. Er hatte noch nie einen Menschen so gehaßt wie ihn. Mein Junge, dachte er. Mein armer, kluger, schöner Junge. Zwischen den Mühlsteinen der mistigen Politik wird er jetzt zermahlen. »Und Kehat täte es auch! *Das* ist Ihr Rechenfehler, Jasir. Auch wenn Sie meinen Sohn fangen und hierher bringen ... ich könnte seinen Tod ansehen und schweigen ... und er würde sterben und stolz darauf sein. Er ist ein echter Israeli!«

»Hören Sie sich das an, Safar!« sagte Jasir heiser vor Wut. »Soll ich mir das bieten lassen? Verdient er nicht Schläge, daß ihm die Haut in Fetzen herunterhängt? Und Sie wollen mich daran hindern?«

»Ja! Aus Yonatan spricht jetzt die Verzweiflung. Sein Herz ist zerstört ... aber das verstehen Sie nicht. Sie haben kein Herz.«

»Mein ganzes Herz gehört Arabien!« rief Jasir stolz. »Und Ihres, Dr. Murad?«

»Auch. Wenn Sie daran zweifeln – rufen Sie Dr. Habbasch. Wir werden dann gemeinsam über *Sie* reden!«

Jasir ben Rahman verließ schnell das Zimmer. Mit Dr. Habbasch hatte er lieber nur aus der Entfernung, per Telefon, Fernschreiber oder Funk zu tun. Auch Gaddafi war nicht der Mann, mit dem Jasir gerne persönlich Kontakt hatte. Sie waren ihm zu überlegen. Sie zeigten zu sehr, daß sie die Köpfe und er nur die Hand waren. Es war besser, unauffällig seine Arbeit zu tun, als zu sehr in das Blickfeld der ganz Großen der arabischen Sache zu geraten.

»Jetzt habe ich wirklich ernste Sorge –«, sagte Yonatan stokkend, als sie allein waren. »Was will Kehat in Rom?«

»Rätselhaft. Und Amina ist hier. Oder sind sie beide zurück nach Rom?« Dr. Murad ging zum Fenster. An den Schießscharten hinter der Mauer standen wieder die Scharfschützen, die großen Schäferhunde strichen durch den Park. »Moshe, seien Sie einmal ganz offen zu mir, von Vater zu Vater: Haben die Israelis in Rom eine Geheimdienstzentrale?«

»Wir haben in allen Hauptstädten unsere Leute, Safar.«

»Natürlich. In den Botschaften. Wie immer deklariert als Presse- oder Kulturattachés. Das ist ein alter Hut. Ich meine, besteht in Rom eine geheime Einsatzleitung?«

»Ich bin Professor der Physik, Murad, aber kein Militär. Nicht jeder Israeli ist auch ein Geheimdienstmann.« Yonatan hob die Schultern. »Ich weiß es wirklich nicht. Ich bin besorgt wie Sie.«

»Und wir sitzen hier herum und können nichts tun.«

»Müssen wir hier herumsitzen, Safar?«

Dr. Murad fuhr vom Fenster herum. »Worte allein brechen noch keine Mauern. Und Ihr Mut ist billig.«

»Sie kennen sich hier besser aus als ich. Ich bin zum erstenmal hier. Wenn man hier heraus will, gibt es eine Möglichkeit?«

»Nur einen Geheimgang in die Berge.«

»Na bitte. Benutzen wir ihn.«

»Dazu müßten wir erst einmal in den Keller und wahrscheinlich an Wachen vorbei. Die Einstiegstür ist elektronisch gesichert.«

»Dafür bin ich der richtige Fachmann«, sagte Yonatan sarkastisch. »Ihnen obliegt die Freimachung des Weges bis zu dieser Tür.«

»Was wir reden ist Blödsinn!« Safar drehte sich um. »Ich verrate mein Land ebensowenig wie Sie das Ihre!«

»Aber es zeichnet sich ab, daß Ihr Land *Sie* verrät, Safar. Das ist eine völlig andere Situation. Sie werden Ihre Amina nicht anders behandeln als meinen Kehat ... die nächste Nummer auf dem

Revolutionsprogramm – Liquidierung der Unbequemen – sind dann Sie! Safar, Sie wissen das ganz genau! Und ich verstehe, daß Sie sich aus Stolz gegen diese Erkenntnis sträuben. Ich täte es vielleicht auch. Aber das ändert nichts an der Tatsache. Der Kampf um Palästina kann auf Dr. Murad verzichten.«

»Nicht aber auf Professor Yonatan, das ist doch der Sinn Ihrer Worte.«

»Ja. Israel braucht meine Erfindung.«

»Und darum bleiben wir hier!«

»Aus lauter Patriotismus! Sie sind also der Held, der sich für sein Land freiwillig opfert?«

»Ja!«

»Und wer dankt es Ihnen?«

»Danach fragt man nicht bei so großen Dingen.«

»Sie Narr! O Gott, wie kann ein Mann wie Sie nur so ein Narr sein? Für Ihre Revolution sind Sie bereits Abfall! Mehr nicht!«

»Sie reden wie der Teufel damals zu Ihrem Christus in der Wüste. Aber – wie damals – Sie überzeugen mich nicht!«

»Das ist Ihre Entscheidung. Safar, das Obst, mit dem Sie handeln, ist faul . . .«

Später sprachen sie nicht mehr darüber. Aber der Stachel saß. Als es Abend wurde und sie schweigend aßen, dachte Dr. Murad an den unterirdischen Gang. Alles in ihm wehrte sich dagegen, mit einem Juden zu flüchten, aber er dachte weiter an den Gang und machte sich Sorgen um sein Herz, das Amina hieß . . .

Sie lagen in der engen Erdröhre eng beieinander und lauschten in die modrige Finsternis. Nur das leise Plätschern des unterirdischen Flusses war zu hören. Sie hatten es geschafft, in die Röhre hineinzukommen, aber sie wagten noch nicht, die Taschenlampen anzuknipsen und den Gang hinabzuleuchten. Die erste kritische Phase war überwunden, die zweite würde beginnen, wenn sie an der Ausstiegstür standen. Aber noch eine Gefahr bestand: Wenn in dieser Nacht noch andere Besucher Jasirs den geheimen Weg nehmen wollten, fanden sie die Tamariske weggeschoben und das Loch offen. Das war ein Alarmzeichen, es gab dann keine Flucht mehr.

Sie dachten beide daran, aber keiner sprach darüber. Was dann folgen würde, war zu grauenhaft, um es in Worten auszudrücken.

»Weiter«, sagte Kehat leise.

»Ich zuerst«, flüsterte Amina zurück.

»Bis zur Tür – ich!«

Sie nickte. Kehat kroch die enge Röhre entlang und benutzte jetzt seine Taschenlampe. Der Gang war durch die Erde gegraben worden und nur notdürftig mit einem dünnen Betonüberzug abgesichert gegen das Einfallen. Überall sickerte Feuchtigkeit durch oder platzte bereits die Betonhaut ab. Doch die Luft war irgendwie rein, trotz des modrigen Geruches. Irgendwoher mußte Frischluft in den Gang strömen, vielleicht durch Bohrlöcher an die Erdoberfläche, die dann in den Betonmantel mündeten wie kleine Schlitze. Eine einfache, aber raffinierte Konstruktion wie die unterirdischen Festungen des Vietkong in Vietnam. Im Schoß der Erde reift die Revolution . . . das könnte der Text eines Liedes werden.

Sie krochen endlose Minuten auf allen vieren, bis sie merkten, daß der Gang sich allmählich nach oben hob und sie aufwärts kamen. Dann verbreiterte sich der Gang, wurde höher, sie konnten sogar stehen, ohne mit den Köpfen anzustoßen, gingen noch ungefähr zwanzig Meter und stießen dann auf eine eiserne Tür.

Eine Tür ohne Schloß.

Dafür war in die Betonwand eine Art Klingelknopf eingelassen und ein einfacher Hebel mit einem rotlackierten Griff.

»Endstation!« flüsterte Kehat keuchend in Aminas Ohr. »Willst du etwa auf den Knopf drücken? Besuch! Macht auf! Hier steht Amina Murad –«

»So ähnlich.«

»Du bist verrückt.«

»Ich werde den Hebel herunterdrücken, Kehat.«

»Es kann eine neue Falle sein. Wer ihn herunterreißt, löst eine Bombe aus, und wir fliegen in die Luft.«

»Sind wir so weit gekommen, Kehat, ist der Weg zum Himmel

auch keine Strecke mehr.« Sie legte die Hand auf den rotlackierten Griff. Kehats Hände begannen zu zittern, aber er schwieg.

Ruhig, als ziehe sie an einem Fenstergriff, drückte Amina den Hebel herunter. Aber sie hielt dabei den Atem an und betete innerlich: Allah, beschütze uns . . . auch wenn Kehat ein Jude ist . . .

Es geschah nichts. Gar nichts.

Keine Bombe, keine Explosion, kein Alarmklingeln, keine sich öffnende versteckte Falltür, keine sich aus Nischen lösenden Schüsse.

Die Tür blieb verschlossen, die geisterhafte Ruhe wurde nicht unterbrochen. Es war, als habe der Hebel überhaupt keinen Sinn. Und doch mußte jenseits der eisernen Tür etwas geschehen sein, denn nichts an diesem Tunnelbau war sinnlos.

Sie warteten. Amina hatte die Watte und die Flasche mit Chloroform griffbereit, Kehat hielt das lange zweischneidige Messer umklammert. Im Haus, oder in dem, was ihnen gegenüber lag, vernahmen sie nicht das leiseste Geräusch. Das lauteste war das Klopfen ihrer eigenen Herzen und der verhaltene rasselnde Atem. Die nervliche Anspannung war ungeheuerlich.

»Jetzt den Klingelknopf –«, sagte Amina mit völlig veränderter Stimme. »Kehat, wir müssen es wagen, sonst war alles umsonst.«

Kehat nickte. Seine Kehle war wie zugeschnürt. Er duckte sich, um sofort vorwärts zu springen, wenn sich die Tür öffnete. Amina schraubte das braune Glas soweit auf, daß sie den Kunststoffverschluß sofort wegreißen konnte.

Ihr ausgestreckter Zeigefinger zitterte, als sie den Knopf niederdrückte.

Wieder kein Laut, kein Signal, nur ein leises, kaum hörbares Knacken in der Tür selbst. Und dann bewegte sie sich plötzlich, schwang unhörbar nach innen auf und gab den Blick in einen schwach erleuchteten Kellerraum frei, an dessen Ende eine Steintreppe nach oben führte. Kein Wächter, keine Kontrollen, kein Alarm . . .

»Das ist unmöglich!« flüsterte Kehat. »Das ist eine neue Falle.

So einfach macht man es keinem, der hier herein will. Bleib stehen, Amina. Bei Gott, bleib stehen . . .«

Es war zu spät. Amina war durch die Tür gegangen und stand in dem Kellerraum. Was sie nicht wußten: Der Hebel schaltete die elektronische Sicherung aus. Für jeden Fremden hätte der rote Griff Alarm bedeutet, und er hätte ihn nicht berührt. Er würde versucht haben, die Tür anders zu überwinden . . . und das hätte zur Katastrophe geführt. Eine ganz simple Sicherung, auf die Angst des Menschen gebaut, aber deshalb so ungeheuer wirksam.

»Du wartest hier –«, sagte Amina, als sie an der Treppe standen.

»Nein –«

»Es war so ausgemacht, Kehat.«

»Diese Mühelosigkeit des Eindringens ist mir unheimlich. Ich lasse dich nicht allein.«

»Du kannst im Haus nur alles verderben, glaube es mir. Bei Jasir fällt es nicht auf, wenn ein Mädchen allein durchs Haus geht. Mein Vater hat oft erzählt, wie er hier lebt.«

»Es ist nach Mitternacht, Amina!«

»Eben. Das ist die Zeit, wo ein Mädchen in diesem Haus fast etwas Normales ist. Warte hier, Kehat . . . bitte –«

Er nickte, lehnte sich an die Wand und biß die Zähne zusammen. Die Tür am Ende der Treppe quietschte etwas, als Amina sie aufdrückte. Dann verschwand sie schnell im Inneren des Hauses.

Die Villa war ein Prachtbau mit einer großen Eingangshalle und einer breiten Treppe, die in die oberen Zimmer führte. Was man an orientalischer Pracht ersinnen konnte, war in sie hineingebaut worden. Amina blieb einen Augenblick stehen und sah sich um. So leben die Revolutionäre, dachte sie bitter. Und die, für die sie kämpfen, hausen seit Jahren in erbärmlichen Zeltstädten unter den furchtbarsten hygienischen Zuständen. Für das Geld, das dieser kleine Palast gekostet hatte, hätte man eine Flüchtlingsstadt aus einfachen, aber sauberen Hütten bauen können mit Toiletten und Abwassergräben, mit menschenwürdigen Zimmern und Kochstellen. Wie aber lebten die Palästinaflüchtlinge schon seit Jahren? Warum stand keiner von den großen Führern auf und klagte das an? War es bewußt so, gehörte das zu ihrer Politik? Der Welt zeigen, wie elend das Leben der von den Israelis Vertriebenen ist, um ein Alibi für alle ihre Taten zu haben? Trug man den Fanatismus auf den Schultern und durch Leiden von Millionen Armen aus? Welch ein Betrug an der Welt! Nur ein Prozent des Reichtums der großen Araber für die Flüchtlinge, und es gab kein Problem mehr!

Sie entschied sich, nach links zu gehen. Dort war ein langer Gang mit vielen Zimmertüren. Hinter einer dieser Türen mußte ihr Vater leben. Sie war entschlossen, sie nacheinander zu öffnen.

Während sie sich umsah, kam von oben, über die geschwungene Treppe, einer der Wächter herunter. Er wunderte sich nicht, daß ein unbekanntes Mädchen im Haus war, er grinste Amina an und ließ die Maschinenpistole über dem Rücken.

»Allah segne dich!« sagte Amina fröhlich. Sie tat sehr lustig ... wer von Jasirs Liebeslager kommt, ist nie traurig. »Ich habe bei Jasir einen Wunsch frei ... ich darf einen Blick auf den Juden werfen. Wo ist er? Ich will ihn anspucken, Jasir hat es erlaubt ...«

Der Wächter grinste stärker. Er zeigte in den Gang hinein. »Die vierte Tür links, schöne Blume –«, sagte er. »Aber du wirst kein Glück haben. Sie verrammeln ihre Tür. Versuch es.« Er lachte verhalten, zwinkerte ihr zu und machte weiter seine Runde durch das weitläufige Haus. Seine tappenden Schritte verloren sich in den schwach beleuchteten Gängen nach rechts.

Die vierte Tür links. Sie huschte weiter, blieb an der bezeichneten Tür stehen und legte das Ohr daran. Dann drückte sie vorsichtig die Klinke herunter. Die Tür bewegte sich, von innen war kein Widerstand. Das Zimmer war dunkel, nur der Widerschein der Mondnacht durchbrach schwach die Finsternis. Sie huschte durch den Türspalt in den Raum und drückte hinter sich die Tür ins Schloß.

Im Zimmer war völlige Stille. Kein Atem schlafender Menschen, kein Rascheln in den Kissen ... ein leeres Zimmer? Um so mehr traf Amina die Stimme, die plötzlich seitlich von ihr, aus einer völlig finsteren Ecke hervorkam.

»Kommen Sie näher, Jasir! Ich habe Sie erwartet. Und machen Sie ruhig Licht! Man zielt im Dunkeln schnell daneben –«

Vater! O Allah! Vater! Es war die Stimme ihres Vaters. Plötzlich versagte ihre Zunge, sie konnte nur noch lallen und lehnte sich gegen die seidenbespannte Wand. Aus einer anderen Ecke kam jetzt ein Rascheln. Dort hockte Professor Yonatan hinter einem Sessel. Safar hatte ihn geweckt, als er draußen die schleichenden Schritte gehört hatte. »Los! Stehen Sie auf und hinter den Sessel!« hatte er gezischt. »Sie kommen. Ich habe richtig gedacht ... ich kenne doch meine Freunde. Ich habe eine Abneigung gegen diese Morde, die im Schlaf geschehen.« Dann waren sie auf ihre Posten gelaufen, nicht, um sich zu retten, sondern um anständig umgebracht zu werden. Das war ihr letzter Triumph: Mit Stolz untergehen.

»Warum zögern Sie, Jasir?« sagte Murad jetzt. »Ist es Ihnen unangenehm, einen wissenden Murad al Mullah umzubringen? Ich will Ihre Augen sehen, Sie Hund!«

»Vater –«, sagte Amina mühsam. »O Vater ...«

Einen Augenblick war es still im Zimmer. Dann hörte man ein gequältes Stöhnen, aus der dunklen Ecke glitt ein großer Schatten. Auch gegenüber hinter dem Sessel schnellte eine Gestalt hoch.

»Amina, mein Engel!« stammelte Safar. »Mein Augenlicht! O Allah! Allah! Halte mein Herz fest –«

Sie stürzten aufeinander zu, umarmten und küßten sich und begannen, obwohl sie es nicht wollten, zu weinen. Moshe Yonatan stand daneben, biß sich auf die geballten Fäuste und riß nach einer Weile Amina aus den Armen ihres Vaters.

»Wo ist Kehat?« keuchte er. »Wo haben Sie Kehat gelassen? Warum ist er in Rom zurückgeblieben? Was ist geschehen?«

»Seien Sie still, Moshe!« zischte Safar. »Ganz ruhig. Kommen Sie zum Fenster, wir werden jetzt alles erfahren.«

Er zog Amina zum Fenster, betrachtete sie dort noch einmal, drückte sie an sich und küßte sie mit erschütternder Innigkeit. Moshe Yonatan hieb in höchster Erregung die Fäuste gegeneinander.

»Kehat!« sagte er rauh. »Wo ist Kehat, mein Sohn?«

»Hier.«

»Im Haus? Um Gottes willen!«

»Er wartet in einem geheimen Gang, der bis zu den Mokattam-Bergen führt. Dort ist der Ausstieg unter einer alten Tamariske. Wir haben alle Sicherungen überwunden. Allah war bei uns.«

»Und Rom? Was ist mit Rom?«

»Dort kommen wir her. Kehat hat dort das Geld verdient, damit wir nach Kairo fliegen konnten.«

Professor Yonatan schielte zu Safar hinüber und lächelte schwach. »Ihr Nachrichtendienst ist – wie immer – ein paar Schritte zurück, Safar. Rom war schon Vergangenheit, Sie hören es.«

»Ihr Nachrichtendienst tappt völlig im dunkeln, nehme ich an.« Safar drückte Amina wieder an sich. Sein Vaterstolz war ungeheuer. »Habe ich nicht eine mutige Tochter?« sagte er. »Das ist mein Blut!«

»Und mein Sohn Kehat? Ist er auch im Haus, oder verkauft er Limonade im Basar, na?« antwortete Yonatan.

»Für einen Mann ist Mut Vorbedingung. Aber ein Mädchen, Moshe –«

»Wenn ihr euch streitet, gehe ich wieder weg!« sagte Amina energisch. »Wie zwei alte Hammel, die sich um ein Grasbüschel balgen!«

»Sie hat recht, alter Hammel –«, sagte Yonatan und setzte sich auf seinen Diwan. »Und hören Sie auf, Ihre Tochter abzulenken. Sie soll erzählen, ich nehme an, sie hat nicht viel Zeit. Vergessen Sie nicht, daß mein Sohn jetzt mehr in Gefahr ist als Ihre Tochter!«

»Er ist ein widerlicher Mensch!« Safar zeigte auf Yonatan. Aber er meinte es nicht so. »Er hat nur das Glück, einen Sohn zu haben, den du liebst. Erzähle, mein Augenlicht –«

Es war alles schnell berichtet, weil keiner Amina mehr unterbrach. Yonatan blickte versonnen aus dem Fenster und drehte sich erst um, als Amina schwieg. »Ich wußte gar nicht, was für einen Sohn ich habe«, sagte er leise. »Als er nach Köln zum Studium ging, erklärte er mir, daß ihn die Politik einen Dreck angehe. Und nun stellt er alles in den Schatten.«

»Die typische jüdische Hinterlist!« knurrte Safar.

»Vater!«

»Was du getan hast, Amina, ist Leichtsinn, bei allem Stolz, den ich empfinde. Warum bist du in dieses Haus gekommen?«

»Nur um dir zu sagen, daß ich Kehat liebe und nie von ihm weggehe! Und um dies zu sagen, daß es eine Gemeinheit ist, Kehats Vater zu entführen und ihn nach Preisgabe seiner Erfindung töten zu lassen. Um dir das zu sagen, war mir alles, was wir hinter uns haben, wert.«

»Bravo!« rief Yonatan leise. »Da haben Sie Ihre töchterliche Ohrfeige!«

»Die Lage hat sich geändert, mein Kind.« Safar stand auf und wischte sich mit beiden Händen über das noch tränennasse Gesicht. »Moshe und ich sind Freunde geworden.«

»Und du hältst ihn hier weiter fest?«

»Wir werden beide festgehalten. Aus dem Jäger und dem Wild sind zwei erbärmliche Käfigtiere geworden. Ich warte jeden Tag darauf, jede Stunde, daß sie kommen, um uns zu liquidieren. Und Jasir ist unser Mörder.«

»Ich habe es gehört, Vater. Was willst du tun?«

»Ich warte auf Habbasch.«

»Und wenn von ihm der Befehl kommt?«

»Nie! Wir sind Freunde. Wir sind beide Ärzte.«

»Er begreift einfach nicht, daß es bei Revolutionen keine Freunde gibt«, sagte Moshe Yonatan. »Bei der französischen Revolution brachten sich die alten Mitstreiter gegenseitig auf der Guillotine um. In Rußland war's nicht anders. Bei Hitler war es an der Tagesordnung ...«

»Wir sind keine Franzosen, Russen oder Deutsche ... wir sind Araber!« sagte Safar stolz. »Wir dienen alle Allah.«

»So einen Quatsch muß ich jetzt seit Tagen hören.« Yonatan legte sich auf seinen Diwan, aber innerlich zitterte er. Unten, irgendwo in diesem Haus, wartet mein Sohn Kehat. Er ist in höchster Lebensgefahr, und wir alten Männer reden hier herum. »Amina, gibt es für uns eine Möglichkeit herauszukommen?«

»Nur durch den Geheimgang.«

»Aber im Haus patrouillieren die Wächter.«

»Ich habe genug Chloroform und Watte bei mir –«

»Unmöglich. Du kannst nicht die kleine Armee betäuben, die Jasir hier versammelt hat. Dieses Haus ist eine Festung, Amina. Aber ich habe eine Idee.« Safar trat wieder an das Fenster und blickte in den Park. Die Wächter drehten ihre Runden, die Hunde rannten unruhig hin und her. Witterten sie die fremden Menschen im Haus? »Laß uns die Flasche und die Watte hier. Sie können unser Leben retten.«

»Wollen Sie Jasirs Pistolenkugeln mit der Watte auffangen, Safar?« fragte Yonatan. »Oder können Sie mit Chloroform Dolche betäuben? Ich weiß es nicht, ich bin kein Arzt.«

»So dämlich redet er immer!« Murad drückte die Stirn gegen das Gitterwerk aus feinster Steinbildhauerei, die das Fenster umrahmte. »Ich kann nicht flüchten.«

»Und warum nicht, Vater?«

»Ein Murad al Mullah schleicht sich nicht davon wie eine Katze, die gestohlen hat.«

»Er läßt sich lieber aufhängen!« knurrte Yonatan.

»Ich hinterlasse hier Ordnung, wenn ich gehe. Ich kapituliere nicht vor einem Halunken wie Jasir.«

»Er sitzt jetzt am längeren Hebel, Safar.« Yonatan erhob sich wieder von seinem Diwan. »Als Physiker kenne ich mich da besser aus als Sie. Was ein guter Hebel vermag, will ich Ihnen gern erklären.«

»Die Flasche und die Watte sind unsere Freiheit.« Dr. Murad nahm sie Amina ab und versteckte sie unter seinem Diwan. »Es wird nicht lange dauern, mein Augenlicht, bis wir hier herauskommen. Morgen vielleicht, oder übermorgen . . . sie wollen ja nur mich umbringen, um besser an Moshe heranzukommen. Aber ich passe auf mich auf!« Er holte aus der Tasche ein Stück zerknitterten Papieres und einen Kugelschreiber. »Kannst du mir aufzeichnen, wo der Gang anfängt und wie man hinkommt? Ich habe von ihm gehört ... benützt habe ich ihn noch nie. Ich weiß nur, daß er umfangreiche elektronische Sicherungen hat.«

»Er hat gar keine Sicherungen, Vater.«

»Unmöglich! Überlege genau, was ihr getan habt! *Wie* habt ihr die Eisentür aufbekommen?«

Noch einmal berichtete Amina von dem rotlackierten Hebel und dem Klingelknopf. Professor Yonatan nickte mehrmals. »Das ist es, Safar. Der Hebel schaltet die Elektronik aus, der Knopf löst den Öffnungskontakt. Aber das ist von der Röhre aus ... wie ist's von innen? Wir haben im Notfall keine Zeit, uns mit Suchen aufzuhalten.«

Safar nagte an der Unterlippe. Alles, was auf einen Mann einstürmen kann, stürzte jetzt auf ihn herunter. Das Glück der Tochter, das eigene Weiterleben, das Umdenken seiner politischen Aufgabe, die Entscheidung, sein Vaterland für immer zu verlassen, die Belastung, für alle ein Verräter zu sein, den Schimpf der Feigheit ... ein ganzes, 52jähriges Leben war vergeblich gelebt worden. Nur eine Handvoll blieb zurück: sein Beruf als Arzt, seine Frau Issa, sein Sohn Abdallah und seine Tochter Amina. War das genug, jetzt noch ein neues Leben anzufangen?

»Wir werden auf dich warten, Vater –«, sagte Amina in diese lastende Stille hinein. »Ich werde vor dem Haus wieder auf meiner Flöte blasen, und wenn du rufst: ›Allah ist der Größte!‹, weiß ich, daß du kommen kannst. Wir werden euch die Tür vom Gang aus öffnen ...«

»Das ist eine gute Idee.« Moshe Yonatan faßte Amina an die Schultern. »Darf ein alter Mann und der Vater deiner Liebe dir einen Kuß geben? Darf ich dich Tochter nennen?« Er zog sie an sich, küßte ihre Stirn und streichelte über ihr schwarzes Haar. Dann ließ er sie los und trat einen Schritt zurück. »Jetzt ist sie in unserer Familie aufgenommen, Safar.«

»Vor drei Wochen hätte ich jeden getötet, der mir das vorausgesagt hätte!« knurrte Dr. Murad. »Die Welt steht kopf! Allah, wir können es nicht ändern.«

Sie warteten und lauschten durch den Türspalt ins Haus. Der Schritt der Wachen klang weit entfernt, es war eine gute Zeit, wieder zum Keller zurückzulaufen. Noch einmal küßte Safar seine Tochter, drückte sie an sich und hielt dann die Tür auf. Sie schlüpfte hinaus und ging dann unbefangen, wie es sich für eines von Jasirs Mädchen gehörte, den Gang entlang zu der großen Eingangshalle.

Der Wächter hörte sie nicht. Es war die Zeit, in der ein Mensch zwischen Nacht und Morgen einen großen Teil seiner Aufmerksamkeit verliert. Ungesehen erreichte Amina die Kellertür und verschwand. Safar ging langsam ins Zimmer zurück. Yonatan folgte ihm ... und dann saßen sie beide auf dem Diwan vor dem Fenster, sahen hinaus in die Nacht und hinauf in den Himmel.

»Tun Sie's –«, sagte Yonatan leise. »Schämen Sie sich nicht.«

»Und Sie, Moshe?«

»Ich tu's auch ...«

Safar Murad fiel in die Knie, mit dem Gesicht nach Mekka und verbeugte sich tief vor Allah. Yonatan faltete die Hände und drückte sie gegen seine Brust. So beteten sie, jeder zu seinem Gott, aber gemeinsam mit nur einem Gedanken: Beschütze mein Kind –

Es gleichen sich alle Väter auf dieser Welt.

Kehat stand völlig im Dunkel, als die Tür wieder aufsprang und Amina zurück in den modrigen Gang kam. Von einer elektronischen Sicherung hatte sie nichts bemerkt. Zur Kellerseite hin besaß die Tür eine normale Klinke. Auch jetzt war das große Glück mit ihnen, der Hebel im Gang war noch heruntergedrückt, und erst, wenn er wieder oben war, schaltete sich die Elektrofalle ein. Vom Keller aus war sie mit einem zweiten Hebel zu betätigen, aber den sah nur ein Eingeweihter. Er war in der Verzierung einer der arabischen Messinglampen verborgen, die an die Wand montiert waren und jetzt nur mit einem Notlicht brannten.

»Ich bin zehn Tode gestorben«, sagte Kehat und riß Amina an sich. Er zitterte am ganzen Körper und drückte sie so fest an sich, daß sie kaum Luft bekam. »Es war fürchterlich, Amina, fürchterlich –«

»Ich habe sie gesprochen, beide gesprochen. Sie leben in einem gemeinsamen Zimmer. Sie sind beide Gefangene.« Sie drückte die Eisentür zu und schob den Hebel wieder nach oben. Es sollte alles so sein wie vorher. »Sie wollen flüchten, und wir sollen sie abholen . . .«

»Wie sieht mein Vater aus? Haben sie ihn mißhandelt? Was sagt er? Wie hat man ihn entführen können . . .?«

Sie liefen den Gang hinunter, solange sie noch aufrecht gehen konnten. Erst vor Beginn der niedrigen Erdröhre hielten sie wieder an.

»Es sind zwei streitbare alte Esel, unsere Väter«, antwortete Amina atemlos vom Lauf. »Du hättest sie hören sollen . . . streiten sich, wer der größere Held ist. Sohn oder Tochter! Und so etwas will Weltpolitik machen! Kehat, unsere Generation ist anders.«

»Ich fürchte – nein! Die Menschen sind immer so, sie waren nie anders. Sie lernen nie aus den Fehlern der Vorfahren, sie wiederholen sie bloß ein bißchen modifiziert. Auch wir sind nicht anders. Haben wir uns nicht gestritten, welcher Vater politisch im Recht ist?«

Sie nickte und küßte ihn statt einer Antwort. Dann legten sie sich auf den Boden und krochen wieder in den Gang hinein. Kehat voraus, in der Rechten die Taschenlampe, das Messer zwischen die Zähne geklemmt. Der Rückweg war schneller, man hatte nichts Unbekanntes mehr vor sich. Es gab keine Überraschungen mehr.

Aber diese Sicherheit trog. Kurz vor dem Erreichen des senkrecht nach oben führenden Schachtes mit den Steigeisen, hörten sie schabende Geräusche. Sofort hielt Kehat an, knipste die Lampe aus und riß das Messer aus den Zähnen. Aminas Kopf schob sich neben seinen. Sie lag fast auf ihm.

»Es kommt jemand –«, flüsterte sie. »Jemand steigt den Schacht hinunter.«

»Es scheint so. Warte hier.«

Sie klammerte sich an ihm fest und schüttelte den Kopf. »Was hast du vor?«

»Ich krieche bis zum Eingang. Wer da herunterkommt, muß sich auch von der letzten festen Sprosse in den Gang schwingen. Das ist unsere Chance. Er kann sich nur am Gang festhalten ... aber da bin ich ...«

»Kehat ...« Ihre Angst wehte heiß über sein Gesicht. »Er wird Waffen haben.«

»Die nützen ihm jetzt gar nichts. Er braucht seine Hände und Beine, um in die Röhre zu kommen.«

Er kroch weiter, bis er den Rand des Ganges erreicht hatte. Von oben fiel Mondlicht in den Schacht, der unterirdische Fluß rauschte dumpf. Die Geräusche wurden stärker, und dann tauchten an der Wand mit den Steigeisen zwei Füße auf, die Schäfte von zwei Stiefeln und der Saum eines arabischen Gewandes. Elegant stieg der Mann abwärts, man sah, daß er darin Übung hatte ... Kehat sah jetzt den Rumpf, die breiten Schultern, einen bärtigen Kopf. Der Araber stand auf der untersten Sprosse und stieß sich katzengleich von der Schachtwand ab, um sich in den Gang zu schnellen.

Aber er griff ins Leere. Kehat boxte mit beiden Fäusten gegen den heranfliegenden Körper, den Bruchteil einer Sekunde schwebte der Mann im leeren Raum, dann sackte er weg und verschwand in der Tiefe. Er war so überrascht, daß er nicht einmal schreien konnte – unten klatschte es auf, und wenn er jetzt geschrien hatte, saugte das Rauschen des Flusses jeden Laut weg.

Kehats Herz klopfte in seiner Kehle. Übelkeit überfiel ihn. Er, der zukünftige Arzt, der schwören wollte, jedem Menschen zu helfen, hatte einen Menschen getötet. Er legte den Kopf auf die Unterarme und atmete schwer. Gleichzeitig wartete er und lauschte nach oben. Stieg noch jemand herab?

Aber es blieb still. Vorsichtig schob sich Kehat aus dem Gang, visierte drüben das Steigeisen an und schnellte sich dann vor.

Gelungen! Er hatte wieder festen Halt, kletterte ein Stück hinauf und beugte sich nach unten. Aminas Kopf erschien in der

Röhre, dann flog sie an die Steigeisen, als habe man sie abgeschossen.

»Bravo!« sagte Kehat ehrlich. »Du bist wie eine Wildkatze.«

Sie antwortete nicht, sondern blickte nach unten. »Hast du ihn getötet?« fragte sie endlich.

»Ja. Es gab keine andere Wahl. Mein erster Mord.«

»Es war kein Mord, Kehat. Es ging um unser Leben.«

»Es geht immer um etwas, auch bei einem Mord.« Er preßte die Stirn gegen die kalte Betonwand. »Ich werde nie mehr der Mensch wie vordem sein ... nie mehr ...«

Später ritten sie wieder auf ihrem alten Esel die Straße hinunter in die hellerleuchtete Stadt. Kairo lag vor ihnen wie ein glitzerndes Märchen. Irgendein hoher Gast mußte in der Stadt sein ... sogar die Pyramiden waren angestrahlt mit großen Scheinwerfern.

Aus dem Haus des Armeniers beobachteten die Spezialisten des israelischen Geheimdienstes Kehat und Amina. Soll man sie mit dem Strahlengewehr beschießen oder nicht? Man beschloß, sie ziehen zu lassen. Zwei armselige arabische Fellachen, wozu der Aufwand? Sie kamen sicherlich aus der Wüste zurück.

So durchbrachen sie auch diese Sperre, ohne es zu wissen, mit dem Glück, das angeblich hold ist den Liebenden und den Narren.

Am nächsten Morgen lud sich Jasir gutgelaunt zum Frühstück ein. Ein Diener rollte noch einen Tisch in Safar Murads Zimmer, dann erschien Jasir selbst. Moshe Yonatan betrachtete das durchaus nicht als ein gastfreundliches Zeichen.

»Wenn Sie mit uns essen, Jasir –«, sagte Murad denn auch, »haben Sie vor, uns in den Kaffee zu spucken. Was ist los? Welche Neuigkeiten bringen Sie?«

»Gute, mein lieber Safar, sehr gute.« Jasir setzte sich und brach sich von dem noch warmen, duftenden Brot einen Kanten ab. Er tauchte ihn in einen großen Honigtopf und biß genußvoll in das Brot. »Aus Rom –«, sagte er kauend.

»Soso, aus Rom?« Yonatan tat so, als schmecke ihm plötzlich nichts mehr. »Sie haben meinen Sohn?«

»Wir sind ihm auf den Fersen. Aber wir wissen mehr. Das geht vor allem Sie an, Safar. Ihre Wunderblume Amina ist ein Versager. Sie hat sich in den Judenlümmel verliebt.«

»Das war ihr Auftrag.«

»Aber nicht, daß sie ihn aus dem Schußfeld nimmt. Sie liebt ihn wirklich.«

»Berichtet das Ghazi Muhamed? Ich glaube, er kann von Köln aus nicht beurteilen, was sich in Rom tut.«

»Ghazi ist in Rom. Er hat mit den italienischen Linken gesprochen. Der Judenbengel hat also wirklich operiert, und Ihre Tochter hat assistiert.«

»Ein braves Kind. Hilft eben allen Revolutionen –«

»So sehen *Sie* das. Ghazi hat herausbekommen, daß sie Geld verdienen wollten, um irgendeine große Sache zu starten.« Jasir beugte sich über den Tisch zu Murad. »Safar, halten Sie mich für einen Idioten? Wenn Amina einen klaren Auftrag hat, ist sie auch mit genügend Geld versorgt. Warum betteln sie herum? Ghazi hat ihr damals in Köln auf den Kopf zugesagt, daß sie sich in den Juden verliebt hat. Dann verschwand sie mit Kehat, trotz aller Bewachung, trotz Ihres Kommens. Warum sind Sie nach Köln geflogen, Safar? Nur, um Ihrer Tochter noch einmal den Auftrag zuzuflüstern? Nein! Weil auch Sie genau wußten, daß die Tochter eines der Helden der Befreiung vom jüdischen Joch zu den Juden überläuft und sich mit einem Juden ins Bett legt! So ist die Lage!«

»Sie sollten arabische Epen schreiben, Jasir«, sagte Safar ruhig. »Nichts ist davon wahr.«

»Ich frage mich jetzt bloß: Warum haben Sie Moshe Yonatan gestohlen und auch noch hierher gebracht? Schwiegerväter sollten doch zusammenhalten.«

»Der Meinung war ich auch. Aber vielleicht sind arabische Sitten anders –«, warf Yonatan ein. Jasir starrte ihn aus glitzernden Augen an.

»Ihr Spott wird bald Ihr Strick sein, Jude! Sie kommen später dran. Im Augenblick ist Dr. Murad interessanter. Safar, wo fängt bei Ihnen der Patriot an und wo hört er auf?«

»Bei der Geburt und beim Tod ... ich bleibe immer Araber. Genügt Ihnen das?«

»Stolz, stolz! Aber wir sind nicht auf den Kopf gefallen, Safar. Kennt Amina dieses Haus hier in Kairo?«

»Nein. Woher? Wer redet mit Frauen über unsere Politik?«

»Ghazi ist anderer Meinung. Um vorzubeugen, daß der gegnerische Geheimdienst aktiv wird, steht morgen eine Meldung in allen arabischen Zeitungen, daß Dr. Safar Murad zu einem Medizinerkongreß nach Neu-Delhi gereist ist. Wir werden sogar ein Bild von Ihnen bringen, wie Sie Indira Ghandi begrüßen. Eine Fotomontage ... Ihr Kopf auf einem anderen Körper. Die zweite Meldung wird sein, daß Sie in Indien an einer Infektion schwer erkrankt seien ...«

»Und die dritte wird lauten: Dr. Safar Murad seiner schweren Krankheit erlegen.«

»Das hängt von vielen Fakten ab. Vor allem von Ihrer Tochter.« Jasir erhob sich, sein Frühstück hatte er absolviert, es hatte ihm köstlich geschmeckt. Die Angst in den Augen seiner Gegenüber war ihm mehr als Honig und starker Kaffee. »In vier Tagen wird ein Hoher Rat zusammentreten und Sie verhören, Safar.« Er sah kurz zu Yonatan hinüber. »Bis dahin werden auch Sie das Maul aufgemacht haben, Jude!«

Voll Triumph verließ Jasir ben Rahman das Zimmer. Ein Diener rollte seinen Tisch hinterher.

»Jetzt wird es Zeit –«, sagte Dr. Murad, als sie wieder allein waren. »Wir haben eine Frist von vier Tagen. Der Hohe Rat! Das bedeutet, daß nun auch Dr. Habbasch gegen mich ist. Ich habe nichts mehr zu verlieren. Moshe!«

»Safar?«

»Wir werden beide heimatlos sein.«

»Ich weiß.« Professor Yonatan goß sich neuen Kaffee ein. »In der Welt, in der wir leben, ist das vielleicht die ruhigste Ecke –«

Zwei Tage und zwei Nächte hielten sich Kehat und Amina in der Nähe von Jasirs Villa auf. Sie wählten dazu immer andere Verkleidungen, was sehr einfach war. Mal waren sie Bauarbeiter, mal Eseltreiber, mal arme Fellachen, dann saßen sie als Bettler herum und streckten die zittrigen Hände jedem entgegen, der vorüberging, ließen sich sogar von Jasirs Wächtern vertreiben, mit groben Worten beleidigen, fluchten Allahs Strafe auf die harten Menschen herab und kamen ein paar Stunden später als harmlose Touristen, die sich die neue Villengegend auf dem Mokattam-Berg ansahen. Zu diesen Verkleidungen brauchten sie kein Geld ... ein paar Lumpen liehen sie sich von dem Wirt ihrer Pension, der volles Verständnis hatte, daß man die Menschen, wenn man schon betteln muß, mit allen Mitteln betrügt.

Selbst den so wachsamen israelischen Geheimdienst in der Armenier-Villa konnten sie damit täuschen. Er hatte ohnehin genug zu tun, denn seit zwei Tagen glich das ägyptische Hauptquartier der Fedajin einem Taubenschlag. Ständig fuhren große Limousinen durch das Tor und brachten Gäste, die von den Spezialisten der Israelis mit den Strahlengewehren beschossen und so zu lebenden Sendern wurden. Es war offensichtlich, daß eine wichtige Konferenz vorbereitet wurde, irgendein neuer Schlag gegen Israel oder irgendwo auf der Welt gegen Flugplätze, Flugzeuge oder Massenveranstaltungen. Die Welt sollte wieder aufgerüttelt werden für die Sache Palästinas. Wer ahnte, daß es nur die inneren Schwierigkeiten waren, die eine solche Aktivität der Rebellen verursachte?

Oberst Josuah Halevi, der Chef des israelischen Geheimdienstes, faßte die Meldungen bei einer morgendlichen Lagebesprechung so zusammen: »Wir müssen auf alles gefaßt sein. Unsere Leute beschatten jeden Besucher in Kairo bis an die Grenze des Möglichen. Wir haben bereits alle Fluggesellschaften und Flughäfen gewarnt. Die Regierungen aller uns befreundeten Länder sind unterrichtet. Die Gegenmaßnahmen laufen auf Hochtouren. Aber – darüber sind wir ja uns alle im klaren – wenn die Araber zuschlagen wollen, werden sie das tun. Man kann nicht jeden Winkel dieser Welt bewachen. Es gibt tausend weiche Stellen ...«

Eine weiche Stelle wurde in diesen Tagen ausgeräumt: Safar Murad und Moshe Yonatan wurden in ein anderes Zimmer verlegt.

In einen Raum, der schon mehr einer Zelle glich. Kein Fenster zum Park und damit auch zur Straße, sondern hinten in einem Anbau, mit einem Blick auf die flachen »Kasernen« von Jasirs Leibwache. Von hier aus war es unmöglich, Aminas nächtliches Flötenspiel zu hören, und es war völlig unmöglich, ihr ein Zeichen durch einen Zuruf zu geben.

Aber eines gelang Safar Murad, als sie plötzlich umziehen mußten: Er konnte unter seiner Dschellabah Aminas Chloroform-Fläschchen und das Paket mit Watte verstecken und hinüberretten in das neue Zimmer. Die Wachen tasteten nur Professor Yonatan ab ... außer einer Tabakpfeife und einer schönen kleinen Taschenbibel fanden sie nichts. Man ließ die Gegenstände dem Gefangenen. Sollte er beten und die Pfeife ohne Tabak rauchen, es war ein billiges Vergnügen.

»Die Lage spitzt sich zu«, sagte Murad, als sie in dem neuen Zimmer auf ihren Betten saßen. »Mit unseren Kindern ist die Verbindung abgerissen, wir müssen allein weiterkommen.«

»Den Geräuschen und vielen Schritten nach muß es im Haus von Menschen wimmeln.« Yonatan saugte an seiner kalten Pfeife. Er war kein starker Raucher, und Pfeiferauchen war eine seiner wenigen Unfähigkeiten. Sie näßten immer bei ihm, und der Tabaksud brannte auf seiner Zunge. Trotzdem versuchte er es seit Jahren immer wieder, weil es die gesündeste Form des Rauchens sein soll. Daß er bei seiner Gefangennahme gerade eine Pfeife in der Tasche hatte, war ein Zufall. »Ihr Gericht kommt zusammen.«

»Ihres auch, Moshe.«

»Ich habe keine Angst. Seit ich weiß, daß Kehat außer Gefahr und mit Ihrer wunderbaren Tochter glücklich ist –«

»Danke, Moshe«, sagte Murad sichtlich ergriffen. »Wenigstens da ist Allah mit uns gütig.«

»Ich glaube, wir können beruhigt sterben.«

»Ich möchte noch ruhiger leben dürfen.« Safar sprang auf und lief im Zimmer erregt hin und her. »Was hat man aus meiner Idee von einem freien Palästina und einem vereinigten arabischen Reich gemacht! Eine Bande von Terroristen und Mördern. *Das* war nicht mein Ziel.«

»Trösten Sie sich mit allen großen Ideologen der Geschichte. Auch ihre Ideen wurden anders realisiert, als sie es wollten! Das liegt in der Natur des Menschen, sich immer zu übersteigern.«

»Mich kotzt das alles an, Moshe. Glauben Sie es mir.«

»Ich weiß, Safar. Aber jetzt ist es zu spät. Durch die ganze Welt zieht ein Glimmbrand. Und Sie sind daran in hohem Maße mitschuldig.«

»Ich wollte, ich könnte das rückgängig machen.«

»Sie können es nie mehr!«

»Außerhalb dieser Mauern, Moshe.«

»Auch da nicht. Dann sind Sie ein Ausgestoßener, eine Null unter Nullen.«

»Aber ich kann mein Gewissen säubern.«

»Das ist das einzige, Safar. Aber wem nützt es?«

»Ihnen und mir und unseren Kindern.«

»Dann ist die Welt verdammt klein geworden.«

»Aber schöner.« Dr. Murad blieb mit einem Ruck stehen. »Versuchen wir es morgen nacht?«

»Was? Das ganze Haus zu narkotisieren?«

»Trauen Sie sich zu, durch den Gang zu kriechen und an die Sprossenwand des Schachtes zu springen?«

»Wenn ich Jasirs erstes ›Verhör‹ überlebt habe, werde ich auch das durchstehen.« Yonatan legte sich auf den Rücken und starrte gegen die bemalte Decke. »Angenommen, wir kommen aus dem Haus heraus, wie kommen wir aus Kairo weg?«

»Da gibt es hundert Wege.«

»Sie werden sofort alle Grenzen sperren.«

»Keine Grenze ist hundertprozentig dicht.«

»Ein Vorschlag: Über den Kanal, hinüber auf die Sinai –«

»Zu den Israelis?« Safar Murad schüttelte energisch den Kopf. »Das ist der Weg, den ich bestimmt *nicht* gehen werde –«

Am nächsten Morgen erschienen in den Kairoer Zeitungen zwei Bilder von Dr. Safar Murad. Auf dem einen Foto begrüßte er mit einer tiefen Verbeugung Indira Ghandi, auf dem anderen sah man ihn an einem Rednerpult stehen. Darunter stand: »Der bekannte Arzt und Kämpfer für die Befreiung Palästinas, Dr. Safar Murad al Mullah, traf in Neu-Delhi ein, um auf dem internationalen Medizinerkongreß eine aufsehenerregende Rede über das Problem der Geburtenkontrolle und ihre Berechtigung auch nach dem islamischen Glauben zu halten.«

Jasir brachte die Zeitungen mit einem breiten Grinsen ins Zimmer. »Wir machen Sie berühmt –«, sagte er dabei spöttisch. »Hoffentlich nicht posthum . . .«

Das war eine deutliche Drohung. Yonatan und Murad verstanden sie. Als Jasir sie nach einigen weiteren provozierenden Bemerkungen wieder verlassen hatte, betrachteten sie die Pressefotos.

»Gut gemacht«, sagte Yonatan. »Es könnte glatt eine israelische Arbeit sein. Da merkt keiner die Fälschung. Ihr Händedruck mit Indira Ghandi ist fabelhaft. Damit sind Sie jetzt außer Gefecht, Safar. Nur eines macht mir Sorge: Ob auch unsere Kinder auf diese Falschmeldung hereinfallen?«

Sie glaubten sie tatsächlich!

Amina las eine Zeitung, als sie morgens bei dem Hauswirt Wasser für den Kaffee holte. Sie hatten die halbe Nacht vor dem Haus Jasirs gestanden, Amina hatte auf ihrer Hirtenflöte traurige Weisen gespielt, aber aus der dunklen Villa, über die hohe Mauer hinweg, war keine Antwort gekommen.

Nun war dieses Schweigen erklärbar. Amina übersetzte Kehat den Artikel, sie betrachteten die Bilder und verstanden überhaupt nichts mehr.

»Hat dein Vater dir von dieser Reise erzählt?« fragte Kehat nach einer Weile des Nachdenkens.

»Kein Wort. Das muß alles plötzlich entschieden worden sein.«

»So plötzlich ist das nicht möglich. Man kann einen solchen Vortrag nicht aus dem Ärmel schütteln. Er muß gründlich vorbereitet sein.«

»Mein Vater ist ein fabelhafter Arzt –«

»Aber auch fabelhafte Ärzte können auf Kongressen keine Vorträge ohne Vorbereitung halten. Glaub es mir, Amina. In der Medizin ist nichts gefährlicher als Stegreifreden. Da gelten nur wissenschaftliche Fundamente, kein Drumherumreden. Irgend etwas stimmt da nicht.«

»Aber die Fotos. Es *ist* mein Vater.«

»Und mein Vater? Er ließ ihn schutzlos bei Jasir zurück, nach allem, was du mir erzählt hast?«

»Das begreife ich nicht.«

»Hier wird mit verschiedenen Karten gespielt.« Kehat warf die Kairoer Zeitung auf den Boden. »Wir müssen es wagen, Amina. Wir müssen uns selbst überzeugen. Wir müssen noch einmal ins Haus!«

»Es ist voll von Gästen.«

»Um so besser. Jasir wird sie nicht nur mit reichgedeckten Tischen bewirten, sondern auch mit Mädchen. Du fällst noch weniger auf als vorher.«

An diesem Tag blieben sie zu Hause, schliefen bis in den Mittag hinein und gingen dann durch die brodelnde Stadt, den Basar und am Nil entlang und erkundigten sich bei verschiedenen Fluggesellschaften, wie man am schnellsten nach Neu-Delhi kommt.

Auf einer Bank in einem kleinen Park am Nil werteten sie dann die Auskünfte aus.

»Der schnellste Weg ist der mit einem Umweg«, sagte Kehat. »Zurück nach Rom und von dort nach Neu-Delhi. Von Rom fliegen in einer Woche zwölf Gesellschaften nach Indien, von Kairo nur zwei. In dieser Woche gar keine mehr.« Er zerriß die Notizen und streute sie in den Wind. Der nahm die Fetzen mit und wehte sie über den Nil. »Ich schlage vor, du fliegst allein nach Indien und überredest deinen Vater, in der Freiheit zu bleiben. Ich werde mich hier um meinen Vater kümmern. Wieviel Geld haben wir noch?«

»Ein paar Dollar, Kehat –«

»Ich muß Geld verdienen.«

»Als taubstummer Fellache in Kairo?«

Er schüttelte den Kopf. »Ich fliege mit nach Rom. In zwei Tagen haben wir das Geld für deinen Flug nach Indien zusammen.«

»Willst du wieder angeschossene Terroristen operieren?«

»Nein.« Kehats Miene wurde hart. »Ich werde zum Büro unseres Geheimdienstes gehen und Geld verlangen. Amina, es gibt keinen anderen Ausweg mehr! Wir allein schaffen es nie! Es war eine Utopie, zu glauben, wir könnten allein Probleme lösen, an denen der Weltfrieden zugrundegehen kann. Jetzt brauchen wir die Hilfe von draußen –«

Wenn er gewußt hätte, wie nah er dieser Hilfe war ... gegenüber im Haus des Armeniers. Aber das Schicksal ist meistens sadistisch und weidet sich an der Qual der Menschen.

In Kairo traf an diesem Tag auch Dr. Habbasch ein.

Der israelische Geheimdienst funkte es sofort nach Jerusalem. Habbasch gab sich keine Mühe, sein Gesicht zu verstecken. Er stieg unbefangen aus der Limousine, umarmte auf der Eingangstreppe Jasir ben Rahman und andere Führer der Palästinenser und ließ sich sogar für die Kairoer Presse fotografieren.

Oberst Halevi wurde bei dieser Meldung sehr ernst. Im Hauptquartier klingelten die Telefone und ratterten die Fernschreiber. Aus aller Welt liefen Berichte der V-Männer ein, sie deckten sich nicht mit dem, was man in Jerusalem erwartete. Nirgendwo eine verstärkte Aktivität der Palästinenser, nirgendwo Anzeichen neuer Terrortaten. Bis auf das Zusammentreffen der arabischen Führer in Kairo, das ganz öffentlich geschah – siehe Dr. Habbaschs Fernsehinterview – trat die Revolution auf der Stelle.

»Irgend etwas stimmt da nicht!« sagte Oberst Halevi. »Was macht Dr. Murad in Indien? Wo wohnt er in Indien. Unsere Männer in Neu-Delhi haben ihn nicht zu Gesicht bekommen. Er ist in keinem der Kongreß-Hotels abgestiegen. Wieso ist Murad in Indien, wenn in Kairo das große Zusammentreffen stattfindet? Das alles paßt nicht zusammen.«

Hinzu kam, daß nun alle Spuren von Kehat Yonatan, Amina Murad und Moshe Yonatan im Dunkel endeten. Rom, das war die letzte Station der beiden Liebenden. Hier saßen Israelis und Araber fest, beide mit dem großen Rätsel in der Tasche: Was wollten die beiden in Rom? Moshe Yonatans Verschwinden war so vollkommen, daß Oberst Halevi Magenschmerzen bekam, wenn man in seiner Gegenwart den Namen nannte. Im vertrauten Kreise sprach er etwas Ungeheuerliches, aber für Israel Rettendes aus: »Es ist nur zu hoffen, daß Moshe tot ist. Daß er alle Verhöre durchgehalten hat und mit seinem Geheimnis im Herzen tapfer gestorben ist. Er weiß selbst am besten, was das elektronische Nachtzielgerät für die Araber bedeuten würde.«

Nur eines wußte man jetzt, wenn sich die Nachricht aus Neu-Delhi bestätigte: Dr. Murad hatte mit der Entführung Moshe Yonatans nichts zu tun. Er war in diesen Tagen nur noch Arzt und damit ausgefüllt. Um Yonatan mußten sich andere gekümmert haben.

»Auch hier ein Rätsel«, stellte Oberst Halevi mit saurer Miene fest. »Erst reißt sich Murad wegen seiner Tochter Amina ein Bein aus, daß sie mit Kehat im Bett liegt – jetzt ist ihm alles gleichgültig. Er gibt die Suche auf und reist nach Indien. Man kann sich auf gar keine Logik mehr verlassen!«

Am Abend dieses weltpolitisch so aktiven Tages schlichen sich Kehat und Amina noch einmal durch den unterirdischen Gang und Amina in Jasirs Haus. Aber schon nach zehn Minuten erschien Amina wieder an der eisernen Tür. Ihr Gesicht war voll Entsetzen.

»Es stimmt alles«, flüsterte sie. »Mein Vater ist nicht mehr im Haus ... deinen Vater haben sie in einen anderen Raum gebracht. Ich habe ihn nicht finden können. In dem ehemaligen Zimmer schläft jetzt Dr. Habbasch.«

»Es bleibt also dabei, du mußt nach Indien! Du mußt von deinem Vater erfahren, was sie mit meinem Vater gemacht haben!« Sie schlossen die Tür wieder, aber in der Erregung vergaßen sie, den Hebel für die elektronische Sicherung wieder hochzuschieben. So war die Tür zwar zu, aber nicht mehr voller unbekannter Gefahren. Auch der Rückweg verlief glatt ... es kletterte kein anderer Araber in den Schacht, und Kehat brauchte nicht wieder einen Menschen zu töten.

Mit dem alten, halbblinden Esel des Wirtes ritten sie zurück nach Kairo. Die Beobachter in der Villa des Armeniers kannten sie jetzt schon ... das arme Fellachenpaar, das jede Nacht irgendwo aus der Einöde hinter den Mokattam-Bergen kam und frühmorgens auf dem Markt sein wollte, um dort seine wenigen Erzeugnisse zu verkaufen. Ein paar Eier, Zwiebeln, vielleicht ein mageres Huhn. Genug, um sich am Leben zu halten.

Wie anders wäre alles verlaufen, wenn die Leute vom israelischen Geheimdienst gewußt hätten, wer da auf dem schwankenden Esel an ihnen vorbeiritt. So aber zerflatterte alles, was sich so erfolgversprechend konzentriert hatte: Murad und Moshe Yonatan blieben auf sich selbst angewiesen, und Kehat kaufte am nächsten Morgen zwei Flugtickets nach Rom.

Sie behielten danach ganze drei Dollar übrig.

Wer kann mit drei Dollar die Welt erobern?

Gegen vier Uhr in dieser Nacht – im Osten löste sich der Nachthimmel bereits in fahle Streifen auf – hatte Safar Murad seine Vorbereitungen zur Flucht abgeschlossen. Sie mußte in dieser Nacht stattfinden, die Zeit lief ihnen davon.

Am Abend hatte Dr. Habbasch sie besucht. Er hatte mit Yonatan keine zehn Worte gewechselt, dafür aber mit Murad um so mehr. Es war kein Gespräch unter Freunden mehr, es war eine ideologische Auseinandersetzung zwischen einem Fanatiker und einem Enttäuschten. Plötzlich erkannten beide, welche Welten zwischen ihnen lagen. Sie sprachen zwar die gleiche Sprache, aber sie meinten etwas völlig anderes.

»Sie haben sich von uns losgesagt, Safar«, sagte Habbasch steif. Er konnte so kalt sein wie ein Eisblock. »Ich habe Ihnen von Anfang an mißtraut. Sie waren in allem zu liberal. Gut – Ihr Sohn kämpft an den Golanhöhen, Sie haben für Palästina viel geleistet, aber alles nur auf dem Fundament ethischer Überlegungen. Mit Ethos aber ist dieser Kampf um Palästina nicht zu gewinnen, nur mit Gewalt, mit Blut und Tränen! Es ist ein Kampf, in den die ganze Welt hineingezogen wird. Unsere arabische Sache muß die Sache aller Menschen werden! Wir haben den Schlüssel zu allen Herzen und Hirnen: das Erdöl! Ohne uns Araber wird die Welt wieder aussehen wie vor hundert Jahren. Die gesamte Weltwirtschaft wird zusammenbrechen. *Das* ist unsere Atombombe, wirksamer als alle anderen Bomben zusammen! Wenn wir die Ölhähne zudrehen, ist die Welt am Ende!«

»Sie sind verrückt, Habbasch –«, sagte Murad leise. Er wußte, daß Habbasch recht hatte, und er wußte auch, daß seine arabischen Brüder das Öl als Druckmittel gegen alle Menschen einsetzen würden. »Die Folgen werden auch wir spüren.«

»Kaum. Wir brauchen keine Fernsehgeräte und Luxuswagen, keine Modeanzüge oder aus den Fugen berstende Kaufhäuser. Wir brauchen eine Handvoll Datteln, Kamelmilch und etwas Mais, Weizen oder Hirse. Damit haben wir Jahrtausende überlebt. Aber die durch unser Öl hochgezüchtete Zivilisation wird verrecken. Elend verrecken! Ich weiß, das ist nicht Ihr Stil, Safar.«

»Nein. Durchaus nicht.«

»Wie wir das lösen, werden wir morgen früh in einer Sitzung durchdiskutieren. Sie sollten sich eine gute Rede einfallen lassen, Safar –«

Dr. Murad gab sich keinen Illusionen hin. Als Dr. Habbasch gegangen war, sagte er zu dem schweigsamen Yonatan:

»Fühlen Sie sich stark genug . . . heute nacht?«

»Immer, Safar. Mehr als alles verlieren, können wir nicht. Und das ist kein Verlust mehr – denn wir haben ja bereits alles verloren.«

Ab drei Uhr morgens waren sie fluchtbereit. Safar hatte noch einmal Aminas Zeichnung studiert. Dei Weg zum Keller war einfach, man brauchte nur den Gang entlang und durch die große Eingangshalle. Nur –

»Jetzt!« sagte Murad gegen vier Uhr. Im Hause schlief alles, nur eine Wache ging müde in der Halle hin und her. Draußen allerdings pendelten die Posten an der Mauer entlang und schnüffelten die Schäferhunde durch den Park. »Wenn wir die Wache lautlos narkotisieren können, haben wir fast schon gewonnen.«

»Bis auf die elektronische Sperre, Safar. Die macht mir Kummer.«

»Ich werde Allah anflehen, Moshe.«

»Gut. Aber ich habe noch keinen Gott gesehen, der elektrische Schalter betätigt. Meiner tut's nicht. Ob Allah sich da auskennt in der Technik?«

»Ihre Ruhe ist nervenzerreibend, Moshe.« Safar Murad drückte leise die Tür auf. Eingeschlossen hatte man sie nicht, wo sollten sie schon hin? Überall standen Wächter. Die Villa war sicher wie eine Festung. »Können Sie sich lautlos bewegen?«

»Warum nicht? Sie vergessen, daß unser Christus sogar über ein Meer wandeln konnte –«

Sie verließen das Zimmer und schlichen den Gang hinunter zur Eingangshalle. Der schwerbewaffnete Posten saß auf einem Stuhl, die MP auf den Knien, das Kinn auf die Brust gedrückt, und machte ein Nickerchen. Safar lächelte verzerrt. Er schraubte die Chloroform-Flasche auf, tränkte einen dicken Watteballen mit dem süßlichen Mittel und gab die Flasche an Moshe weiter. Der drückte sofort den Kunststoffverschluß in den Flaschenhals.

Mit einem schnellen Griff riß Murad den Kopf des Postens an den Haaren nach hinten. Jeder Mensch öffnet dabei den Mund, um einen Schrei zu tun, und dieses Aufreißen der Lippen war genau das, was Murad brauchte. Er drückte den Wattebausch auf das zuckende Gesicht, und nach vier kräftigen Atemzügen erschlaffte der Körper. Das alles geschah völlig lautlos, weil Yonatan sofort die wegrutschende MP ergriff, bevor sie auf den Boden fiel.

»Weiter!« zischte Murad. »Dort die Tür muß es sein! Allah, hilf uns!«

Sie rannten zur Kellertür und verschwanden in der Tiefe.

Es war zwei Stunden später, nachdem Amina den gleichen Weg

gegangen war und vergessen hatte, die Elektronik wieder einzuschalten.

Verstand Allah doch etwas von der Technik ...?

Der Abflug von Kairo nach Rom war kein Problem. Mit ihren deutschen Pässen durchliefen sie alle Kontrollen, und um allen Verdacht zu zerstreuen, sprachen Kehat und Amina laut deutsch miteinander und benahmen sich so, wie man es von deutschen Touristen im Ausland gewöhnt ist: Sie fielen auf. Sie meckerten an den Souvenirständen herum, machten sich über den massenhaft angebotenen orientalischen Kitsch lustig, tranken ein Bier und drängten sich in der Schlange der einsteigenden Passagiere vor, um einen möglichst guten Platz im Flugzeug zu bekommen.

Dann saßen sie in der Maschine und starrten durch die ovalen Fenster hinaus auf das Flugfeld und das Flughafengebäude. Morgen sieht alles anders aus, dachte Kehat. Morgen werde ich in Rom bei unseren Leuten alles melden. Vielleicht stellen sie ein Kommando zusammen, das durch den unterirdischen Gang die Villa stürmt. Ein Moshe Yonatan ist so ein Todeskommando wert. Sie hatten den ganzen vorherigen Tag wieder bei Jasirs Haus Ausschau gehalten ... von Dr. Murad und Professor Yonatan war nichts zu sehen. Nur eine wilde Geschäftigkeit konnten sie feststellen, ohne dafür eine Erklärung zu haben. Sie konnten nicht ahnen, daß Jasir vor Wut heulte, als man die Flucht entdeckt hatte, und Dr. Habbasch einen Alarm für alle arabischen Gruppen herausgab. Hier war keine Schlacht verloren worden, sondern ein ganzer geheimer Krieg. Moshe Yonatan in Freiheit ... die Israelis behielten das Geheimnis ihres verteufelten Nachtzielgerätes!

Sie flogen eine halbe Stunde, als die schwere Maschine plötzlich abdrehte und Kurs auf Sizilien nahm. Keiner der Fluggäste merkte es, auch Kehat und Amina nicht, und alle zuckten zusammen, als aus den Bordlautsprechern die ruhige Stimme der Chefstewardeß tönte.

»Meine Damen und Herren, bitte schnallen Sie sich an. Wir haben eine Kursänderung vorgenommen und werden eine Zwischenlandung in Palermo einlegen. Ein kleiner technischer Fehler veranlaßt den Flugkapitän zur Landung. Es geschieht nur zur Sicherheit der Fluggäste und ist kein Grund zur Beunruhigung. Die Maschine ist voll flugtauglich, nur zwei Instrumente sind ausgefallen. Bitte, schnallen Sie sich an, bleiben Sie ruhig ... die El Araab Lines freuten sich, Sie zu einem Glas algerischen Weins einzuladen ...«

Kaum war die Durchsage erfolgt, erschienen die Stewardessen mit Tabletts voller Rotweingläser und begannen mit der Verteilung. Sie wurden mit hunderten Fragen bestürmt und antworteten überall das gleiche: »Kein Grund zur Aufregung. Sicherheit geht uns über alles. Der Flug kann in zwei Stunden fortgesetzt werden ...«

Kehat und Amina fragten nicht. Sie saßen Hand in Hand in ihren Polstersesseln, hatten sich angeschnallt und nahmen mit einem stummen Nicken die Weingläser an. Die Stewardeß blickte sie verwundert an. Keine Fragen?

»Es ist wirklich nichts«, sagte sie. »Keine Angst.«

»Wir haben keine Angst«, antwortete Kehat. »Landen wir wirklich in Palermo?«

»Natürlich. Warum nicht?«

»Wird die Maschine nicht entführt?« fragte Amina.

Die Stewardeß lächelte breit. Sie war eine Araberin aus dem Libanon, ein hübsches, schwarzhaariges, mandeläugiges Mädchen. »Aber nein. Wer sollte uns entführen?«

»Die Israelis ...«

»Sie hätten keine Chance. Wir haben fünf Scharfschützen an Bord.«

»Das beruhigt mich«, sagte Kehat mit einem schiefen Mund. »Immer diese Juden!«

»Allah vernichte sie.« Die Stewardeß ging weiter mit ihrem Tablett. Kehat blickte aus dem Fenster. Unter ihnen lag Sizilien, im Dunst ein Häusermeer. Palermo –

»Alle hassen uns«, sagte er leise. Amina schob ihre Hand zwischen seine Finger.

»Nicht alle, Kehat –«

»Du zählst nicht. Du bist eine Abtrünnige, eine Verräterin, selbst dein Vater verflucht dich –«

»Weil sie alle vergessen, wie heilig die Liebe ist. Man sollte die Politik von Liebespaaren machen lassen ... die Welt wäre ein einziger Garten ...«

»Und in diesem Garten würden sich die Liebespaare die besten Plätze streitig machen und aufeinander losschlagen. Der Mensch ändert sich nie.« Er legte den Arm um Aminas Schulter und zog sie an sich. Wange an Wange starrten sie hinunter auf die schnell auf sie zukommende Stadt und das Betonband des Flugplatzes. Die Düsenmotoren donnerten laut, das schwere Flugzeug begann zu zittern, irgendwo schrie eine Frauenstimme leise auf ... die Motoren bremsten, die Räder wurden ausgefahren, die große Maschine schwebte sicher ein und setzte mit einem kurzen Ruck auf. Dann rollte sie aus und drehte ab zum Hauptgebäude und dem Tower.

Ein hörbares Aufatmen ging durch die Sitzreihen. Es war also doch nur ein kleiner Schaden. Die sonst üblichen Feuerlöschwagen, die einsatzbereit standen, wenn eine Notlandung gemeldet war, fehlten völlig. Nur ein Zugwagen mit der großen Gangway rollte heran und wartete, bis die Maschine stand.

Aus dem Lautsprecher klang wieder die Stimme der Chefstewardeß.

»Meine Damen und Herren. Der Kapitän dankt Ihnen für Ihre Ruhe und vorbildliche Haltung. Die Reparatur wird zwei Stunden in Anspruch nehmen. In dieser Zeit können Sie sich im Flughafenrestaurant aufhalten. Der Weiterflug wird rechtzeitig dreimal durchgegeben ...«

»Ich liebe dich –«, sagte Amina plötzlich. Kehat sah sie verwundert an.

»Warum sagst du das jetzt?«

»Ich dachte daran, was in Indien und Kairo werden wird. Kehat, was wir auch vorfinden werden, vergiß nie: Ich liebe dich! Ich gehöre zu dir.«

»Das weiß ich.« Er küßte die Innenfläche ihrer Hand und verließ dann als letzter die Maschine.

Langsam gingen sie über das Flugfeld zu dem weißen Hauptgebäude. Vier Karabinieri wiesen den Reisenden den Weg. Ein Teil des Restaurants war abgesperrt ... ein zollfreier Ort, wo die Gäste der El-Araab-Lines-Maschine warten konnten. Für zwei Stunden ein exterritorialer Boden. Niemandsland. Hinter den spanischen Wänden und Absperrungen begann eine andere Welt.

Schon vor dem Gebäude hörten Kehat und Amina einen Zeitungsverkäufer schreien. Es war ein halbwüchsiger Junge, der seine große Chance wahrnahm: arabische Fluggäste und solche, die nach Ägypten fliegen. Für sie allein brüllte er sich die Lunge aus dem Leib und schwenkte ein Zeitungsblatt.

»Die Sensation des Jahrhunderts!« schrie er hell. »Arabischer Guerillaführer und israelischer Physikprofessor gemeinsam verschwunden. Kommt es zu einem neuen Krieg?«

Kehat blieb stehen, als habe ihn eine Faust vor die Stirn getroffen. Auch Amina atmete tief auf, lehnte sich dann an Kehat und war froh, sich an ihm festhalten zu können.

»Was ... was soll das bedeuten?« stammelte Amina. »Mein Vater ...«

»Und mein Vater ...« Kehat rief den Zeitungsjungen herbei, gab ihm hundert Lire, nickte und winkte ab. Groß, auf der Titelseite, standen die Fotos von Moshe Yonatan und Dr. Safar Murad al Mullah. Darüber in großer, roter Schrift: »Gemeinsam auf der Flucht? Rätsel in Kairo und Tel Aviv ...«

In einer Ecke des abgesperrten Lokals, allein an einem kleinen Tisch, saßen sie dann und lasen mühsam die italienische Zeitung. Wenn sie auch nicht alles übersetzen konnten, so verstanden sie doch eins:

Ein paar Tage, nachdem Safar Murad mit seinem Gefangenen Professor Yonatan in der Kairoer Zentrale der Guerillas eingetroffen war und man den jüdischen Physiker ins Verhör genommen hatte, waren beide, der Araber und der Israeli, auf noch unbekannte Weise aus einer geheimen Villa verschwunden. Sofortige

Suchaktionen unter Einsatz großer Militäreinheiten waren bis jetzt erfolglos. Es gab keinerlei Spuren oder Hinweise. – So die Zeitungsmeldung.

Auch die ersten Regierungsstimmen lagen bereits vor: Kairo beschuldigte Israel, durch ein Geheimkommando Murad entführt zu haben ... Tel Aviv behauptete, das alles sei nur ein Trick, um den späteren Tod Professor Yonatans unbekannten Terroristen in die Schuhe zu schieben.

Die Sensation war perfekt.

Alle Geheimdienste im Nahen Osten liefen auf Hochtouren. In Jerusalem mobilisierte Oberst Halevi alle V-Männer in den arabischen Ländern. In Beirut und Damaskus kamen die Führer der verschiedenen palästinensischen Befreiungsgruppen zusammen und waren sich einig, daß Dr. Murad sich nie freiwillig Dr. Yonatan angeschlossen habe. Safar Murad, der große Führer, war das Opfer – es gab gar keine andere Erklärung ... für die Öffentlichkeit.

In den arabischen Hauptstädten rief man wieder nach dem Heiligen Krieg gegen die Juden. Und in Basel sagte der ehrbare Kaufmann Paul Zöggli, der ja eigentlich Jossele Birnstein hieß, zu dem Geheimdienst-Major David Liman:

»Es macht keinen Spaß mehr, Krieg im Dunkeln zu spielen. Wenn sich Erzfeinde jetzt abküssen ... wo soll das hinführen?«

»Sie unken wieder zum großen Kotzen.« Major Liman las das Telegramm durch, das Jossele gerade aus Tel Aviv bekommen hatte. »Das ist eine wirklich ganz dunkle Sache, Jossele.«

»Finden Sie, Major?« Birnstein lächelte sein weltverachtendes, sarkastisches Lächeln. »Warum können Militärs nicht menschlich denken? Da sind zwei junge Menschen – Kehat und Amina – und die lieben sich. Und da sind zwei Väter, die an ihren Kindern hängen, als habe Gott sie als Blume in ihre Herzen gepflanzt. Und diese Väter treffen sich, obgleich sie sich vorher am liebsten gegenseitig umgebracht hätten, sprechen über ihre Lieblinge, beginnen zu schluchzen, sind einig und sagen gemeinsam: Die Politik kann uns ab jetzt am Arsch lecken! Wir sind nur Väter! – Na, was kommt dabei heraus, David?«

Major Liman legte mit beleidigter Miene das Telegramm auf den Tisch. »Und warum der Umweg über Kairo? Warum so spektakulär?«

»Wahrscheinlich, weil es so am einfachsten war. Der Guerillachef mit seinem prominenten Gefangenen. Was ist hundertprozentiger als das? Die große Frage bleibt nur: Wie hat es Dr. Safar Murad geschafft, aus Ägypten herauszukommen?«

»Wieso sind sie aus Ägypten weg? Wer sagt Ihnen das?«

»Mein verdammter Instinkt und das Telegramm hier. Was geht mich die Wanderschaft von zwei alten Männern durch die ägyptische Wüste an? Aber nein ... man telegrafiert mir: Erhöhte Wachsamkeit! Merken Sie was? Durch die arabischen Länder können sie nicht trampen, nach Israel auch nicht. Südamerika und USA sind im Augenblick zu weit, Afrika zu primitiv, die europäischen Staaten sind selbst von Problemen geschüttelt. Was bleibt übrig? Unser schönes Schwyzer Ländli!«

Major Liman sprang auf. »Himmel! Sie kommen hierher?«

»Ich vermute es. Warten wir's ab –«

Es war fast die gleiche Zeit, in der in Palermo Kehat und Amina sich bei dem Kommandanten der Karabinieri melden ließen.

»Wir möchten nicht weiterfliegen!« sagte Kehat und trennte mit einem Taschenmesser das Futter seines Rockes auf. Dort war sein echter israelischer Paß eingenäht. Er holte ihn heraus und legte ihn auf den Tisch. »Überzeugen Sie sich, Capitano: Ich bin der Sohn des verschwundenen Professor Yonatan aus Tel Aviv. Und das hier ist Amina Murad, die Tochter des ebenfalls verschwundenen Dr. Safar Murad aus Qnaitra in Syrien. Wir bitten um Schutz.«

Damit war der ehrbare Capitano der Karabinieri überfordert. Es seufzte tief, betrachtete die Pässe, verglich die Namen mit denen in der Zeitung und rief dann die Polizeipräfektur in Palermo an.

Es wurde ein wortreiches Gespräch. Endlich legte der Capitano den Hörer auf und sah Kehat und Amina entgeistert an.

»Der Polizeipräsident wird persönlich kommen –«, sagte er. »Sie können hierbleiben. Der Präsident übernimmt auch die Absage

Ihres Weiterfluges, natürlich mit größter Diskretion. Sie reisen als der Deutsche Karl Johnen?«

Kehat nickte. »Ja. So hießen wir früher auch.«

»Nicht Yonatan?«

»Auch.«

»Wie denn nun?«

»Das ist eine lange Geschichte, Capitano. Sie endet mit dem Verschwinden fast der gesamten Familie Johnen in den Gaskammern des Dritten Reiches. Wollen Sie sie hören?«

»Nein«, sagte der Capitano knapp.

»Ich dachte es mir. Das alles wird heute zu einem bösen Märchen, das keiner mehr hören will.« Kehat blickte sich um. »Sind wir hier sicher?«

»Vollkommen. Wer sollte Ihnen hier etwas tun?«

»Fünf arabische Scharfschützen ...«

»Wo?« Der Capitano zuckte hoch. »Wo sind die denn?«

»Im Flugzeug. Aber wer von den siebenundfünfzig Passagieren sind sie? Es ist eine dumme Eigenheit von ihnen, keine Plaketten zu tragen ...«

Beleidigt verließ der Capitano sein Büro und schloß hinter sich ab.

»Es ist eine verfluchte Ironie, daß man hinter Gefängnistüren am sichersten ist –«, sagte Kehat.

Amina legte den Kopf an seine Schulter und begann plötzlich zu weinen.

»Jetzt ist er heimatlos wie wir –«, sagte sie.

»Wer?«

»Mein Vater. Und dein Vater. Sie haben sich verstanden ... aber keiner in ihren Ländern wird sie verstehen. Man wird sie jagen wie tolle Hunde. Und man wird sie töten, wenn man sie gestellt hat. Die eigenen Leute werden sie töten ...«

»Meinen Vater nicht.«

»Gerade ihn!« Amina nickte wild. »Er hat das größte Geheimnis Israels bei sich.«

»Und dein Vater kennt alle Ziele der Guerillas ...«

»Sie werden nie mehr in der Öffentlichkeit leben können. Sie müssen für immer verschwunden bleiben ... lebende Tote ...« Amina schloß die Augen und hielt still, als Kehat ihr das tränenüberströmte Gesicht abwischte. »Wo sollen *wir* hin, Kehat?« fragte sie dabei.

»Zurück in die Schweiz.«

»Warum?«

»Irgendwann wird mein Vater eine Nachricht geben ... und die Schweizer Zeitungen sind so objektiv und neutral, diese Nachricht zu bringen. Darauf werde und muß ich warten ...«

»Man wird nie mehr etwas von ihnen hören«, sagte sie ganz leise. »Nie mehr. Kehat ... wir haben keine Väter mehr. Unsere Liebe hat sie aufgefressen ...«

Eng aneinandergedrückt, wie zwei sich fürchtende, frierende Kinder, saßen sie im abgeschlossenen Büro des Capitano, bis der Polizeipräsident von Palermo sie persönlich abholte. Er küßte Amina galant die Hand und klopfte Kehat auf die Schulter.

»Ich habe eine völlige Nachrichtensperre verhängt«, sagte er. »Niemand – außer dem Capitano – weiß, wer Sie sind. Wo darf ich Sie hinbringen?«

»In die Schweiz«, sagte Kehat.

»Was wollen Sie denn da?«

»Warten.«

»Sie wollen nicht nach Israel?«

»Nein. Wir wollen endlich raus aus dem politischen Strudel. Wir wollen normale Menschen sein. Zwei Menschen, die sich lieben ... ist das so schwer?«

»Bei diesen Eltern – ja.« Der Polizeipräsident von Palermo lächelte höflich. »Mein Wagen wartet hinter der Flughafenwache. Darf ich bitten? In die Schweiz ...«

Er fand den Gedanken plötzlich vorzüglich. Die ungeheure Verantwortung fiel von ihm ab ... man konnte die Hände schütteln, als habe man gerade zwei heiße Kartoffeln weggeworfen.

Es gab im Augenblick nichts Explosiveres als die Familien Yonatan und Murad ...

Drei Monate verbargen sich Kehat und Amina wieder in der Schweiz. Zuerst in einem kleinen Dorf im Wallis, dann im Menschenheer von Zürich. Sie nahmen jede Arbeit an ... zuletzt schleppte Kehat jeden Morgen um vier Uhr Gemüse- und Obstkisten in der Züricher Markthalle herum. Dafür gab es gute Franken, man konnte bescheiden in einem kleinen Zimmer unterm Dach leben ... aber man lebte.

Und jede Woche sparte Kehat soviel Franken zusammen, daß er eine Anzeige in drei Zeitungen einsetzen konnte. Dumme Anzeigen, die niemand verstand und deren Wortlaut nur Professor Yonatan verstehen würde, denn man hatte damals ausgemacht, daß man sich in Zeiten der Gefahr auf diese Art verständigen und suchen könne. Weder Oberst Halevi noch Major Liman wußten davon, und selbst der Alleswisser und Immerahner Jossele Birnstein tappte diesmal im dunkeln und achtete nicht auf die wöchentlich wiederkehrende Anzeige.

Sie lautete:

»Apfelsinen sind Vertrauenssache, weil man nicht durch die Schale blicken kann. Fragen Sie den Fachmann.«

»Sie leben nicht mehr«, sagte Amina am Beginn des vierten Monats ihres Wartens. »Kehat, sie leben nicht mehr. Vielleicht war alles ganz anders ... vielleicht haben sie sich gegenseitig umgebracht, und nur die Politiker lassen sie verschwinden –«

»Vielleicht.« Kehat wurde selbst unsicher. »Ein halbes Jahr halte ich durch, Amina. Wenn mein Vater noch lebt, wird er einmal diese Anzeigen lesen. Wir haben ausgemacht, daß das unsere ständige geheime Verbindung ist.«

Nach vierzehn Wochen brachte die Post einen Brief der »Züricher Zeitung« mit einem Schreiben, das auf die Chiffreanzeige eingegangen war. Amina weckte Kehat – er hatte bis sieben Uhr Kisten geschleppt.

»Ein Brief, Liebling«, sagte sie. Ihre Stimme schwankte. »Von der Zeitung. O Allah, ein Brief ...«

Mit zitternden Fingern riß Kehat den Umschlag auf.

Es waren nur wenige Zeilen, mit der Schreibmaschine und in deutscher Sprache.

»Mein lieber Junge. Wir wohnen ganz in der Nähe, in St. Gallen. Frage nach Herrn Freuenberger, Tischlermeister aus Lörrach. Pension ›Silberner Engel‹. Uns geht es gut –«

Amina schloß die Augen. Dann riß sie plötzlich den Brief aus Kehats Hand, drückte ihn gegen die Stirn, warf sich auf dem Boden in die Knie, wandte sich nach Osten und verbeugte sich tief.

»Allah –«, sagte sie leise. »Allah, ich danke dir ...«

Dann betete sie, und Kehat ging in eine andere Ecke des kleinen Zimmers, holte aus einer Schublade ein kleines, schwarzes, rundes Käppi, setzte es auf und hielt ebenfalls Zwiesprache mit seinem Gott.

Es war, als sei der Himmel offen und alle Wunder flössen in die kleine Dachkammer.

»St. Gallen –«, sagte Kehat später. »Ich miete sofort einen Wagen. In einer Stunde sehen wir ...« Er konnte nicht weitersprechen, drehte sich um und lief aus dem Zimmer.

Die Pension »Silberner Engel« liegt im südlichen Randgebiet von St. Gallen, ein schönes Haus mit Terrasse, Liegewiese, Obstgarten und einem eigenen Minigolfplatz. Es hat einen guten Ruf und beherbergt viele Stammgäste.

Und so sahen an diesem Tag, einem diesigen frühen Mittag, vierundvierzig Augen, wie unter der Terrasse ein alter Ford hielt und ein junger Mann mit einem hübschen schwarzhaarigen Mädchen ausstieg. Und sie sahen, wie die ihnen bekannten, immer höflichen und angenehmen Gäste Herr Freuenberger aus Lörrach und Herr Dupont aus Reims die Treppe der Terrasse hinunterliefen, als seien sie noch zwanzig, die Arme ausbreiteten und für die anderen Gäste sinnlose Laute ausstießen.

»Mein Töchterlein! Mein Augenlicht!« schrie Safar Murad auf arabisch und drückte Amina an sich, und Professor Yonatan rief auf hebräisch: »Mein tapferer Junge! Komm her, mein Junge!« und warf die Arme um ihn.

Keiner wußte, warum dieses Wiedersehen so enthusiastisch war, aber da es alle miterlebten, fanden sie es schön, wenn ein Vater seine Tochter oder seinen Sohn so herzlich begrüßt.

Und ein Gast, der seit zehn Jahren im »Silbernen Engel« wohnte und immer gern redete, sagte laut zu den anderen Gästen:

»Glückliche Menschen! Die haben keine Probleme . . .«

Er sagte unbewußt die Wahrheit.

Für eine Stunde gab es wirklich nur zwei Väter und zwei Kinder und sonst nichts auf der Welt.